como salvar uma vida

sara zarr

Tradução de Camila Aline Zanon

iD editora

Coordenação editorial – Lenice Bueno da Silva
Assistente editorial – Patrícia Capano Sanchez
Tradução – Camila Aline Zanon
Preparação – Fernanda Umile
Edição de arte – Camila Fiorenza
Diagramação – Cristina Uetake e Vitória Sousa
Tratamento de imagens – Fabio N. Precendo
Revisão – Mari Kumagai
Pré-impressão – Alexandre Petreca, Everton L. de Oliveira Silva,
Hélio P. de Souza Filho e Marcio H. Kamoto
Impressão e acabamento – Lis Gráfica

Dados Internacionais de Catalogação na Publicação (CIP)
(Câmara Brasileira do Livro, SP, Brasil)

Zarr, Sara
Como salvar uma vida / Sara Zarr ; traduzido por Camila Aline Zanon. — São Paulo : Moderna, 2012.

Título original: How to save a life.

ISBN 978-85-16-07266-7

1. Ficção norte-americana I. Título.

12-08126 CDD-813

Índices para catálogo sistemático:
1. Ficção : Literatura norte-americana 813.5

Editora Moderna Ltda.
Rua Padre Adelino, 758, Belenzinho
03303-904 – São Paulo, SP
Vendas e atendimento: Tel.: (11) 2790-1300
Fax: (11) 2790-1501
www.editoraid.com.br
Impresso no Brasil, 2012

De acordo com as novas normas ortográficas

Jen, este aqui é pra você, com amor.

A vida que você salva pode ser a sua própria.

— Flannery O'Connor

De: MMMK333

Para: coração_larDen

Assunto: Re: [oamorcresce] Pedido de Natal

Data: 1° jan 03:09:57 AM UTC-6

Estou escrevendo em resposta ao seu *post* "O Amor Cresce", publicado no Dia de Natal.

Acho que talvez eu tenha o que você procura.

Deve estar disponível em 1º de março. Ou em torno de 1º de março.

No momento, estou morando em Omaha, mas não é exatamente onde quero estar. Então, se você pagar minha viagem, eu o entrego para você em Denver. Se esse for o lugar onde você realmente mora. Sem querer ofender, mas um monte de gente neste site mente. Sei que eles todos dizem para não mandar dinheiro, não mandar passagens e não fazer isso e aquilo. Mas as regras nem sempre valem, e nunca se sabe pelo que outras pessoas passaram até chegar aqui. Depois de ler seu *post*, tive certeza de que você entenderia.

Sem advogados. Sem agências. É por isso que estou neste site. Se qualquer um dos dois se envolver, eu desapareço com o item em questão. Não quero soar ameaçadora. É apenas a situação.

Gostaria de chegar um pouco antes e cuidar do assunto por aí. Assim podemos nos conhecer. Não estou pedindo dinheiro. Apenas as despesas. Está ficando difícil pra eu ficar aqui por mais tempo.

Esta oferta vale por uma semana a partir de hoje. Depois disso, vou procurar outras soluções. Desculpe se estou apressando você, mas tem que entender — estou tentando fazer o que é melhor. Anexei uma foto minha e, como você pode ver, sou branca, tenho boa saúde e não sou feia.

Muita gente na minha situação pode estranhar algumas das coisas que você mencionou sobre si mesma no *post*. Eu não, porque acho que entendo.

Se você me aceitar, eu aceito você.

Por favor, responda logo.

Mandy

Jill

Meu pai ia querer que eu estivesse aqui.

Não há outra explicação pra minha presença. Às vezes é como se eu existisse — vou pra escola, volto pra casa, marco presença na minha vida — só pra provar que a confiança que ele tinha em mim, o afeto, não estavam errados. Provar que eu sou a pessoa que ele sempre disse que eu era. Que sou. Que eu sei a coisa certa a se fazer e que sempre vou fazê-la no final, mesmo que leve um tempo pra chegar lá e mesmo que eu tenha de brigar o caminho todo.

Éramos muito parecidos nisso. Somos. Fomos. Ele era, eu sou. Quando ele estava por aqui, eu sabia quem eu era. Se me esquecesse, ele me lembraria. Em teoria, eu deveria ser agora a mesma pessoa que eu era. Foi ele que morreu, não eu. Então estou tentando ser aquela pessoa ainda, mesmo sem ele por perto há dez meses.

Mas vou te dizer uma coisa: é epicamente, estupidamente, monumentalmente *difícil*.

Difícil de lidar com pessoas que estão tentando ser gentis, reconfortantes. Difícil não odiar todos os meus amigos que ainda têm seus pais. Difícil sorrir e dizer "obrigada" pra todos aqueles estranhos com quem tenho de lidar no dia a dia e que não sabem fazer outra coisa a não ser agir como se o mundo fosse um lugar bom.

A coisa mais difícil de todas é amar minha mãe sem ele pra me mostrar como. Amar, talvez, não seja a melhor maneira de dizer. Obviamente, eu amo minha mãe. Compreensão, admiração, gentileza, compaixão e a amabilidade básica — que, você sabe, são as coisas que expressam amor, porque senão seria apenas uma palavra, certo? —, essas coisas são os desafios.

Especialmente compreensão. Principalmente quando ela está tomando decisões lunáticas, como a que nos trouxe para esta estação de trem às 7 horas da manhã de uma segunda-feira. Em vez de celebrar o Dia do Presidente[1] do jeito como deve ser celebrado — dormindo —, estamos esperando pela bomba-relógio humana que está prestes a afundar nossas vidas. Afundar ainda mais, quero dizer. Essa é a minha opinião, e não é nenhum segredo. Minha mãe sabe como me sinto sobre isso; ela simplesmente parece não ligar.

É uma coisa do luto. Qualquer um de fora, olhando, consegue analisar o que está acontecendo e enxergar, exceto pelo fato de que ela afirma não ser bem isso, não diretamente. Acabei parando de argumentar com ela; meu discurso só a tornava ainda mais teimosa sobre a situação toda. Não que eu desconheça a teimosia, e não que eu tenha feito um trabalho fantástico lidando com meu próprio luto. Mas ao menos tentei limitar as merdas estúpidas que eu tenho feito, assim sou a única que se machuca.

Isso? Isso afeta três vidas. E logo mais, quatro.

— Sol — minha mãe acaba de dizer, se esticando pra olhar pelas janelas altas e estreitas da estação. Tem um pedacinho de céu de inverno ficando azul. Quando chegamos, descobrimos que, por causa das regras de segurança, não poderíamos esperar na plataforma, o que de certo modo destruiu a visão romântica da minha mãe de como essa coisa toda rolaria. Uma ameaça nível Laranja costuma fazer isso.

---

[1] Nos Estados Unidos, o Dia do Presidente (ou *Presidents' Day*) é um feriado nacional celebrado toda terceira segunda-feira de fevereiro, em homenagem a George Washington, primeiro presidente daquele país. (N.E.)

Eu sei que não deveria dizer o que estou prestes a dizer — sei disso com tanta certeza quanto sei que a Terra é redonda e beterrabas são do mal — e ainda assim lá vai: — Não é tarde pra mudar de ideia.

Minha mãe, ainda olhando para as janelas lá em cima, deixa sua bolsa deslizar por seu ombro e ficar pendurada pelo cotovelo.

— Obrigada, Jill. Isso ajuda tremendamente.

Se eu tivesse qualquer juízo, o tom de sua voz teria me calado. Pois é.

— Você não é obrigada, tipo, legalmente. Você não assinou nenhum papel.

— Estou sabendo.

— Você pode colocá-la num hotel por esta noite, depois paga a volta dela amanhã. Pode dizer que se arrependeu, que cometeu um erro e que não tinha percebido até que a viu e a ficha caiu.

Minha mãe pendura a bolsa de volta no ombro e caminha para mais perto das portas sob a placa EMBARQUE/DESEMBARQUE. Uma vez lá, ela começa a dar batidinhas no lado esquerdo do queixo, onde sei que há uma pequena verruga, quase da mesma cor do restante de sua pele. Mal dá pra ver, mas é saliente o suficiente para sentir. Quando ela fica nervosa, agitada, chateada, ou profundamente pensativa, ela passa os dedos sobre a verruga sem parar.

Mergulho minhas mãos nos bolsos do meu casaco de lã, tentando esquentá-las e também tentando sentir meu celular. *Não olhe*, eu penso. *Não olhe para ver se tem uma mensagem do Dylan, porque não vai ter nenhuma.*

Minha mãe parece tão solitária lá. Nenhum pai ao seu lado pra colocar a mão no ombro dela, como ele faria. Eu poderia fazer isso. Quão difícil pode ser? Chego mais perto. Hesitantemente, levanto meu braço. Ela se vira pra mim e diz: — Você é a irmã, Jill.

Meu braço cai.

A irmã. É tão difícil chegar lá mentalmente. Sim, quando eu era criança, eu queria desesperadamente um irmãozinho ou irmãzinha, mas aos 17 anos a história é outra.

Minha mãe olha para o celular e ajeita o cabelo curto. É o novo *look* dela, com o qual ainda não me acostumei.

— Por que você não vai perguntar se há algum atraso?

Eu a deixo lá, com sua verruga e seus pensamentos.

A estação, com teto elevado e o antigo chão de mármore, ecoa conversas, malas rolando e os pés de uma criança pra cima e pra baixo num dos bancos de madeira de encosto alto.

— Não, não, Jaden, não se corre em ambiente interno — a mãe diz. *Tonk, tonk, tonk.* — O que eu acabei de dizer, Jaden? Você quer levar um castigo? — Pausa. *Tonk, tonk, tonk, tonk.* Consigo ver o topo da cabeça de Jaden balançando enquanto sua mãe conta o tempo para o castigo. — Um... dois... *Tonk.* — Três. *Tonk, tonk.* — Ok, mas lembre-se de que a escolha foi sua.

Jaden grita.

É isso que temos pela frente.

Por quê minha mãe ia querer passar por tudo isso novamente é um mistério pra mim, não importa o quanto ela tenha tentado explicar. Quando ela anunciou, durante uma macarronada com atum seis semanas atrás, que participaria de uma adoção aberta, eu ri.

Ela franziu a testa e remexeu o guardanapo.

— Isso não é engraçado, Jill.

— É só uma ideia, certo? Algo que eu poderia convencer você a não fazer?

— Não. — Sua mão foi parar do lado esquerdo do seu maxilar.

Se eu não conhecesse minha mãe tão bem, não teria acreditado nela. Mas isso era completamente consistente, *então* alguma coisa ela faria. Ela nunca foi de pedir opinião antes de tomar qualquer decisão maior. Isso deixava meu pai maluco. Ela trocaria seu carro em perfeito estado por um totalmente novo, ou faria uma reserva sem reembolso pra uma viagem, se desse na telha. Teve uma época em que ela decidiu pintar cada cômodo da casa de uma cor diferente e começou num sábado enquanto meu pai e eu estávamos na aula de defesa pessoal que ele tinha me obrigado a fazer. Chegamos em casa e a sala tinha saído de branco alpino pra azul-piscina. Surpresa! Eu não me importei na verdade, mas meu pai ficou muito irritado.

Mas isso, sim, me importava, e quando percebi que ela falava sério, disse: — Isso é insano.

— Uma guerra é insana. O fato de ainda não haver uma cura pra AIDS é insano. Isso não é insano.

— Você está velha, mãe.

— Obrigada, querida. Início dos 50 *não* é velhice.

— Quando a criança tiver a minha idade, você vai ter...

— Setenta. Eu sei fazer conta, Jill.

— Setenta é *velhice*.

Tudo estava em seu lugar habitual: a velha mesa rústica à minha frente, a prateleira de ferro sobre o fogão, a caixa de charutos cheia de selos no canto do balcão perto do telefone. Nossa silenciosa rua lá fora. Ainda assim essa conversa não era normal. Ela permaneceu tão perfeitamente calma no meio de tudo isso que tive de perguntar várias vezes: — Você percebe que está falando sobre *adotar um bebê*? — Pra ter certeza de que estávamos dentro da mesma realidade.

— Sim.

— Um bebê *bebê*.

— Jill. Sim.

Continuamos assim por um tempo e fui ficando cada vez com mais raiva, embora não conseguisse dizer exatamente por quê.

— Não estou pedindo pra você fazer nada, Jill — ela disse. — Você vai embora depois de se formar. Você sabe que seu pai e eu conversamos sobre fazer algo assim por anos.

Sim. E eles começaram mesmo a fazer um trabalho voluntário com crianças órfãs há alguns anos. — É diferente. — O que eu queria dizer é que sem meu pai, não parecia que ela estava dando continuidade a seus projetos, mas que estava tentando substituí-lo. Com um bebê. O que parecia ser uma ideia muito, muito ruim, por muitas razões. Mas eu não poderia dizer isso. Às vezes até eu sei quando ficar quieta.

Enquanto me levantava da mesa e levava nossas tigelas para a pia, alguma coisa que eu não queria sentir pressionava sob a raiva. Raiva é fácil de lidar. Raiva é fácil pra mim. Pode até ser um tanto revigorante soltar fumaça de raiva, se sentir superior e pensar em como você está certo e os outros estão errados. Mas a verdade é que eu me senti como se fosse chorar. O sentimento que estava fazendo pressão, aquele que eu evito a qualquer custo porque não sei o que fazer com ele, foi atingido: que ela tinha decidido essa coisa enorme, que vai mudar nossas vidas, sem me consultar.

Minha mãe não é uma pessoa estúpida, nem egoísta. As coisas que ela faz e que podem parecer ridículas superficialmente, vêm de um lugar bom em seu coração. Certa vez ela boicotou o Natal porque estava de saco cheio do consumismo. Uma boa ideia de um bom lugar, embora meio que chato, sabe, sem árvore, sem presentes, nem mesmo uma meia. E outra vez ela decidiu que só comeríamos uma refeição por dia durante um mês e enviaríamos o dinheiro das nossas compras de supermercado para o Sudão, onde um monte de gente faz só uma refeição por dia, sempre. Novamente, fome crônica não fez tão bem para o meu dever de casa, e tenho certeza de que meu pai almoçava no trabalho, mas não dá pra não amar um coração assim.

E sei que foi o coração que a levou a tomar essa decisão. Mas colocar outra pessoa na família? É grande demais. Muda a vida. Permanentemente. Quando alguém é subtraído da família, não se consegue equilibrar as coisas com uma nova aquisição. Nos meses seguintes à morte do meu pai, algumas pessoas nos disseram que deveríamos ter um cachorro. Um cachorro!

Em que isso tudo é tão diferente?

Eu lavei os pratos e reprimi a dor com mais raiva.

— Não acredito que você vai fazer isso, mãe. É tão impossível.

Inflexível, resignada, ela se levantou e veio em minha direção com a tigela de macarrão. Colocou as sobras em um pote de plástico. Fechou a tampa. Colocou na geladeira. Entregou-me a tigela pra lavar.

— Quero dar uma boa casa pra alguém que pode não ter uma — ela disse, finalmente. — Por que encarar isso como impossível? Ver coisas boas como impossíveis é exatamente o que está errado neste mundo.

O que eu poderia responder a isso?

Ela ligou a jarra de aquecer água. Observei seu corpo de meia-idade se movendo, suas costas cobertas até a metade pelo cabelo grisalho que meu pai nunca a deixaria tingir, e eu quase consegui ver a mão dele o acariciando conforme ele se curvava para lhe dar um beijo depois do jantar, tirando os copos e tigelas — cerâmica da viagem para o Brasil, quando comemoraram o décimo aniversário de casamento.

— Mãe... — eu hesitei, incerta do que dizer. Sabia o quanto ela sentia a falta do meu pai. Eu também sentia. E sabia quão diferente era nossa saudade. Isso tornava a coisa ainda mais difícil. Não poderia ser apenas nós por enquanto, cada uma do seu jeito? Será que ela não poderia esperar até minha formatura? Nos acostumarmos uma com a outra, com o que somos sem o meu pai. — Mãe — tentei de novo, mas ela provavelmente pensou que eu continuaria a repreendendo e disse: — Não, Jill, já me decidi. Me parece certo. Uma morte e agora uma vida.

No dia seguinte, ela cortou seu lindo cabelo.

Mandy

O apito do trem é sempre dois longos, um curto e um longo. Um som solitário.

É adequado, porque quase todo mundo está dormindo menos eu, e é solitário ser a única pessoa acordada.

O homem ao meu lado esteve dormindo pelas últimas horas, e passei um tempão observando-o no escuro. Ele é bonito, com cabelo grisalho e costeletas curtas. Sua pele é do tipo hispânica, ou indígena como a de Christopher, ou mesmo indiana. Ele poderia ter uns trinta ou quarenta, e duas vezes suas pernas encostaram nas minhas sem que ele percebesse. Quando eu embarquei em Omaha, ele já estava sentado ali, e conforme eu andava pelo corredor, ele olhou pra cima e sorriu. Então eu parei e ele me deixou sentar perto da janela.

Não tem aliança de casamento em sua mão esquerda.

Alguém mais está acordado – a mulher no assento da frente chora e para. Começou com fungadas, e as fungadas ficaram mais frequentes, e então ela baixou seu rosto no cachecol e o pressionou contra os olhos. Essas coisas me fazem chorar, mas não em público. Minha mãe diz que um pouquinho de tristeza não é ruim, e às vezes pode até ajudar os homens a notar você. Mas chorar é demais, ela diz. Chorar os assusta. Eles se sentem inúteis, e você nunca vai querer que um homem se sinta inútil.

Ela não precisou me avisar sobre chorar em público. Não faço isso desde pequena. Mal choro quando estou sozinha.

Na estação de trem em Omaha, cheguei perto. O táxi me pegou à tarde, como eu tinha programado, assim eu sairia antes de minha mãe ou de Kent chegarem em casa. Me despedi mentalmente e procurei dentro de mim por pedacinhos que sentiriam falta disso, falta deles, e não achei nenhum. Não foi isso que me fez querer chorar.

A estrada que cruza o rio de Council Bluffs até o centro de Omaha é curta; o táxi chegou à estação, descarregamos minha bagagem e paguei, dando uma gorjeta de dois dólares; ele não disse nada, e foi só depois que eu andei até a porta da estação que vi que estava fechada. Ela não abriu até nove e meia da noite. Eu tinha planejado ficar lá dentro, esperando pelo trem das dez e meia, e naquele momento, mal passava das quatro da tarde. Eu deveria ter gritado e acenado caso o motorista olhasse pra trás, mas eu geralmente não protesto diante das coisas. Eu sigo o fluxo, ou pelo menos faço as pessoas pensarem que sigo o fluxo. Às vezes é melhor que as pessoas achem que você é estúpida ou que não se importa.

Uma neve fina começou a cair por cima da neve que já estava no chão. Minhas malas eram grandes. Eu não tinha um celular pra chamar outro táxi. Por que o motorista não esperou pra ter certeza que eu tinha entrado na estação? Ele notou que estava fechada? Eu teria notado se fosse ele, levando uma garota grávida de Council Bluffs até a estação. Teria me certificado de que ela ficaria bem. É isso o que quero dizer. É isso o que me fez querer chorar. Pareceu muito mais do que só um taxista, um estranho, me deixando na neve. Pareceu pessoal. Abandono. Saber que ninguém se importa de verdade se você fica ou vai, ou se você congela até a morte num estacionamento de estação de trem, ou se você, simplesmente, desaparece. Tenho consciência disso há muito tempo. Geralmente, isso não me incomoda, e minha mãe diz que não se deve ser um bebê chorão, porque você até pode conseguir o que quer, mas também pode conseguir uma surra.

Mas na estação de trem, ver o taxista ir embora me machucou ainda mais.

Ainda assim, não chorei. Em vez disso, arrastei minha grande mala pela neve, coloquei a menor sobre o meu ombro, andei morro acima até a esquina e entrei num lugar chamado Joe Banana's, onde comi um pedaço de pizza tão devagar quanto consegui para poder ficar ali. Algumas pessoas ficaram olhando. Saí. Às nove e quinze, arrastei minha mala de volta morro abaixo no escuro e esperei a estação abrir.

Não tenho certeza do que esperava daquele lugar. Algo diferente do que era: pequena, fria e feia, como uma sala de espera de hospital ou uma sala de aula. Depois de um tempo, mais pessoas começaram a chegar: alguns idosos e um grupo de meninos da minha idade que tinham jaquetas iguais, como se pertencessem a um time esportivo. Um deles, alto com um rosto largo como o de Kent, me encarou bastante e depois começou a digitar no telefone. Outro menino perto dele começou a digitar também. Eu sabia que eles estavam mandando mensagens um para o outro sobre mim. Fiquei andando pela escola durante meses com essa aparência, então me acostumei a isso. Ainda assim...

Fechei os olhos, assim não poderia vê-los olhando pra mim.

Achei que dormiria no trem. Mas agora, mesmo depois de horas a bordo, não consigo e não quero. É minha primeira vez num trem e a primeira vez que fico a mais de 150 quilômetros de Council Bluffs, e não sei se vou sentir saudade. As planícies cobertas de neve iluminavam a noite, e o vagão é escuro, assim tenho uma boa vista das árvores pontudas, das gastas casas de fazenda e dos campos vazios. Tento imaginar Denver. Ela tem montanhas, um grande estádio de futebol americano e um rio que a atravessa, como em Omaha. É tudo o que sei. Embora eu não seja o tipo de pessoa nervosa, quando penso na chegada em Denver, fico enjoada. E se for tudo a mesma coisa? Minha mãe disse que você pode levar um cavalo beber água, mas... e me esqueço de como essa expressão termina, porque ela dificilmente a diz até o final.

Tenho que me lembrar do que eu disse pra Robin, assim eu não fico tensa e estrago tudo quando nos encontrarmos. Por exemplo, estou com 37 semanas de gravidez, quando os fatos são diferentes. Não tão diferentes. Parecidos o suficiente, eu acho. Há algumas informações que são mais desejos do que fatos, até parece que eu não me conheço.

O homem ao meu lado vira.

— Você disse alguma coisa? — ele murmura.

— Não. — Pelo menos não provavelmente. Às vezes as coisas escapam e eu não noto.

— Ah. Sonhando, eu acho.— Ele se endireita no assento; eu sorrio e acaricio minha barriga, pois aprendi que isso acalma as pessoas. Elas gostam de ver uma jovem mulher grávida saudável, e não dói se ela for bonita.

É bom ter alguém com quem conversar e é bom que seja ele. Pergunto para onde está indo. Este trem saiu de Chicago e vai até a costa da Califórnia.

— Salt Lake. — Ele passa a mão pelo cabelo, ajeitando o que ficou amassado. — Minha irmã está se casando e eu não viajo de avião.

— Nem eu. — Eu só quis dizer que nunca tinha andado de avião. — Vou descer em Denver. Só mais duas paradas.

Falamos baixo para não incomodar os passageiros que dormiam.

Então ele me perguntaria: "Negócios ou lazer?", e eu responderia "nenhum deles", e passaria a mão pela minha barriga novamente, só uma vez. Talvez, com um olhar preocupado, ele perguntaria: "Onde está o pai?", e eu desviaria o olhar e responderia: "Afeganistão. Ele é um soldado." Porque outra coisa que eu aprendi é que essa é uma das melhores respostas que se pode dar. As pessoas olham como se você fosse uma heroína.

Ele não pergunta, entretanto. Só se vira na poltrona e abre uma revista.

Então, eu pergunto: — Você é casado?

É uma pergunta só pra puxar conversa, mas depois que falei, percebi que devia ter feito outro tipo de pergunta. Minha mãe diz que não tenho habilidade social. Segundo ela, deixo as pessoas desconfortáveis. Fico com vontade de dizer: "Bem, você me deixa desconfortável quando me fala coisas desse tipo, então talvez eu tenha puxado a você". Na verdade, nunca consigo pensar numa resposta até uns dias depois; mas então é melhor nem voltar ao assunto.

O homem faz a pausa desconfortável à qual estou acostumada antes de dizer que sim.

— Você não está usando aliança.

Ele levanta a mão e olha pra ela. — Não. Não uso. Nem minha mulher.

— Por que não? — Se eu fosse casada com alguém como ele, eu usaria aliança.

— Não usamos, só isso. — Ele dá de ombros e volta pra sua revista. Quando vira a página, um cheiro acentuado e picante vem de uma página com uma amostra de perfume. — Uau. Talvez eu devesse esfregar um pouco disso. Ainda tenho dezoito horas até meu próximo banho.

— Gosto do cheiro natural dos homens. — Quando ele finge não ouvir, percebo que era outra coisa que eu deveria ter mantido dentro da cabeça e não ter deixado sair pela boca. — Qual é o seu nome? — pergunto. — Sou Mandy Madison. — Madison, na verdade, é meu nome do meio, mas eu gosto de como os dois nomes soam juntos sem o *Kalinowski* no final.

— Ah. Alex.

— Alex o quê?

Ele ergue a revista.

— Desculpe, eu preciso mesmo...

— Não precisa me dizer. Só estava me perguntando se você era indígena. Em Nebraska, temos Comanche, Arapaho, Pawnee...

— Não. Sou totalmente americano de ascendência mexicana. Terceira geração.

Não sei por que ele simplesmente não diz o sobrenome.

— Na verdade, meu sobrenome é Kalinowski — dou de bandeja. — É polonês. Não sei qual geração.

Quando ele não responde, digo: — Vou tentar dormir agora. Divirta-se com o artigo.

Fecho meus olhos e o imagino me olhando, se perguntando sobre mim, pensando em como sou bonita enquanto durmo. Minha mãe diz que os homens gostam de ver a gente assim. No sono, a gente parece vulnerável, e isso faz com que eles queiram cuidar da gente.

❀

Quando acordo, Alex está com a bandeja abaixada, e tem dois copos de isopor sobre ela. Acima dos copos, o vapor está fazendo ondinhas no ar.

— Peguei um chá pra você. De ervas.

Ninguém nunca trouxe nada pra mim sem que eu pedisse. Peguei o copo...

— Obrigada.

— Não sei se você ouviu o anúncio — vamos nos atrasar. Podemos chegar a Denver uma hora depois do previsto. — Ele tinha colocado sua revista de lado, e outros passageiros estavam acordados, se espreguiçando e pegando um café ou chá. O trem mal parece se mover. — Tenho telefone se você precisar fazer uma ligação ou algo assim.

— Amigos vão me pegar.

— Hmm, ei.— Ele se vira na poltrona e se senta de lado, olhando pra mim e se inclinando na minha direção. — É Peña, a propósito. Meu sobrenome. E sou...— ele riu. Linhas aparecem no canto de seus olhos, tem chá em seu hálito e um pouquinho de barba em seu queixo. — Isso é estúpido. Não sou casado de verdade. Só disse isso porque pensei que estava tentando me xavecar ou coisa do tipo, e pareceu meio estranho porque... bem, então pensei que pegar um estranho é obviamente a última coisa que passa pela sua cabeça agora. E você deve ter metade da minha idade, e deve mesmo ter alguém, de qualquer modo, por causa da... — Ele apontou pra minha barriga. — Disso.

Disso. Isso rola dentro de mim, estica um braço ou perna. Toco quando se move e me pergunto se consegue sentir minha mão.

— Tenho 19. — Quase.

— Aí está. Exatamente metade. Tenho 38. — Ele toma um gole de chá. — Então, quanto falta pra você ser mãe? — Alex coçou a barba. — A maioria das mulheres que conheço responde isso na hora.

— Sou diferente. — Ser tão precisa com as datas é estúpido. Ninguém mede uma vida em semanas ou dias. Você a mede em anos e pelas coisas que acontecem, e quando esta vida tiver um ano, não estarei com ela.

— Bom, boa sorte com tudo. Tem algo em ser uma mãe ou pai jovem que é muito legal. Tarde demais pra mim, mas meu irmão teve filhos aos vinte e poucos e agora eles são como amigos, sabe, ouvem as mesmas músicas e coisas do tipo.

Gosto da voz dele. É forte.

— Não é muito tarde pra você.

— Talvez não. Só tenho que encontrar a garota certa.

— Não acho que 19 e 38 sejam tão distantes. Meu avô era 28 anos mais velho que a minha avó. — Imagino Alex e eu no casamento de sua irmã em Salt Lake; ele falando pra todo mundo que estamos saindo e como me conheceu no trem. Não é desleal ao Christopher pensar isso, porque Christopher é como um sonho, e preciso pensar sobre meu futuro real e imediato. O casamento da irmã de Alex seria colorido e festivo com dança, um lugar perfeito para o romance. — Vai ter biscoitos mexicanos de casamento?

— O quê?

— Aqueles biscoitos passados em açúcar de confeiteiro. Um dos namorados da minha mãe fez alguns deles certa vez. São gostosos. — O olhar dele ficou vazio. — No casamento da sua irmã.

— Ah. Não sei. — Ele puxa sua revista de novo e se vira.

— Achei que como eles chamam o biscoito assim, eles seriam servidos em casamentos mexicanos.

— É um casamento mórmon.

— Entendi. — Olho pra fora da janela. O sol de inverno nasceu, achatado, um crepúsculo acinzentado sobre a paisagem. Quando passamos por grupos escuros de árvores, tão devagar, posso ver meu reflexo. Ainda estou bonita, mesmo depois de uma noite inteira num trem. O reflexo de Alex está atrás do meu. Imagino nossos reflexos se juntando, seu sorriso no meu, assim eu poderia ver aquelas linhas nos olhos dele novamente. Olhando pra janela, eu disse: — Só não acho que 19 anos seja uma diferença tão grande.

Lentamente, ele vira suas páginas.

Jill

O trem está um pouco atrasado. "Um pouco" é como o agente da estação descreve inicialmente, mas quando quero saber detalhes, ele admite que há um problema em uma das chaves de trilho e poderia levar mais uma hora. Sentamos no banco enquanto esperamos; minha mãe coloca sua bolsa no colo e mergulha a mão dentro dela até que encontra um envelope gasto — fotos de Mandy que ela olha todo dia.

— Olhe pra ela, Jill — ela diz, segurando as fotos pra mim.

— Eu já vi, mãe.

Chacoalhando as fotos insistentemente, ela diz: — Por que você está aqui hoje se não vai participar? Prefiro fazer isso sozinha a ter você aqui sendo tão... sei lá, Jill. Tão mal-humorada, tão difícil.

— Tão eu mesma, você quer dizer?

— Esta não é você, Jill. — Ela recua as fotos, mas eu me inclino e as agarro da mão dela antes que ela as guarde.

São as mesmas fotos que já vi várias vezes — fotos que minha mãe imprimiu dos e-mails. Mandy e sua grande barriga no parque. Mandy e sua grande barriga em alguma ponte. Em um sofá. Em pé num corredor vazio. Em todas as fotos, ela está vestindo a mesma roupa, e sua grande barriga está do mesmo tamanho, como se tivessem sido todas tiradas no mesmo dia. E em todas as fotos, Mandy e sua grande barriga estão sozinhas. Não sei o que devo imaginar dessa garota, o que devo sentir.

— Ela tem um cabelo bom —, digo, fazendo um agrado, o melhor que consigo. O cabelo dela é loiro bem claro, grosso e brilhoso, pelo meio das costas.

— Vitaminas pré-natais fazem isso.

Quando devolvo as fotos pra minha mãe, ela dá uma olhada nelas novamente, se demorando, como se estivesse olhando para um rosto de um parente que morreu há muito tempo ou procurando pela resposta a alguma questão particular e significativa, que por alguma razão não pode ser respondida por mim.

Ela olha para seu relógio.

— Vamos até a cafeteria comer um bolo de café com *blueberry*. Pode ser meu último por um tempo —, ela diz, se levantando. — Não quero que o bebê desenvolva um vício em açúcar tão cedo, como aconteceu com você.

— Eu acabei bem.

— Mmm. — É um som inexpressivo, que pode significar que eu acabei bem ou que não.

❃

Quando voltamos pra estação, minha mãe convence o cara da segurança a nos deixar esperar na plataforma. Talvez ela tenha contado pra ele a história toda; talvez ela tenha falado que o prefeito era seu camarada — não sei. Mas quando saio do banheiro, ela me arrasta pela área de espera em direção à placa EMBARQUE/DESEMBARQUE. O cara da segurança revista a bolsa dela e apalpa meus bolsos antes que entremos na rampa. Emergimos do lado de fora e vemos o trem vindo lentamente na direção da estação a uma velocidade que parecia cinco quilômetros por hora.

Esperamos eternamente enquanto ele percorre 100 metros e minha mãe ficou sobre a faixa amarela, que não se deve cruzar se não quiser cair nos trilhos e acabar quebrando com um braço ou uma perna. Ela está extremamente nervosa. Sei disso porque ela não disse uma palavra sequer nos últimos 15 minutos, desde que voltamos da cafeteria. O sol já nasceu completamente, o céu está azul, e Denver está pronta para causar uma boa impressão em Mandy.

Vou tentar fazer o mesmo.

Chego um pouco mais perto da minha mãe, esperando que ela saiba que eu não estaria aqui se não me importasse.

Finalmente, as rodas do trem param; em poucos instantes as pessoas começam a emergir dos vagões prateados. Um monte delas acende cigarros imediatamente e se junta em grupos sem suas bagagens — dá pra dizer que esses são os que têm a sorte de não ter Denver como destino final. Não que eu não goste daqui. É uma boa cidade. Mas quando eu estiver livre pra sair, eu vou.

Minha mãe olha de volta pra mim.

— Seja legal com ela, Jill. Hospitaleira. Coloque-se no lugar dela. Imagine pelo que ela está passando. Deixe de lado suas opiniões sobre isso e tente pensar...

— Mãe. Calma. Não sou um monstro.

"Claro que não, Jill", ela poderia dizer. "Não acho isso de você".

— Vou dar uma olhada nos vagões da frente. — Ela anda firmemente em direção ao final da plataforma, o *clop-clop-clop* de suas botas se distanciando, e eu vou para outro lado, puxando a gola pra cima pra manter minhas orelhas aquecidas, e lá está ela. Mandy. Reconheço o cabelo.

Ela está em pé na plataforma, mas não está olhando para os lados, como era esperado que fizesse. Em vez disso, está olhando pra dentro do vagão, até que um homem sai com uma grande mala em uma mão e uma menor em outra. Ando na direção deles, lentamente, observando. Agora que ela está com outras pessoas em volta, consigo perceber quão miúda ela é; mais baixa que eu — e olha que não sou gigante — e redondamente magra. *Élfica* seria a palavra, exceto por seu cabelo desproporcionadamente volumoso e, claro, sua barriga, e mesmo a barriga não parece tão grande pra alguém a três semanas de parir. Talvez seja o vestido — uma coisa pastel–florida do tipo que eu não vesti nem vi depois do quinto ano. Totalmente errado para o inverno. Nem um casaco decente, só uma jaqueta leve.

O homem com as malas diz algo pra ela. Ela toca o braço dele e finalmente dá uma espiada em quem mais pode estar na plataforma — pessoas para encontrá-la, hospedá-la e criar seu filho, por exemplo.

Eu aceno.

Quando procuro por minha mãe, vejo que ela ainda está na outra extremidade da plataforma, conversando com um dos comissários de bordo, mostrando a ele uma foto. De Mandy, presumo. Não a chamo. Quero dar uma olhada de perto sozinha, primeiro. — Mandy? — Me aproximo uns três metros, mal conseguindo evitar ser atropelada por um carrinho de bebê.

Tenho que sair desta cidade antes que eu seja atropelada pelo carrinho do bebê da Mandy. Tentar apoiar minha mãe, sim. Empurrar um carrinho de bebê? ... Não!

Mandy acena positivamente com a cabeça, sorrindo. Antes que eu me apresente, ou a faça se sentir bem-vinda, ou me colocar no lugar dela, ela toca o braço do homem novamente e diz: — Este é meu amigo, Alex Peña. — Sua voz, como seu corpo, é franzina.

— Oi, sou Jill. — Será que minha mãe sabe que ela trouxe um amigo? Será que é o pai do bebê, ou o quê?

Alex não parece menos confuso do que eu. Ele coloca as bagagens no chão. — Se cuida, então.

Ele começa a se virar; Mandy o para. — Será que você pode levar as malas para o carro delas?

— Tenho que voltar para o trem.

Alex claramente quer ir embora, e duvido muito que ele seja o pai, vendo seu cabelo um pouco grisalho e algumas rugas. Ele me lança um olhar de súplica.

— Pode deixar — digo, e me volto pra olhar para a plataforma. Minha mãe nos viu e está correndo em nossa direção.

Mandy sorri pra mim e toca sua barriga.

— Obrigada. — Seus olhos são de um azul intenso, claros e límpidos, o tipo de olhos que se vê em certos cães da raça *sheepdog*. Seu sorriso me deixa desconfortável. E também tem esse momento totalmente estranho no qual Alex coloca as malas no chão e ela o abraça. Ou tenta, na ponta dos pés, embora tudo na linguagem corporal dele diga "Vá embora".

— Boa sorte — ele diz, mais pra mim do que pra ela.

Sai Alex. Entra minha mãe. Que começa a chorar.

Elas se abraçam. Minha mãe continua a chorar. Mandy sorri e permanece com os olhos secos enquanto até eu me emociono. Como eu disse, não sou um monstro, e me emociona ver minha mãe feliz depois de um longo e árido período de sofrimento.

— Você é tão pequena — minha mãe finalmente diz, controlando suas lágrimas.

— Não me sinto pequena.

— E é tão bonita.

— Obrigada.

— Seu cabelo...

— Obrigada. — Mandy coloca a mão sobre a barriga e diz: — Está chutando. Está feliz por conhecer você.

— Mesmo? Posso sentir? — Ela coloca as palmas nas laterais da barriga de Mandy enquanto as pessoas passam por nós. Um olhar, simultaneamente estático e petrificado, passa pelo rosto da minha mãe. Eu enxugo minha única lágrima enquanto elas não estão olhando.

Mandy diz pra mim: — Você quer sentir?

— Obrigada, eu estou bem assim.

— Jill. — Minha mãe tira as mãos.

— Tudo bem — Mandy diz. — De qualquer modo, acho que ele parou.

Minha mãe coloca os braços em torno dos ombros de Mandy.

— Vamos sair daqui. Você deve estar morrendo de fome. Temos muitas opções em casa e podemos chegar lá em 15 minutos. Ou você gostaria de comer fora?

Estou cheia de bolo de café e mais do que pronta pra voltar pra cama, mas claro que Mandy quer comer fora, e hoje é o dia da Mandy — como as próximas três semanas, e quem sabe quanto tempo mais depois disso? Toda vez que peço pra minha mãe os detalhes do que vem depois, ela me fala pra não me preocupar e muda de assunto.

Elas começam a descer a rampa e depois de vários passos se lembram da minha existência. Minha mãe se vira e diz: — Jill? Pegue as malas da Mandy, tá?

— Claro.

*

Acabamos no Pancake Universe, porque era lá que Mandy queria ir — não importa que tenhamos uma dúzia de ótimas lanchonetes que servem maravilhosos ovos *rancheros* e panquecas que devem ser muito melhores.

— É que eu vi os comerciais minha vida inteira — Mandy disse —, mas nunca fui lá e pensei....

— Você não está perdendo nada — eu disse, mas minha mãe me encarou pelo retrovisor e disse que se era para lá que Mandy queria ir, é pra lá que iríamos, e me mandou usar o GPS pra achar o mais próximo.

Pra alguém que nunca tinha entrado num Pancake Universe, Mandy faz seu pedido bem rápido, mal olhando para o cardápio antes de fechá-lo e colocá-lo na mesa. Tudo parece nojento pra mim e a mesa é grudenta. O Pancake Universe não tem o tipo de batata suíça que eu gosto. Gosto de pedaços de batata de verdade, e essa porcaria ralada vem do congelador. "Eles parecem e têm gosto de cadarço, mas pelo menos cadarços têm uma finalidade", meu pai diz. Dizia. Pensávamos a mesma coisa quando se tratava de batata suíça, dentre outras coisas.

Peço uma linguiça e um suco de tomate. Minha mãe pede um café da manhã com dois ovos. E então chegou a vez da Mandy:

— Duas panquecas de morango com creme batido extra. Eu poderia pedir aquela cobertura de caramelo pra acompanhar? — Ela olha pra mim. — Vi isso no comercial.

Demais para o bebê sem açúcar da minha mãe.

— Você não quer nenhuma proteína, docinho? — minha mãe pergunta. Mandy já é "docinho"? Tradicionalmente, *eu* sou o "docinho". — Um ovo? Ou presunto?

— Não.

Minha mãe deixa passar e sorri esperançosa.

— Como você tem se sentido?

— Bem.

Ela espera por mais detalhes, mas Mandy não está oferecendo nada além daquele sorriso desconfortante.

— Então — minha mãe diz. — Queremos dar boas-vindas a você. — Percebo um tremor em sua voz, bem pequeno. Somente eu notaria, dado que a tenho ouvido falar por 17 anos. Ela ainda está tão nervosa quanto estava na estação, talvez mais. Eu poderia colocar minha mão em sua perna e dar um apertão sob a mesa para avisá-la de que tudo vai ficar bem. Meu pai faria isso. Só que não sou meu pai, e não sei se tudo vai ficar bem, então deixei minha mão onde estava.

— Temos alguns ajustes pra fazer em casa — ela continuou —, mas se estiver cansada, pode se deitar no quarto enquanto Jill e eu cuidamos disso. E se tiver qualquer coisa de que necessite, nos diga. Queremos que se sinta em casa. — Ela desliza para fora da mesa. — Já volto.

— Obrigada, Robin — Mandy diz, enquanto minha mãe segue na direção do banheiro, onde tenho quase certeza de que ela vai chorar mais um pouco.

A garçonete volta, colocando o suco de tomate na frente da Mandy e o suco de laranja na minha frente. Depois de trocar os copos, coloco molho de pimenta no meu suco, e Mandy toma um gole do dela.

— Isso não é bom para o seu coração — ela diz.

— O quê? — Paro de mexer.

— Pimenta.

Dou risada.

— Onde ouviu isso? É bom para o coração. — Ela observa enquanto eu mexo a pimenta, espremo uma fatia de limão no suco, e depois coloco a coisa toda no copo, mexendo novamente.

— Você está de ressaca? — Mandy pergunta.

— Não. Só gosto do meu suco de tomate assim.

Que bizarra. Queria que o Dylan visse isso. Neste momento ela está olhando para o meu *piercing* na sobrancelha. Para interromper seu olhar pasmo, levanto a sobrancelha em questão e penso que poderia dizer "Isso a ofende ou algo assim?". Então, ouço a voz do meu pai na minha cabeça, do jeito que tenho ouvido pelos últimos dez meses. "Experimente um pouco de ternura, Jilly." Assim dizia Otis Redding, o preferido do meu pai. Ele entendia minha inclinação natural pra longe da ternura, porque é como ele era. Nenhum de nós vai passar pra história como "bonzinho", embora ele tivesse o melhor dos corações, absolutamente. "Experimente um pouco de ternura" era sua maneira educada de dizer "Você está sendo uma babaca".

Então, experimento. Talvez garotas de Nebraska ou Iowa, ou de onde quer que ela tenha vindo, fossem mais resguardadas. Talvez elas nunca aprendessem como os bebês são feitos. Ou o que é controle de natalidade. Talvez nada disso seja culpa dela. De repente, estou morrendo de vontade de fazer todas essas perguntas pra ela: *Como aconteceu? Quem é o pai? Por que você decidiu ter o bebê?* Mas minha mãe volta, com a maquiagem parecendo um pouco borrada e não acho que ela veria minha curiosidade como hospitaleira.

Mandy, entretanto, não tem tais preocupações com curiosidade inadequada. Assim que minha mãe coloca o guardanapo no colo, Mandy pergunta: — Jill é adotada também? Ela não se parece nada com você.

Antes que pudéssemos reagir, a garçonete apareceu com a comida, colocando minha linguiça em frente à minha mãe e os ovos dela diante de mim. Ela acertou o pedido de Mandy.

— Mais alguma coisa? — Eu troco os pratos. — Ah — ela diz. — Ops.

— Só faça com que o café continue chegando até aqui — minha mãe disse.

Quando a garçonete sai, digo a Mandy: — Me pareço com meu pai. Seus olhos escuros. Sua constituição baixa e troncuda. Minha mãe é esguia como um salgueiro. Meu pai e eu: mais como um carvalho.

— Mas você tem meu nariz — disse minha mãe —, e fica melhor em você. Ela diz isso desde sempre. Seu nariz fica bem nela. Só um pouco mais largo do que ela gostaria.

Mandy nem está prestando atenção. Ela está mergulhando sua panqueca na calda de caramelo, o suficiente pra cobrir o prato. Dou uma espiada em minha mãe — esperando vê-la morrendo sem poder dizer nada enquanto Mandy ingere tanto açúcar —, mas tudo o que está em seu rosto é o mesmo tímido arrebatamento que vi na estação. A tensão se foi e isso a ilumina, posso ver. Está amolecendo os lugares em seu coração que a morte do meu pai enrijeceu, a aquecendo de um jeito que eu não tenho sido capaz.

Porque, embora eu tenha a constituição do meu pai e seus cabelos e olhos, sua franqueza e sua ansiedade, seu bom-senso, eu não tenho uma partícula do que importa: seu coração.

Mandy

A casa da Robin é como uma casa de programa de tevê. Como uma mansão. Nos e-mails, ela falava que era uma antiga casa vitoriana que ela e seu marido tinham "reformado um pouquinho". É mais bonita do que qualquer casa em que já estive, com duas lareiras, uma sala de jantar, uma escada de madeira polida e chão de madeira mais escura. E nem vi o andar de cima ainda.

— Vamos deixar você aqui por enquanto pra poder descansar um pouco — disse Robin, ajeitando o sofá. — Jill e eu vamos terminar de arrumar seu quarto. Se você achar que subir e descer as escadas é muito cansativo, pensamos em outra coisa. No momento não tem cama de verdade aqui embaixo... — Ela parou, olhou, e começou a esfregar uma verruga em seu rosto. Eu olhei de volta. Estou mesmo aqui. É o que nós duas estamos pensando. — Espero que tudo esteja ok, Mandy. Você me diz se não estiver?

— Está bom. Obrigada.

Ainda estou me acostumando à sua voz e também ao seu cabelo. Durante essa coisa toda, nunca nos falamos pelo telefone. Eu disse a ela que não podia por razões além do meu controle. Tudo foi por e-mail, e isso já foi difícil, porque eu só conseguia fazer as coisas na biblioteca, embora a gente tivesse um computador em casa. Kent conseguia ser bem barulhento, especialmente quando se tratava de mim.

Nas fotos que Robin mandou, seu cabelo era longo, e imaginei sua voz mais macia e mais alta do que é. Não tem nada de errado com ela. É só como imaginei, e passei muito tempo imaginando tudo sobre ela. Talvez ela tenha passado muito tempo me imaginando também. Pergunto-me se sou como ela esperava.

— Coloque seus pés pra cima — ela me disse. — Vou pegar um copo de água pra você.

O sofá é de couro, com uma poltrona que combina, e aquela coisa que se põe o pé em cima — eu esqueço como se chama. Couro de verdade. Minha mãe me mostrou na loja de móveis uma vez a diferença entre o verdadeiro e o falso. Depois que o toca, o cheira, e até mesmo o ouve, nunca mais se esquece, e o couro falso fica visível, mesmo que você nunca o tenha notado antes. A mobília da sala de estar no apartamento de Kent era de vinil. Se ficasse sentado nela muito tempo, especialmente se o clima estivesse quente, sua bunda ficaria ensopada quando se levantasse. Um monte de coisas do Kent eram falsas.

Na frente do sofá, aqui na casa da Robin, tem uma mesa de café baixa, um vaso com flores de verdade e algumas revistas que eu nunca ouvi falar, com nomes que começam com *the*, tipo *The Economist* e *The New Yorker* ou *The Atlantic*. Não tem TV.

Quando Robin voltou com a minha água e me achou segurando a *The Economist*, ela disse: — Sei que você me falou que não lê muito, mas, caso mude de ideia, temos vários livros pela casa. O pai da Jill era um pouco viciado em livros.

Então notei as estantes embutidas nos dois lados da lareira, os livros atrás das portas de vidro. Coloco a revista de volta. — Tem TV lá em cima? — perguntei.

— Não, não tem.

Olho a sala novamente, nervosa.

— Ah! — ela ri e sai andando em passos rápidos — tudo o que ela faz é rápido — até uma porta de madeira escura e avermelhada na parede e a abre. — Aqui está. A gente a esconde quando não estamos assistindo.

No apartamento do Kent nunca ficávamos sem assistir à TV. Se estiver desligada e não tiver rádio, o silêncio é pesado demais. Dá medo.

Robin me entrega o controle e parece que vai chorar de novo. Não sei o que dizer. O que quer que eu pense em dizer, provavelmente seria a coisa errada, do mesmo jeito que fiquei falando as coisas erradas pra Jill no café da manhã. É exatamente como minha mãe me falou: deixo as pessoas desconfortáveis. Na verdade, o que ela disse foi: — Você assusta as pessoas. Aja direito.

Fecho os olhos pra pensar.

— Me desculpe — ela diz, e abro meus olhos. Robin está pressionando as mãos sobre as bochechas. Cada movimento que ela faz é parte do quebra-cabeça que estou montando: sua voz, seu cabelo, seus passos rápidos, o jeito que move as mãos, além de todos os nossos e-mails e a maneira que ela começou a escrever "Mandy, querida", em vez de "Querida Mandy", nas últimas semanas. As coisas estão caminhando, finalmente. — Você está exausta. Vou tentar conter meu entusiasmo e deixar você em paz um pouco. Vou subir e pegar os lençóis na cama. Eu já deveria ter feito tudo isso, mas decidi no último minuto colocar roupa de cama nova, e eu queria lavar tudo antes... Ok. Descanse. — Baixou a voz até um sussurro. — Não me conformo com quão pequena você é.

Ela sobe as escadas. É a primeira vez que fico sozinha desde que o táxi me deixou na estação de trem em Omaha.

Estou aqui. Consegui. Quando mandei o primeiro e-mail para Robin, só tinha uma pequena esperança de que ela responderia; e, depois que ela respondeu, a esperança era de que ela concordaria com tudo do jeito que eu queria. Quando ela concordou, eu só esperava que ela não mudasse de ideia. E aqui estou, todas aquelas pequenas esperanças me levando de um dia para o próximo, do jeito que fizeram a minha vida inteira.

No bolso do meu vestido tem uma outra pequena esperança — a etiqueta branca da revista de Alex que tem seu endereço. Eu a tirei enquanto ele estava no banheiro.

"Quando você passará por Denver de novo?" Vou escrever. "Podemos nos encontrar para conversar."

Tenho que continuar pensando no meu futuro.

A única pequena preocupação misturada com minhas esperanças é Jill. Robin nunca falou muito sobre ela nos e-mails. No café da manhã, depois que Jill disse que se parecia com o pai, eu perguntei sobre ele, e ela não disse nada. Robin já tinha me contado alguma coisa dele e, de certo modo, senti como se o conhecesse, mas eu queria conversar com Jill. Ela mudou de assunto. Então, ofereci um pouco da minha panqueca. Ela fez uma careta e disse que não gostava de panquecas. Que tipo de pessoa não gosta de panquecas? Isso não é bom.

Pode ser que ela esteja com ciúme. O jeito que olhava para o Alex quando ele voltou para o trem me fez pensar no que minha mãe diz: "Quando se trata de homem, nunca confie em outra mulher, especialmente se você for bonita". Ela me disse que o ciúme sempre vai ficar no caminho. "E você é uma mulher, Mandy", ela disse quando menstruei. "Você deixou de ser uma menina hoje e isso é importante, mas não espere que o mundo faça uma festa pra você." Não esperei. As amizades eram a primeira coisa a mudar. Quando cheguei na escola, disse pra minha melhor amiga, Suzette, que eu era mocinha. Ela disse "nojento", e contou pra todo mundo. Minha mãe estava certa daquela vez.

De qualquer modo, Jill não é o tipo de Alex, com uma mecha azul em seu cabelo castanho-escuro, aquele *piercing* na sobrancelha, esmalte escuro e gasto nas unhas. Ela não se cuida ou não entende a importância da primeira impressão. Minha mãe diz que se deve sempre olhar no espelho antes de sair de casa e tentar se enxergar pelos olhos de estranhos.

O bebê se mexe e eu toco a barriga. Quando comecei a sentir isso, às vezes era como uma batida de coração e outras vezes como pequenas ondas de um oceano em miniatura, como se o bebê estivesse nadando dentro de mim, já todo gracioso. Agora foi um chute. Toda vez que ele se mexe, imagino como vai se parecer. Como eu espero que ele se pareça. Só porque estou dando meu bebê para a Robin, não significa que não penso nas coisas que qualquer outra pessoa neste estado pensaria. Imagino-me com ele no colo. Penso no jeito que olharia pra mim... Ele tem sido parte de mim desde julho. Agora é fevereiro. É um longo tempo pra se pensar em alguém todos os dias.

Robin marcou uma consulta amanhã em um médico ginecologista, e vamos tentar descobrir qual é o sexo. Eu disse pra Robin que já sabia. Nos nossos e-mails, escrevi que estava indo a todas as consultas pré-natais e que faltavam três semanas. Disse também que era um menino. Ela já tem uma menina e achei que ia querer um de cada. Se eu dissesse que era um menino, as chances de ela dizer sim seriam maiores.

Passos pesados descem a escada, e Jill aparece atrás de mim: — Quantos travesseiros você quer?

— O quê? — perguntei, me virando pra ela. Ela tinha as mãos nos bolsos de sua blusa de moletom. Desmazelada e carrancuda.

— Na sua cama. Quantos? Minha mãe disse que algumas grávidas gostam de dormir com um entre os joelhos.

— Tá bom.

— Tá bom o quê? Um para os seus joelhos e outro pra sua cabeça? Ou mais?

Quantos travesseiros eles têm?

— De qualquer jeito — respondi.

Ela suspira.

— Você pode me falar um número?

— Três.

— Ótimo.

Jill volta a subir a escada pisando duro. Inclino-me no sofá de couro de verdade e fecho os olhos, me perguntando o que minha mãe diria se ela pudesse me ver agora.

Jill

A empolgação em assistir Mandy tomar conta de nossas vidas tem de ser temporariamente abandonada pra que eu possa ir ao trabalho. Trabalhar é bom. Preciso urgentemente de uma distração para a situação, que até esta manhã era só receio e imaginação. Como o vestibular ou uma consulta ao dentista. Durante semanas e semanas você imagina quão horrível e impossível isso vai ser, e então já está fazendo e é difícil de descrever naquele momento: isso é horrível e impossível como pensei que seria? Pior? Não tão ruim? Não sei.

Tentei me convencer de que isso não tinha nada a ver comigo. É um direito da minha mãe. Ainda assim, não consigo evitar de pensar "Não sou o suficiente?". Minha mãe e eu tivemos nossos desentendimentos. Sei que ela não queria que eu namorasse sério no colegial. Sei que preferiria que eu tivesse amigos com notas melhores. Sei que quer que eu vá pra faculdade, e eu não, pelo menos não agora. Ela sabe que eu sei tudo isso, embora nunca falemos sobre essas coisas. Já ouviu falar do elefante na sala? Temos uma manada inteira. E o maior deles é este: era do meu pai que eu era mais próxima.

Acho que, por minha causa, minha mãe se sente culpada por ter sido ela a permanecer viva.

Me ocorreu que ela vê o bebê como um recomeço. Uma chance de corrigir minhas falhas e finalmente ter um filho que seja só dela.

Esses não são pensamentos agradáveis. O trabalho me dá uma pequena folga disso tudo.

Margins é uma livraria — parte de uma grande rede nacional, sobre a qual minha mãe não é superempolgada, dado que ela defende o consumo sustentável e me fez marchar pelo Washington Park quando eu tinha oito anos, segurando uma placa com os dizeres SALVEM O COMÉRCIO LOCAL! Mas meus pais queriam que eu tivesse um emprego e a Margins estava contratando. "Pelo menos são livros", minha mãe disse, "algo em que podemos acreditar, e não sanduíches gordurosos ou bancos de hipotecas". Além disso, meu pai percebeu rápido que eu poderia empregar bem o desconto de funcionário, deixando-o atolado até o pescoço com as memórias da Segunda Guerra, a teoria da Física quântica e com romances policiais. E pra nossa surpresa coletiva, para uma pessoa que não gosta de pessoas, até que me saio bem no atendimento aos clientes.

É uma noite devagar. Tivemos um especial do Dia do Presidente — 25% de desconto em qualquer título totalmente relacionado a um presidente. O problema é que a empresa não definiu "totalmente relacionado" ou "presidente", e neste exato momento tem um velhinho tentando conseguir um desconto em *Feliz Aniversário, Sra. Presidente*. A foto da capa é de uma mulher gostosa em uma lingerie minúscula segurando uma maleta. Olho na contracapa pra ver uma descrição enquanto o cliente coloca sua mão nodosa sobre o balcão.

— Então, na verdade é sobre a presidente de uma empresa — eu disse.

— Ainda assim, é uma presidente.

— Sim, mas... de uma empresa de lingerie.

Ele me corrige: — Lingerie de luxo.

Minha gerente, Annalee, está de folga, o que significa que esse caso está sob meu julgamento. O cara parece um vovô legal. Talvez esse livro seja sua única esperança de alegria. No final, eu dei o desconto a ele. A Margins não vai sentir tanta falta assim de US$ 1.99. Normalmente sou durona nessas situações — devoluções duvidosas, cupons vencidos, mentiras complicadas sobre a perda da nota fiscal. Mas vai me fazer bem ajudar esse homem a aproveitar sua cota de felicidade — que eu aprendi nos últimos anos ser limitada pra todos nós —, e eu queria mesmo me sentir bem.

— Feliz Dia do Presidente. — Deslizo seu recibo para dentro da sacola.

— Pra você também, docinho.

Ai.

O que eu preciso é conversar com o Dylan sobre a Mandy. Sobre como foi levar as coisas dela para o quarto de hóspedes. Sobre seu vestido florido e seu olhar sinistro. Sobre como estou dividida entre querer manter um olho de águia nela, pra proteger minha mãe, e entre querer dizer "Tá bom, você não pediu minha opinião, e agora é problema seu". Queria falar com ele sobre como tenho sentido que há meses alguma força universal vem lentamente inflando um balão dentro de mim só pra ver o quanto eu aguento, antes de estourar.

Nada muito além disso.

Depois de me certificar de que não há nenhum cliente se aproximando, puxo meu celular do avental e começo a mandar uma mensagem para o Dylan.

Loja praticamente vazia, se quiser dar uma passada. Compro um cookie de canela pra você.

Assim que terminei de digitar *cookie de canela*, Annalee entra, e jogo o celular pra dentro do bolso do meu avental sem apertar "enviar".

— Tá ficando frio lá fora. Tudo morto ainda? — Ela olha em volta enquanto desenrola seu cachecol listrado.

— Um cliente, desde que você saiu.

Ela puxa sua trança sobre o ombro e começa a mexer na ponta. Annalee, que eu acho que deve ter uns 27, mais ou menos, provavelmente nunca vai ser uma lenda no ramo de venda de livros, já que ela não sabe muito sobre livros, mas é uma ótima gerente: completamente confiável, nunca fica doente, nunca está cansada no fim do dia, nunca bagunça o cronograma, nunca perde a calma com funcionários ou clientes, e raramente pega uma folga. Então, fico surpresa quando ela me diz: — Estou pensando em sair mais cedo. Posso fechar o caixa dois e pedir para o Ron fechar o balcão de café. Você consegue fazer o resto?

— Claro. — Trabalho aqui há quase dois anos. Eu poderia administrar o lugar se fosse preciso. Tem outra coisa que faz de Annalee uma boa gerente, já que ela não é uma especialista em literatura: ela me ensinou a fazer tudo o que ela faz. "Para o caso de acontecer alguma coisa comigo", ela disse uma vez. "Do tipo, se formos assaltados e eu levar um tiro." A única coisa que eu não sei é como abrir o cofre; vou apenas jogar todo o dinheiro e a papelada pela fenda do cofre para que ela cuide disso amanhã de manhã.

— Vai se divertir? — pergunto. — Ou não está se sentindo bem?

Um canto de seu lábio sobe.

— Não ria.

— Não vou. — Embora deva ser dito que eu adoraria rir. Adoraria ouvir algo engraçado agora — engraçado de verdade pra que eu possa dar uma risada que não seja o tipo de risada amarga de "a vida é inacreditavelmente uma merda", que se tornou o meu padrão.

— Tem uma maratona de *Doctor Who* na TV hoje à noite e eu me esqueci de programar o gravador. Não queria perder.

Isso é engraçado. Eu ri.

— Jill!

— Desculpa. Eu não devia ter prometido que não ia rir.

— É o *original* — ela diz pra se defender.

— Aproveite. — Depois que ela saiu, arrumei os balcões e prateleiras, apaguei as luzes dos fundos mais cedo do que de costume, e fiquei no balcão batendo papo com Ron, de olho na porta com a esperança de que Dylan entrasse. Então me lembrei de que não tinha enviado a mensagem.

Duas senhoras mais velhas entraram juntas e compraram o lançamento mais recente e um calendário de gatos com 50% de desconto.

Uma delas aponta para a bolinha peluda e branca na capa.

— Este se parece exatamente com o nosso Edgar.

— Você deveria pendurá-lo onde Edgar consiga ver — eu disse.

— Oh, ele se foi. — Ela olhou pra baixo enquanto eu colocava o calendário pra dentro da sacola.

— Na véspera do Natal — a outra senhora diz, tocando o ombro da primeira senhora.

Talvez sejam irmãs. Talvez amigas. Talvez sejam companheiras. De qualquer forma, há um afeto verdadeiro ali, ternura verdadeira, de modo que a visão delas infla aquele balão mais um pouquinho e faz pressão contra o meu coração tão intensamente, que eu coloquei minha mão sobre o peito numa tentativa de espremê-lo de volta.

— Desculpem-me. — *Não deixem que meu cabelo assustador de adolescente e meus piercings enganem vocês*, eu pensei. Conheço a perda. — Tenham uma boa noite.

Tranquei a porta atrás delas e disse a Ron, que tem de voltar para casa pra ficar com o filho, pra ir embora porque eu estava fechando.

— Vinte e cinco minutos mais cedo? — ele pergunta.

— Não vou contar se você não contar.

Pobre Ron. Ele está com seus trinta e poucos e começou aqui quatro meses atrás; foi o único emprego que conseguiu depois de perder sua carreira por causa da recessão e acabar sendo o funcionário mais velho daqui, embora o mais baixo na escala. Ele cresceu, contudo, e acabou que se tornou um incrível visionário quando se trata dos mostruários. Na semana passada, ele combinou nossos *best-sellers* de ficção científica, de fantasia e quadrinhos em um lindo paraíso *nerd*.

Ele sai e, enquanto arrumo a papelada de fechamento na velocidade da luz, a situação com Mandy emerge à minha consciência obsessiva. Será que eu tentei o suficiente convencer minha mãe a não fazer isso? Acho que sim. E quanto mais eu apontava para o desastre colossal que isso poderia se tornar, mais ela caminhava em direção a ele. Não tinha ninguém além de mim pra tentar impedi-la. Todos os meus avós estão mortos, e também o irmão do meu pai, e minha mãe é filha única. Ela tem amigos, mas os afastou quando meu pai morreu. Como eu fiz com meus amigos. Só que com ela foi mais ou menos "estou ocupada com trabalho", enquanto eu disse diretamente aos meus amigos pra me deixarem em paz. Minhas palavras exatas foram: "Me deixem em paz, inferno".

Minha mãe e eu somos bem diferentes, planetas gêmeos orbitando o mesmo universo de luto, mas nunca travando contato. Talvez esse bebê seja uma coisa boa e eu simplesmente não estou enxergando. Talvez seja um pequeno sol pra nós, ou pelo menos pra minha mãe. Ou talvez um buraco negro que vai nos sugar e nos fazer em pedacinhos. De qualquer modo, chegamos a um ponto de não retorno. Olá, horizonte de eventos.

Hoje cedo, em casa, peguei Mandy cheirando o sofá. Quando ela percebeu que eu a estava olhando, disse: — Couro de verdade.

— É.

Quero dizer, não é nada sinistro, mas é estranho, certo?

E antes de eu sair pra trabalhar, ela sugeriu que, já que eu trabalho numa livraria, poderia pegar emprestado algumas revistas pra ela ler, do tipo com fofocas sobre celebridades, e amanhã eu poderia devolvê-las.

— Não é uma biblioteca. — Sentei no último degrau pra amarrar a bota.

— Não vou estragar as páginas.

— Tem uma biblioteca a um quilômetro e meio daqui — minha mãe disse. — Está fechada por causa do feriado, mas podemos ir amanhã, na volta do médico.

Mandy ficou quieta sobre as revistas. Depois começou a fazer pedidos especiais do supermercado pra minha mãe. Tudo o que nunca comemos, do tipo cereais pra crianças, lasanha congelada e pacotes de salgadinhos. Olhei para o rosto da minha mãe enquanto Mandy tagarelava a lista. Minha mãe só ficou sorrindo. Estou morrendo pra ver, quando eu chegar em casa, se minha mãe está tão ansiosa pra satisfazer Mandy a ponto de violar seus princípios tão bem mantidos sobre comida integral.

Visto meu casaco e me lembro de parar com a ideia fixa sobre Mandy. No fim, nem é sobre ela, mas sobre o bebê. O bebê e minha mãe. E acho que me encaixo em algum lugar nesse cenário também.

Lá fora, na galeria de *outlets* onde a Margins é uma loja importante, o frio está cortante. Está pelo menos uns vinte graus mais frio do que na estação de trem hoje cedo. Tranco as portas rapidamente, desejando ter trazido luvas. Deve haver um par na minha bolsa, mas está muito escuro e deserto pra ficar por ali remexendo na bolsa como um alvo perfeito, pedindo pra ser assaltada. Meu pai me inscreveu num curso de defesa pessoal quando um estuprador em série estava à solta no centro de Denver, e ele não só ia comigo todo sábado, mas *participava* das aulas se voluntariando pra ser repetidamente golpeado nas bolas por um bando de mulheres furiosas. Ele usava proteção, claro, mas mesmo assim...

O instrutor nunca deixou de nos lembrar de que deveríamos ficar atentas ao nosso entorno. Então, quando um cara se aproxima aparecendo do nada, meus músculos já ficam tensos.

— Vocês não deveriam ficar abertos por mais uns dez minutos?

Eu relaxo um pouco. Parece que na única noite que fecho mais cedo, temos um cliente de última hora. Seu rosto está na sombra, mas ele parece jovem, é alto e está vestindo um terno que não posso imaginar que o esteja mantendo quente sem um sobretudo.

— Geralmente sim. — Desculpo-me e sugiro que ele volte amanhã, esperando que esteja de bom humor, porque fechar mais cedo é definitivamente uma falta grave.

Quando começo a me afastar da porta, ele se aproxima. Fico tensa. Uma coisa que aprendemos na aula de defesa pessoal é confiar no instinto, e meu instinto me diz que isso é estranho. Não tem mais ninguém em volta. Penso nas chaves em minhas mãos e como posso usar a maior, que abre a loja, pra arrancar um olho se for preciso. Apesar do frio, gotas de suor escorrem debaixo dos meus braços.

Começo a andar na direção do meu carro, que está próximo ao cara. Se ele me seguir, vou saber que tem alguma coisa errada. Com minhas chaves na mão, ando alguns passos propositadamente na direção dele.

Ele estica o braço pra me parar.

— Oh, hmm, preciso checar sua bolsa. Sou R. J. Desai. Da Empr...

Mas no momento em que sua mão toca meu ombro, meus reflexos tomam conta e eu jogo um cotovelo em seu rosto; as forças do medo e da adrenalina estão por trás disso. Ele cai sem uma palavra, abatido.

Uau. Aquilo funcionou totalmente. Uma centena de cotoveladas num saco de pancadas, meu pai atrás dele o segurando, ficaram, aparentemente, gravadas na memória dos meus músculos mesmo depois de um ano. A próxima coisa que se deve fazer é (A) correr feito um demônio, ou (B) tentar causar um pouco mais de dano enquanto ele ainda está vulnerável. Já que eu sou uma lenta corredora e ele já está se levantando, eu, mentalmente, me preparo pra atingir as bolas e os olhos.

Mas quando ele se levanta, se vira com a mão no rosto.

— Por que fez *isso*?

Poderia ser uma tática de distração. Fico na minha posição de defesa, pés afastados e joelhos levemente dobrados. Ambos respiramos forte. Eu o encaro e não vejo um traço sequer de ameaça, apenas dor e espanto. Mais alguma coisa. Ele parece um pouco familiar. O que ele estava falando antes que eu o atingisse?

— Porque você está me abordando num shopping escuro no meio da noite — eu respondi.

— Você é Jill MacSweeney?

— Talvez.

— R. J. Desai.— Ele coloca a mão sob seu paletó e puxa um cartão do bolso de sua camisa. — Prevenção de Danos à Margins.

Dou um passo à frente e agarro o cartão de sua mão.

R. J. DESAI
ASSOCIADO DE PREVENÇÃO DE DANOS
MARGINS, INC.

— Como é que eu sei que é você?

Ele tira, do bolso de trás, a carteira de motorista, e me mostra. Eu a pego e a seguro do lado do cartão. É ele. Ravi Jagadish Desai, 19 anos, com um endereço na Washington Park.

— Você pode ter feito esse cartão em qualquer copiadora. Um verdadeiro funcionário da Margins não faria uma coisa idiota como aparecer sem avisar e tentar segurar uma garota no meio da noite.

— Eu não estava tentando segurar você.

— Sim, estava.

— Não foi a intenção.

— Bom, mas você tentou. Sem avisar — eu repeti.

— Se avisássemos, nunca pegaríamos um ladrão. — Sua voz estava oscilante. Acho que eu realmente o assustei.

— Agora você está me acusando de roubo? — Eu olhei pra licença novamente. — Espera, eu conheço você?

Ele toma a carteira de motorista da minha mão e eu seguro o cartão. — Pelo menos metade de nossa perda no último trimestre foi roubo por funcionários e falta de atenção. — Ele inspira fundo e expira produzindo uma lufada branca no ar frio. — Frequentamos o mesmo colégio no ensino médio.

— Sério?

— Estávamos na mesma classe de Ciência da computação. — Ele tocou o queixo com cuidado.

Eu o meço, tentando evocar o laboratório de computação e as pessoas nele, incluindo eu mesma — ou o que eu era.

— Com aquela professora? Sra. Schiff? — Começo a tremer de frio mesmo quando uma gota de suor escorre por trás da minha orelha.

— Sim. Meu último ano. Acho que você estava no segundo ano. — Ele espera enquanto continuo encarando-o.

Segundo ano. Eras e eras atrás.

— Se você diz... — Me viro na direção do meu carro; ele me segue.

— Jill, acho que ainda preciso revistar sua bolsa.

Dou risada. A risada amarga.

— Acho que não. — Continuo caminhando. Minhas mãos tremem. Mesmo sabendo que o momento perigoso acabou, meu corpo não sabe — adrenalina bombando, joelhos fracos, e uma lágrima querendo sair. Uma reação puramente física de alguém que está com medo ou furiosa. Não só com ele. Talvez eu não tenha feito a coisa certa. Eu nunca mais soube o que é a coisa certa, ainda mais quando sou eu quem está fazendo a coisa.

R. J. dá uma corridinha pra chegar até mim.

— Eu... Espere. Só estava tentando fazer meu trabalho...

— Errado — digo por cima do meu ombro. Porque é muito mais fácil ficar furiosa com ele do que comigo mesma. — É isso o que eles treinam vocês pra fazer? Perseguir pessoas? Pular em cima delas no escuro?

— Não — ele disse, perto de mim agora, indignado. — O procedimento é entrar na loja. Você fechou mais cedo. Você...

— Não tente jogar isso em cima de mim. — Chego ao meu carro e manuseio as chaves por mais tempo do que pretendia, desejando não ter fechado a loja mais cedo e pensando que eu poderia realmente estar encrencada. Quando finalmente consigo abrir a porta, jogo minha bolsa no banco do passageiro antes de entrar.

— Espere. — R. J. segura o canto da minha porta, evitando que eu a fechasse. Com os meus superpoderes da adrenalina e todas as emoções rugindo, eu a fecho com força e ligo o motor. Ouço seus pedidos abafados.

— Espere! Desculpe. Você está certa. — Isso faz com que eu olhe pra ele. Ele está fazendo careta, e batendo com as mãos juntas na janela enquanto dou ré. — Você vai dar queixa disso? Não posso perder meu emprego agora, Jill.

Ele diz meu nome como se realmente me conhecesse. Sra. Schiff, segundo ano. O ano que fiquei com Dylan depois que tiramos a carta juntos. O ano que coloquei meu *piercing* sem a permissão da minha mãe ou do meu pai e sofri duas semanas de castigo pensando que isso era a pior coisa do mundo que poderia me acontecer. O ano em que Laurel e eu entramos num clube só pra maiores na Colfax, tivemos a melhor noite de todas e conseguimos nos safar completamente. O ano que eu não tinha ideia do quanto da minha vida sortuda eu perderia.

— Jill?— R. J. pede novamente. — Sério, é minha primeira semana. Por favor.

Percebendo que tenho o controle da situação, baixo a janela só o suficiente pra que ele me ouça claramente.

— Seu merda insistente.

Ele fica lá, segurando as mãos e me vendo passar pela lombada rápido demais. Então faço a curva de saída e ele desaparece.

Na metade do caminho pra casa, estaciono numa rua residencial, muito agitada pra dirigir. Meu cotovelo dói onde bateu no rosto de R. J. *Idiota.*

Começo a chorar.

Não mais por medo ou raiva. Mas sim porque, quando eu chegar em casa, meu pai não vai estar lá pra ficar indignado com meu comportamento, pra ficar impressionado quando eu encenar o meu golpe com o cotovelo, pra dizer "Eu falei pra você" sobre me obrigar a fazer aquelas aulas, pra me dizer que eu fiz a coisa certa e que, de qualquer maneira, a loja fica aberta até muito tarde nos dias de semana. Não vou vê-lo ficar vermelho. Não vou convencê-lo a não chamar a polícia ou a segurança da Margins. Não vou dizer "Pai, calma. Eu sobrevivi. Tá tudo bem".

Vou entrar pela porta e sua poltrona vai estar vazia.

Bato no volante algumas vezes, assuo o nariz em um lenço que eu acho no porta-luvas, e vou pra casa. No caminho, paro num minimercado e compro três revistas pra Mandy e um pacote de *cupcakes.*

Por que fiz isso é difícil dizer, exceto que eu sei ser exatamente o tipo de coisa que meu pai teria feito.

*

Mais tarde, quando não consigo dormir e depois de tentar todos os truques costumeiros — ouvir programa de rádio, contar de trás pra frente e tomar chá quente —, pego meu álbum do segundo ano pra não acabar ficando acordada pensando no meu pai a noite inteira.

Acho a foto da minha classe e olho, olho, olho, como Jill MacSweeney é uma pessoa de um passado distante. Um colega esquecido. Um amigo de férias antigas.

Aqui está algo que me lembro: Laurel e eu trocamos de camiseta naquela manhã da foto. Por nenhuma razão além de tirar sarro de toda aquela ideia de fotos de escola e de como todo mundo estava tentando tanto parecer bem. Consigo ver nós duas no banheiro feminino, rindo e de sutiã. Na minha foto, estou com a camiseta preferida dela, uma camiseta retrô do English Beat. Na foto dela, ela está vestindo meu moletom verde, que era minha assinatura. Dói olhar pra tanto tempo distante. Tudo o que consigo lembrar é o que eu perdi, não o que eu era.

Desai... Desai... Viro as páginas até encontrá-lo. Ravi — não R. J. — Desai.

Sua frase de veterano está sob sua foto:

Em nossa jornada para o futuro,
que encontremos todos novas aventuras,
e nossos eus verdadeiros.
Obrigado Mãe e Pai, Miti, Neil, Anand.

Ele usava óculos, cabelos grandes e volumosos, um rosto redondo; ele assinou sua foto. Sinto-me meio mal por não me lembrar dele. Ele obviamente era uma pessoa diferente, entretanto. E eu também era. A Jill de antes do pai morrer. Que é tão estranha pra mim agora quanto Ravi.

Mandy

Hoje tenho uma consulta com um médico, e é a última coisa pela qual tenho que passar antes de tirar as coisas da mochila. Robin se ofereceu pra me ajudar ontem à noite.

— Você não quer colocar as coisas em ordem antes de dormir? — ela perguntou. — Você vai dormir melhor. — A gente estava no quarto de hóspedes, meu quarto. Jill tinha ido trabalhar. Robin fez sanduíches de peru e salada de frutas para o jantar. Nunca tinha comido uma salada de frutas como aquela; era só fruta picada, sem chantili, *marshmallow* ou qualquer coisa.

Falei pra ela que não, que eu ia esperar e fazer isso hoje, depois de ter um tempo pra pensar onde colocar as coisas. Robin me deixou ficar sozinha depois disso, e eu fiquei deitada acordada por horas ouvindo os carros passarem. Não que fosse isso que me mantinha acordada; eu gosto daquele som, e de saber que tem gente lá fora indo e vindo. O apartamento de Kent ficava no terceiro andar de um prédio na Interestadual 29. Ele gostava de morar perto dos cassinos. "Um condomínio de apartamentos", minha mãe dizia, depois de ler no *website* antes de irmos morar com ele. "Tem uma ampla gama de confortos." Era mais silencioso do que se imaginava, com carpetes por todo lugar e vizinhos que não se falavam de verdade. Às vezes eu sentia que mesmo se eu gritasse muito, ninguém me ouviria.

O que me manteve acordada ontem à noite foi a preocupação sobre essa consulta e se depois dela Robin vai me deixar ficar. Tenho que fazer dar certo. A consulta é um lembrete do porquê estou aqui. Não estou aqui por mim. Robin não está aqui por mim. O quarto de hóspedes não está aqui por *mim*, e não tem importância se Jill gosta de *mim*, e tudo isso caminha pra um momento em que vou embora. Esse é o ponto. Eu indo embora. O bebê ficando aqui. Essa é a parte que eu não quero estragar.

O médico é uma mulher. O nome dela é Megan Yee, com um consultório num hospital, e estamos todas sentadas em volta de uma pequena mesa redonda na sala de exame. Ela é jovem e muito bonita pra ser médica, com cabelo liso preso num rabo e brilho labial num tom natural. Achei que o médico seria um homem. Eu esperava que fosse. Homens gostam mais de mim do que mulheres, em geral. Respondo às perguntas da Dra. Yee do mesmo jeito que tenho respondido às perguntas de Robin.

Amanda Madison Kalinowski.

Dezoito anos.

Trinta e sete semanas.

Um menino.

O pai não pode ser encontrado, mas, até onde sei, está em perfeita saúde.

Sim, tenho tomado vitaminas, frequento as consultas e não bebo ou fumo.

Só uma porcentagem dessas coisas é verdadeira, mas tento dizer tudo exatamente da mesma maneira. Fazendo contato visual, mas não muito. Respirando normalmente. Deixando minha mão sobre a barriga e às vezes olhando para o quadro de lírios na parede atrás da cabeça da Dra. Yee. Quando digo "37 semanas", ela tira os olhos do laptop onde ela está colocando as informações, bate os olhos na minha barriga, no meu rosto e na minha barriga novamente. Depois, volta para o computador.

— Você fez teste de tolerância à glicose? — ela pergunta, digitando.

— Provavelmente.

— Você se lembraria. Eles deram uma bebida bem doce para você?

Ela deveria sorrir e ser mais amigável se quisesse que seus pacientes relaxassem. Toda vez que respondo uma pergunta, me sinto como se fosse a resposta errada.

— Talvez não.

Robin está sentada quieta na cadeira do lado da minha. Evito olhar pra ela, embora eu tenha muita vontade. Queria ficar olhando as peças dela se juntarem. Quero me juntar a ela também, e não quero decepcioná-la, mesmo que esteja marcado pra acontecer. Em todos os nossos e-mails, desde janeiro, tentei ser exatamente o que ela queria que eu fosse, porque tudo o que importava era fazê-la aceitar o bebê e ficar com ele. Só que ela me fazia tantas perguntas. Queria saber mais sobre mim do que qualquer pessoa. Coisas pequenas, como o tipo de música que eu gosto e minhas matérias favoritas na escola; e grandes também, como qual é a minha ideia de Deus; quem são meus heróis na história; e, se eu pudesse ser qualquer coisa, o que eu gostaria de ser. Uma vez ela me mandou um e-mail curto que dizia apenas: *Havia urracas na neve quando eu caminhava hoje de manhã. Você já viu o quadro de Monet chamado* A Urraca*? É um dos meus favoritos.*

Não sei como dizer pra ela que eu nunca fui a um museu. Talvez numa excursão da escola uma vez, há muito tempo, mas não sei se essa vez conta.

Perguntas como essa, e como quem são os meus heróis na história ou o que eu queria ser, eu não respondia, porque não tenho uma resposta. Não queria que ela pensasse que sou burra. Não queria dizer a coisa errada. Seus e-mails me deixavam nervosa às vezes, embora eles fossem empolgantes de receber e de ler. E mesmo que nada disso deva ser sobre mim, era difícil não deixar de ser um pouquinho sobre mim. Nunca conversei com ninguém que tivesse tantos pensamentos sobre tantas coisas diferentes. Tudo parecia um teste, e devo ter passado, porque estou aqui.

Essa consulta parece um teste também, e tenho certeza que não vou passar.

— Fique em pé, por favor. — A Dra. Yee pega uma fita métrica pendurada em seu pescoço e mede minha barriga. — Trinta e sete semanas?

— Sim.

— Se você tem certeza da data aproximada da concepção, fico preocupada com a RCF. — A última parte ela fala pra Robin.

— Ah — Robin parece preocupada. — Isso significa que o bebê não está crescendo como deveria — ela diz pra mim. — Você tem certeza absoluta sobre a data?

— Posso estar um pouco errada. — Vejo o meu quarto na casa da Robin. Descendo a escada com minha bagagem. Pegando um trem pra voltar. Nunca mais recebendo um e-mail da Robin que começa com *Mandy, querida.*

A Dra. Yee coloca a fita métrica em volta do pescoço novamente. — Já que Mandy não tem nenhum registro, gostaria de começar tudo do zero e fazer todos os testes. Inclusive um ultrassom. Ok?

Robin afirma com a cabeça, seus lábios apertados. Não está brava. Está com medo. Não queria que ela se preocupasse.

— Provavelmente contei errado — digo. — Nunca fui boa em Matemática. — Ela tenta sorrir, mas consigo perceber que ainda há pensamentos passando pela sua cabeça. Deve estar se perguntando se menti de propósito e se o bebê não é mesmo saudável como disse que era, ou se eu dormi com mais pais do que eu disse. Ou se menti sobre as consultas". O que eu fiz?!

— Coca-Cola, laranja ou limão? — a Dra. Yee pergunta. — Você escolhe o que vai ser para o teste de glicose.

— Laranja.

Ela sai, uma enfermeira entra, e pelos próximos dez minutos faço xixi num copo, verificam a minha pressão e tomo a bebida doce. Depois a enfermeira conduz Robin e eu pelo corredor pra sala de ultrassom, onde exponho a minha barriga. Robin se levanta pra sair com a enfermeira.

— Não — digo. — Você pode ficar. — Ela olha pra uma tabela na parede enquanto tiro meu vestido, mantendo minha roupa de baixo, mas tirando a longa blusinha de alça que tenho usado por baixo da roupa, porque meus sutiãs já estão muito pequenos. Fico em pé na frente dela e me abraço. — Tá frio.

Ela me encara, sem se mover.

— Seu corpo é tão... — Ela ri, constrangida. — Sua pele. Você nem tem marcas de estrias. Isso me faz sentir velha. — Ela se levanta e pega um lençol dobrado de cima da mesa e o coloca em volta dos meus ombros.

Ela é velha. Um pouquinho. Mais do que eu imaginava, embora tenha dito a idade e eu não tenha me importado. Ficando tão perto dela como estou agora, posso ver cada linha de seu rosto. — Tenho bons genes, só isso. E o bebê também vai ter.

Três batidas breves na porta e a Dra. Yee entra com um homem a seguindo.

— Este é Nils, nosso profissional do ultrassom.

Nils, baixo e loiro, vestindo uma roupa rosa, pisca pra mim.

— Tenho certeza de que você também é uma profissional agora, Mandy, afinal, já deve ter feito esse exame pelo menos uma vez.

Não digo nada, deixando que pensem que o meu calar é um sim. Subo na mesa e Nils arruma o lençol pra que eu fique toda coberta, exceto minha barriga. Ele espalha um gel frio nela. Pra ficar relaxada, penso sobre a viagem de trem, o rio Missouri e os campos de milho, me tornando uma pessoa que não sabe nada além daquilo que lhe foi dito, não uma mentirosa. O sensor desliza sobre minha barriga enquanto eu olho para os blocos salpicados do teto, até que Robin inspira e diz: — Aí está ele. — Ela segura minha mão.

No monitor, uma forma em preto, branco e cinza ondula e pulsa.

Penso no verão. A noite quente, as estrelas.

— Ele? — Nils pergunta. — Tem certeza sobre isso? — ele move o sensor.

A Dra. Yee estuda o monitor. — Não. — Ela se vira pra mim. — Quando disseram que era um menino?

— Não me lembro. Da última vez.

— Bem, eles entenderam errado. Acontece.

— É uma menina? — Robin pergunta baixinho. Não consigo dizer pela sua voz se ela está feliz ou desapontada. Quando olho, têm lágrimas em seus olhos, eu acho, eu espero que sejam lágrimas de felicidade. A forma na tela — o bebê — faz alguma coisa no meu coração se mover também. A verdade é que é a primeira vez que o vejo. Ela. Uma parte de mim que não é. Conectado a mim, mas também um alien. Viva. Real. Evidência de alguma coisa... de uma coisa ou de outra.

— Uma menina — Robin diz.

— Aí está o rosto — a Dra. Yee diz, apontando. — Vê o nariz?

Todos ficamos olhando por alguns segundos, talvez mais. Tento ver com quem ela se parece.

Então, Nils diz: — A pessoa que disse que era um menino é a mesma que disse que você estava de 37 semanas? — Um olhar é trocado entre ele e a Dra. Yee.

— Deve ter sido no começo de julho — digo. — A concepção. Pensando melhor.

A Dra. Yee concorda com a cabeça.

— Faria mais sentido. Você está medindo mais ou menos o equivalente a 33.

Mantenho meu olhar no monitor pra evitar o de Robin. Nils aperta alguns botões pra imprimir as imagens. Depois tira o sensor e o bebê desaparece.

❋

Tivemos que esperar um pouco mais pra que uma hora passasse entre a bebida de laranja e quando eles tiraram o sangue. Robin digita no telefone, papéis estão espalhados pela cadeira ao lado dela.

— Desculpe-me — ela diz. — Tenho um monte de mensagens de clientes pra ver. Tem sempre um acúmulo depois de um feriado.

— Tudo bem.

Gosto de vê-la trabalhar. A maior parte do que vi do trabalho da minha mãe, pelo menos desde que ela conseguiu o emprego no cassino, foi ela chegar em casa de uniforme e tirar a maquiagem com creme, do mesmo tipo que minha avó usava. Depois ela toma um banho, arruma o cabelo e refaz a maquiagem pra quando Kent chegar em casa não ter que pensar no fato de que ela passou o dia andando e servindo bebida pra outros homens.

— Mas é assim que ele conheceu você — eu disse. — Ele sabe.

— Eu sei que ele sabe, Mandy, mas não quero esfregar isso na cara dele.

O trabalho da Robin é um tipo de coisa totalmente diferente, embora pareça um pouco que ela está fazendo isso pra evitar falar comigo. Queria pensar em algo pra dizer que a fizesse saber que está certa em confiar em mim, mesmo que eu tenha estado errada sobre alguns detalhes. Que ela não está cometendo um erro. Quero dizer a ela. Esse bebê, menino ou menina, pertence a ela e vai fazê-la feliz, e só porque as datas estão um pouco erradas e o sexo é diferente não significa que tenha alguma coisa pra se preocupar. Talvez eu devesse contar a ela que eu tive dúvidas também, que tem pequenos momentos em julho que eu lembro e tenho certeza que esse bebê é a prova deles e que eu quero ficar com ele. É a única evidência que eu tenho. E é por isso que, no final, embora existam aqueles pequenos momentos, eu quero protegê-lo mantendo-o longe de mim e de onde eu venho.

Estamos no mesmo barco, Robin e eu, com medos e dúvidas, mesmo que sejam diferentes. Estamos ambas entrando num futuro incerto. Mas sei que se eu tentar dizer tudo isso, vou me embaralhar com as palavras e só preocupá-la mais. Muitas vezes na vida, a melhor coisa a se fazer é ficar quieta. "Não abra a boca se só coisas sem sentido vão sair dela, Amanda", minha mãe diz.

Quando chega a hora, a enfermeira tira meu sangue. A Dra. Yee conversa com Robin sobre mim.

— Ela pode continuar, ou começar, a se exercitar moderadamente. Cuide da alimentação dela. Jenny vai dar alguns panfletos pra vocês no balcão da frente e ligar pra entregar os resultados do exame de sangue em alguns dias. Na saída, marque uma consulta pra daqui a duas semanas. — A Dra. Yee afaga meu ombro. — Ok, Mandy. Cuide-se e também do bebê.

— Vou, sim.

❀

No carro, Robin me lembra de colocar o sinto. — Vamos levar você pra casa e preparar algo pra você comer, depois tenho que sair correndo pra uma reunião.

— Ok.

Tem bastante trânsito na saída do hospital, que é em Aurora, uns vinte minutos de carro. Robin me falou sobre ele no caminho pra lá — como é o melhor, como é perto de Colfax e fácil de chegar, como o setor de obstetrícia tem tudo de mais avançado e banheiras grandes em todos os quartos, se a pessoa quiser o parto na água. No caminho pra casa, ela ficou quieta. Foi só quando entramos no caminho da garagem e ela desligou o carro que me perguntou: — Você não sabia mesmo a data da concepção?

A honestidade nem sempre funciona. As vezes que tentei ser honesta com minha mãe sobre coisas importantes, ela não acreditou em mim, e isso só piorou a situação. Acho que Robin é diferente. Sei que ela é. É por isso que estou aqui. Ainda assim, estou com muito medo pra dizer qualquer coisa que não seja *sim*. Prefiro que ela pense que sou estúpida do que mentirosa. Ela veria a situação como se eu tivesse tentando tirar vantagem, mas não é isso. É sobrevivência, nada mais. Não podia esperar mais.

Ela faz que sim com a cabeça.

— Vou ter que reorganizar minha agenda.

— Desculpe-me — Passo minha mão pela fita do sinto de segurança. — Você quer que eu me mude pra algum lugar até que chegue mais perto da data? — Não que eu pudesse. A não ser que eu vendesse o relógio do Kent, o que não estou pronta pra fazer, ainda não.

Robin me olha, com uma surpresa em seu rosto.

— Não. Não, não. Você vai ficar por aqui. Está ótimo. — O celular toca, mas ela o ignora. — Mas, Mandy, você tem que entender quanta confiança isso exige de mim, fazer isso do jeito que você quer. O que estou arriscando.

— Eu sei.

— Não posso perder outra pessoa. — Sua voz é firme.

— Eu sei.

Ela tira o sinto de segurança e pega a bolsa, o casaco, os óculos de sol, olha pra mim e posso ver que ela ainda está feliz, que ela não me odeia.

— Então — ela diz — acho melhor começarmos a pensar sobre nomes de meninas.

Jill

É muito fácil perseguir alguém quando se namorou essa pessoa por quase dois anos. E Dylan, sendo uma criatura de hábitos rigorosos, torna isso uma brincadeira de criança. Terça-feira com tempo frio é dia de sopa vietnamita, e como sou a única entre seus amigos que compartilha sua grande paixão por sopa vietnamita, ele vai estar sozinho. Sozinho é um tema recorrente pra mim também, quando se trata da hora do almoço. Na sexta-feira, tentei me oferecer pra comer com Laurel e Cinders, mas elas não morderam a isca. Ou seja, eu, em pé no nosso antigo ponto de encontro perto do banheiro feminino do lado do armário da Laurel, tentando parecer fisgável e disponível. Elas me viram. Ah, elas me viram. E depois de verem, trocaram um olhar e continuaram andando.

Acho que eu poderia ter ido ao encontro delas e dito: — Ei, sinto falta de vocês, garotas. Me desculpem. Me desculpem mesmo. Eu estava errada. Ficar sozinha foi uma ideia ruim. Posso comer com vocês? Ou perto de vocês? Por favor, por favor, por favor?

Entretanto, esse não é o tipo de coisa que sou muito boa em dizer.

Esperando um resultado melhor com Dylan, aguardo ao lado de seu carro no estacionamento pra estudantes, congelando minha bunda e apostando em seu vício em sopa vietnamita. Passa um tempo suficiente pra dúvida se instalar, assim como o frio. Arrombo o carro dele — uma tarefa simples, graças à fechadura de uma porta traseira que nunca funcionou direito — e pego seu cobertor da Universidade de Colorado do porta-malas, jogando-o sobre minha cabeça e me enrolando no assento traseiro.

Eu disse pra mim mesma a manhã toda que só preciso da amizade dele agora, seu conselho sobre a Mandy, seu *insight*. Que eu não estou aqui pra tentar voltar a ficar junto. Que mesmo se ele quisesse, eu não ia querer, porque muita coisa tem acontecido e às vezes as coisas encontram um fim naturalmente, e é assim que as coisas são.

Mas assim que eu cheiro o cobertor...

Ok, o cobertor está um pouco mofado, mas, sob o mofo, lá está ele.

Ahhhhhhh, Deus.

A pomada modeladora que ele usa no cabelo. Os lencinhos umedecidos de eucalipto, ecologicamente corretos, que sua mãe gosta. Café. Chiclete de canela.

Já terminamos e voltamos duas vezes desde... meu pai. Pode-se dizer que estamos no nosso terceiro término agora, embora tecnicamente eu ache que isso é mais um término do tipo "não posso ficar com você agora" do que propriamente um fim. Tudo que sei é que qualquer coisa que eu tenha dito antes, e o que quer que aconteça no futuro, preciso dele hoje.

Exatamente na hora que estou me aproximando de um choro purificador e íntimo, ouço a porta do motorista abrir, e sinto alguém se jogar no banco. Eu sabia. Um hábito rigoroso. Ele dá partida no carro, liga o aquecedor e começa a andar pra frente enquanto penso em anunciar minha presença, e então parece tarde. Embora eu esteja tentada a xingá-lo por dirigir pra frente pra sair da vaga no estacionamento, o que me deixa louca da vida, porque deixava o meu pai louco da vida. "Você deveria dar ré", meu pai diria. "Essa é a regra, é o que todos os carros no entorno esperam, e você deveria sempre tentar agir de forma previsível quando dirige." Ele era um ótimo motorista. O Sr. Segurança no Trânsito. E não é justo que ele tenha morrido num acidente de carro. Então, eu me pergunto se ele está em algum lugar e sabe como tudo aconteceu. Talvez ele esteja dando uma lição numa senhorinha — também morta — que ficou desorientada por um forte raio de sol da manhã, cruzando para a outra pista e batendo nele numa velocidade adequada pra rodovias.

Não fique pensando nisso, Jill. Pense em quão distraído Dylan está. Se ele não estivesse, teria checado o banco traseiro pra ver o que tem no estranho monte embaixo do cobertor. Será que ele não consegue, tipo, sentir que não está sozinho? Agora estou com medo de dizer alguma coisa e ele se assustar e dar uma guinada em direção à outra mão da via. Mentalmente sigo as paradas e as viradas — sim, com certeza, sopa vietnamita. É quase engraçado quão absorto ele é. Imagino todos os jeitos que eu poderia me revelar, desde jogar o cobertor e gritar "Surpresa!" até colocar lentamente a mão no seu pescoço. Isso me parece hilário. Ou terrível. Estou no limite, titubeando entre rir como uma louca e explodir em pesados e assustadores soluços. Uma risada ou um soluço sobem na minha garganta quando imagino a reação de Dylan me encontrando; travo meus lábios, bem forte, tentando não me mexer. Lágrimas saem espremidas dos meus olhos. Acho que estou chorando. Não sei.

O carro para. Dylan puxa o freio de mão e a porta abre e fecha. Sinto a lufada de ar frio. Finalmente, solto um riso-soluço e me sento, aliviada por respirar sem o filtro do cobertor. Mais dois soluços. Com certeza soluços. Livre-se disso, Jill. Não preciso agir feito uma boba na frente do Dylan agora. Preciso mostrar a ele que estou sã, estável e pronta pra ser humana.

Depois de alguns minutos inspirando profundamente, saio do carro e ando pra um lado da rua e depois volto, entrando casualmente no restaurante. Dylan está numa mesa pequena, já bebendo chá quente enquanto olha para o celular.

— Ah, ei — digo, parecendo surpresa. Bem ruim.

Faz umas duas semanas desde a última vez que o vi assim, fora da sala de aula e do corredor da escola. Ele é tão bonito. Está com o delineador preto borrado e descoloriu uma mecha do seu cabelo preto, mas não está com o *piercing* de argola na boca, aquele que eu gosto de puxar de leve com os dentes quando nos beijamos. — O que você está fazendo aqui, Jill?

Não é bem o oi que eu esperava.

— Só um? — o garçom pergunta, segurando o cardápio.

— Hmm...— Dylan vai me fazer pedir o que não consegui pedir a Cinders e Laurel. — Posso me sentar com você?

— Se quiser. — Ele coloca o celular de lado. Um bom sinal, como se estivesse querendo prestar atenção em mim.

Eu sento, peço uma tigela da minha sopa vietnamita favorita e um chá quente.

— Você me seguiu até aqui? — ele pergunta, olhando pra mim por cima da xícara.

— *Não.* — Como se não tivesse seguido. — Eu queria muito uma sopa. Você acha que é o único que pode vir aqui? É dono do lugar agora?

Ele ri. É um som lindo.

— Jill, você tem merda na cabeça. Você acha que eu não vi você entrar no meu carro antes que eu mesmo entrasse nele?

Sorrio.

— Fiquei me perguntando que raio tinha de errado com você que não me notou.

— É meio assustador.

— Quase achei que não viria aqui. Mas conheço você e o inverno, as terças e a sopa vietnamita.

Ele levanta os ombros.

— O que posso dizer? Sopa vietnamita é pedra.

Dylan tem esse sistema de classificação pra tudo — comida, bandas, roupas, professores, filmes, carros, músicas, acontecimentos na vida — baseado no jogo pedra, papel e tesoura. O que quer que seja o melhor, ou profundamente bom, ou certo ou verdadeiro, é pedra. Porque a pedra, embora possa ser derrotada (ou "escondida", como Dylan prefere dizer) pelo papel, ela nunca pode ser destruída.

Me pergunto o que aconteceria se eu encostasse meu joelho no dele sob a mesa, ou tocasse seu braço. Me pergunto também quem é que deveria tomar a iniciativa. Será que quero isso?

— Não pretendia ser assustadora — digo, mantendo meus membros só pra mim. — Estava esperando você e estava congelante, e eu sabia que tinha um cobertor lá dentro. Depois eu ia dizer alguma coisa, mas não achei seguro assustar você enquanto dirigia. — Ao lembrar de algo que Dylan disse uma vez sobre eu nunca pedir desculpa, que em vez disso eu dou desculpas — verdade —, eu acrescento: — Desculpe.

O garçom coloca duas tigelas fumegantes de caldo de carne na mesa, junto com pratos de *noodles*, limões, brotos de feijão e carne fatiada bem fininha. Silenciosamente, atravessamos o ritual de desembalar e partir nossos palitinhos de madeira, esfregando um no outro pra tirar qualquer ferpa. Tiramos itens dos pratos e colocamos em nossas tigelas. Inclino minha cabeça sobre minha tigela, inalando o vapor cheiroso e fechando os olhos por um segundo. Faço um pedido. Um pedido pra sopa vietnamita. Desejo que Dylan fale comigo como se eu fosse uma pessoa da qual ele ainda goste um pouquinho. Não preciso que ele me ame ou me adore. Só me tolere, seja meu amigo.

Talvez a melhor maneira de encorajar isso é conversar sobre alguma coisa neutra, pelo menos algo que seja adequado à nossa relação.

— Você lembra que minha mãe está adotando um bebê?

— Com certeza não me esqueci disso.

— A mãe, a menina grávida, chegou hoje.

Isso chama a atenção dele. Ele baixa os palitinhos.

— Puts, cara. Não me dei conta de que isso estaria acontecendo *agora*. Não foi só, tipo, umas seis semanas atrás que sua mãe contou pra você?

— É. Tá acontecendo.

— Deve ser louco. Se dar conta que é real e tudo o mais.

— Totalmente louco.

— Quero conhecer ela.

— Quer?

Ele pega os palitinhos, chupa os *noodles*.

— É, quero dizer, é um lance grande. E mesmo que, você sabe, as coisas estejam do jeito que estão, ainda meio que me sinto parte da família. Se isso estiver ok pra você.

Sim, sei o jeito que as coisas estão.

— Tá ok. Tá bom.

Isso está indo tão bem. Tão inacreditavelmente perfeito. Eu continuo: — Minha mãe a levou ao médico de manhã. Pra checar tudo. Essa garota, ela é de outro planeta, estou te falando.

— É? — Ele pega um bocado dos brotos de feijão.

— Cheiradora de couro. Comedora do pior tipo de *junk food*. Amante de revistas de fofoca.

— Ela é da nossa idade, certo? E só vai ficar por um tempo. Você consegue lidar com isso.

— Sério, Dylan, ela é *bizarra*.— Derrubo uma fatia de carne no meu caldo; agora estou com sorte. — Não tem muita coisa acontecendo naquela cabecinha. A maior ambição dela era ir ao Pancake Universe.

Dylan empurra seu lábio inferior pra frente e afirma com a cabeça: — Hã-hã. E desde quando você a conhece? Tipo, um total de cinco horas mais ou menos?

Seu tom mudou totalmente. Então, mudei o meu também.

— Você está dizendo que eu não tenho o direito de julgar?

— Não. E mesmo que estivesse dizendo isso, sei que você não pararia. Só estou dizendo que talvez você devesse pensar sobre como ela se sente. Ela provavelmente está assustada pra caramba. Deve precisar de uma amiga. Nem todo mundo nasceu independente como você.

Bem. O que devo dizer em resposta a isso?

Ele pega sua tigela e bebe, depois a coloca na mesa.

— Uau. Deixei você sem fala?

— Há — digo suavemente, e foi tudo o que eu consegui. Então, eu sou independente. O jeito de ser para o qual meu pai me criou. Nenhuma filha dele ficaria parada num acostamento escuro, acenando a um potencial estuprador pra ajudá-la a trocar um pneu. Ele abriu minha primeira conta no banco quando eu tinha 12 anos e me ensinou a fazer um orçamento e a controlar minha conta usando uma planilha. Ele me ensinou não só a dirigir, mas a dirigir na neve, no gelo, fora da estrada, em uma enchente. Sei trocar o óleo e pastilhas de freio; entendo as maravilhas dos juros compostos; estou encarregada da manutenção dos alarmes de incêndio e dos filtros do aquecedor da nossa casa; sei carregar e limpar armas e atirar em quem eu precise; e consigo derrubar um homem com uma cotovelada na cara.

Ok, também sei que não é o que Dylan quer dizer. Ele está falando sobre independência emocional. Não é como se eu tivesse escolhido isso. Eu queria dizer pra ele: "Quando alguém que você ama e de quem depende emocionalmente morrer, a gente volta a conversar".

É necessário um novo assunto. Talvez contar a ele sobre meu encontro com Ravi, vulgarmente conhecido como R. J. Desai, funcionário da prevenção de danos, vá fazê-lo se interessar pela minha vida novamente.

— Você se lembra de um cara da...

— Jill, tenho que voltar pra escola. — Ele coloca dinheiro sobre a mesa e se levanta. Só o suficiente pra pagar pelo seu almoço e a gorjeta. Me levanto também, e imediatamente percebo que deixei minha bolsa no armário. Fantástico.

— Você pode me emprestar, tipo... sete dólares? — A Senhorita Independência, essa sou eu.

Dylan está arrumando a calça *jeans* pra que ela fique exatamente sobre seus quadris. — E se eu não tiver? O que vai fazer?

— Você tem?

— E se não tiver?

— Você *tem*?

Ele pega o dinheiro da mesa e vai até o caixa pra pagar nossa conta com o cartão de débito. Cinco minutos atrás, ele era da família. Agora estamos... do jeito que estamos. Espero perto da porta tentando parecer como se não estivesse incomodada. Quando ele volta, diz: — Você precisa de uma carona de volta pra escola também.

— Não preciso — digo instantaneamente, e tão instantaneamente me arrependo. Por que não consigo simplesmente dizer sim pra ele? O que estou tentando provar exceto que ainda não sei reconhecer que, como todo mundo, não quero ficar vagando pelo universo totalmente sozinha? Que às vezes estou errada, que às vezes estrago tudo, que às vezes eu preciso pedir misericórdia para os amigos... pra minha mãe... meu pai. Que neste momento eu quero Dylan mais que tudo. Mesmo com todos esses *insights* brilhantes e conscientes, eu empurro a porta do restaurante e digo: — Não preciso de nada.

Mandy

Não é minha culpa a pasta de amendoim. Robin *quer* que eu coma coisas como pasta de amendoim em fatias de maçã, como petisco, em vez de *cupcakes* de chocolate ou chocolate quente. A pasta de amendoim delas nem é tão boa assim; elas compram no mercado de comida saudável, e se você a deixa fora da geladeira muito tempo, fica cheia de óleo.

Jill está em pé entre a TV e eu.

— Por que você enfiou o pote vazio de volta na geladeira? Coloque em cima do balcão, assim a gente sabe que acabou. Ou escreva na lista de compras perto do telefone.

Estou aqui faz só dois dias. Não entendo direito como eu devia saber onde elas deixam a lista de mercado. Na casa do Kent a gente nem faz lista. Se não tem comida, ele grita e minha mãe vai até o mercado.

— Acho que se você raspar os lados tem o suficiente pra uma bolacha. — Tento ver no espaço entre seu braço e seu corpo o que está acontecendo no programa que acabou de começar.

— Não, não tem. — Ela anda até o sofá onde estou esticada com meus pés pra cima, e segura o pote sem a tampa na minha cara, pra me mostrar. O cheiro me dá fome de novo. — Onde está a minha mãe?

— Ela tinha um compromisso. Disse pra falar pra você que ela deixou um bilhete no seu quarto.

Ainda segurando o pote de pasta de amendoim, Jill sobe a escada pisando duro. De manhã, depois que a Jill foi pra escola, Robin sentou do meu lado no sofá e disse: — Sobre a Jill...

Eu mudei de posição e prestei atenção.

— Você vai ter que entender — Robin disse — que eu meio que soltei isso tudo pra cima dela muito de repente. Não posso culpá-la totalmente por não saber como lidar com isso. Espero que ela tenha conseguido se acostumar por enquanto.

Ela me disse pra dar um tempo, que a Jill é, na verdade, uma pessoa boa e generosa que esconde tudo isso muito bem. Eu disse: — Quanto tempo?

Robin sorriu e depois parou e disse que desejava saber, que ela estava esperando há um bom tempo que Jill voltasse a ser o que era.

Na segunda-feira à noite, eu estava na cama do meu quarto, acordada, antes de Jill chegar do trabalho e não me levantei até que ela tivesse saído na manhã seguinte, mas tinha revistas pra mim na mesa da cozinha. Ela tinha deixado. Então, eu tinha alguma coisa pra ler no café da manhã enquanto Robin lia o jornal. Foi legal. Ontem fui ao médico, e quando Jill chegou em casa e descobriu tudo sobre o bebê, que na verdade era uma menina e que não nasceria daqui a sete semanas, ela não escondeu que ficou brava, e não falou muito comigo desde então.

Não parece que vai ser diferente hoje.

O convidado no programa de TV é um especialista em sutiã, e as mulheres da plateia vão até o palco, são medidas e todas elas precisam de uma taça maior do que achavam, e não sei por que, mas não parecem contentes com isso. Sempre usei o tamanho certo. No sexto ano, quando cheguei em casa após a escola, tirei meu suéter porque era primavera e eu queria sentir o ar em meus braços. Minha mãe me viu de camiseta e me puxou para o meu quarto — na verdade, era metade meu quarto e metade escritório do Gary — e levantou minha camiseta. Fomos direto comprar algo que servisse. "Por que você não disse nada, Amanda?", ela me perguntou no caminho pra loja. "Espero que você não tenha ficado andando pra lá e pra cá assim na frente do Gary." Gary era seu namorado naquele ano. O que me lembro dele é uma corrente de ouro de verdade, e o cheiro de chá verde. Ele bebia isso o tempo todo porque os antioxidantes equilibravam o seu tabagismo, ele dizia.

Depois que compramos o sutiã, minha mãe me levou pra tomar sorvete. Ela me fez pedir um sundae de três bolas com tudo, embora eu estivesse sem fome, e comprou um refrigerante *diet* pra ela. "Coma, Mandy, enquanto você pode", ela disse, com os olhos vidrados no meu sorvete, morrendo de vontade. Eu o deslizei até ela e ofereci minha colher. Ela o empurrou de volta, como se fosse um veneno, e balançou a cabeça. "Você sabe o que isso vai causar nos meus quadris. E nos seus logo, logo. Você vai ver." Desde então, ela começou a dizer que eu tinha de vigiar meu peso, que não podia ser amiga de meninos e que eu nunca deveria sair do meu quarto se não estivesse totalmente vestida. Dizia também que eu tinha que usar desodorante, lavar meu cabelo todo dia, não me sentar com as pernas abertas ou correr pelo pátio da escola. Depois de dizer isso tudo, ela pegou minha colher e um grande bocado de sorvete, cobertura quente e granulado de castanha. "Vou falar pra você o que minha mãe me falou", ela disse, segurando a colher como se não fosse me devolver. "Sua infância acabou."

Eu só tinha 11 anos.

Quando entra um comercial, me levanto do sofá e alongo minhas costas.

— Jill? — chamo na direção da escada. Não tem resposta. No pé da escada, chamo de novo: — Jill? — Ela está me ignorando. Subir a escada não era tão difícil, mas quando chego até a porta do quarto dela, que estava fechada, tenho de tomar fôlego por alguns segundos.

Tem música tocando e, sob a música, alguma outra coisa.

— Você está chorando? — pergunto pela porta.

Ela não responde, então viro a maçaneta e empurro a porta. Jill está sentada no chão, no canto entre a cama e o *closet*, encostada na parede com a cabeça entre os joelhos, e os dedos entre os cabelos. A cada par de segundos, ela os aperta.

É triste quão sozinha ela parece.

Ela levanta a cabeça, e tem delineador nas suas bochechas. — Sai daqui.

— Você está bem?

— Eu disse pra sair daqui.

Foi a primeira vez que eu entrei no quarto dela. A escrivaninha é uma bagunça de lição de casa, pratos de comida, o laptop e um pote vazio de pasta de amendoim.

— Tem alguma razão pra você não sair daqui? — ela pergunta.

— Queria saber se você teria papel pra eu escrever.

Ela olha pra mim por um segundo, com um olhar duro, então aponta pra gaveta da escrivaninha. Pego três folhas de papel bege.

— E ... um envelope?

— Mesmo lugar. Embaixo.

Procuro um pouco mais embaixo e acho um envelope que combina.

— E um selo?

— Sério? — Jill funga e assua o nariz em um dos lenços amassados perto dela. — Procure na cozinha. Na caixa de charuto perto do telefone. Perto da lista de compras. E coloque pasta de amendoim nela. — Ela lambe os dedos e passa sob os olhos pra limpar o delineador, mas ficam algumas marcas.

No fundo da gaveta tem o canto de um porta-retratos. Abrindo a gaveta um pouco mais, vejo que é uma foto da Robin com um homem de barba grisalha e barriga grande. Um papai-noel de meia idade. Tem uma garota na foto também, talvez com 12 anos, de cabelo loiro escuro e aparelho nos dentes. É Jill; reconheço seus olhos castanho-esverdeados.

— É seu pai? — pergunto, segurando a foto.

Ela faz que sim com a cabeça.

— Por que você guarda a fotografia na gaveta?

— Porque é *particular*. — Ela fica em pé e tira a foto da minha mão, apertando-a no peito. — Você precisa de mais alguma coisa? Uma caneta-tinteiro? Uma enciclopédia? Um mapa para a caixa de correio? Se não, você pode, por favor, me deixar sozinha?

— Claro. — Me forço a sorrir, tentando ser amigável, tentando dar tempo pra ela. — Gosto da cor do seu cabelo na foto. Talvez você devesse deixá-lo ficar daquela cor de novo.

Ela volta a olhar para a foto.

– Obrigada pela dica, Mandy.

– De nada.

❀

Querido Alex,

Foi muito legal conhecer você no trem. Como foi o casamento da sua irmã? Tenho certeza de que foi bonito. Amo casamentos. Não tem nada mais bonito do que ver duas pessoas jurarem seu amor um para o outro, para a vida inteira. Sei que você disse que não é casado ainda, porque precisa encontrar a garota certa. Dê tempo ao tempo e se abra para o inesperado.

Não contei isso pra você antes porque é difícil pra mim falar sobre esses assuntos, mas não vou ficar com o bebê. A verdade é que o pai do bebê foi morto no cumprimento do dever. Não consigo encarar criar um bebê sem ele, e a única coisa justa a se fazer é nos dar a ambos um novo começo. Então, num par de meses, não estarei mais grávida e nem serei uma mãe, e estarei procurando por um novo começo. Minha vida é um horizonte aberto.

Só queria te contar.

Você pode me escrever nesse endereço por enquanto.

Com carinho,
Mandy Madison (do trem)

❀

As três folhas de papel foram necessárias pra escrever a carta do jeito certo, com uma letra de mão perfeita. Antes da Robin, eu não sabia escrever uma boa carta. Eu queria que ela me achasse inteligente, ou pelo menos não estúpida, então pedi na biblioteca um livro pra me ajudar, e a mulher da biblioteca encontrou mais de um. Os livros eram velhos e a maioria era de cartas comerciais, mas toda vez que eu escrevia um e-mail pra Robin, eu abria os livros, o dicionário, e copiava expressões e palavras dos exemplos de carta nos livros. Tinha categorias diferentes, como "cartas de agradecimento" e "carta pessoal" e "carta de desculpas". Uma coisa que aprendi é que em uma carta pessoal, você deve se referir a alguma coisa que foi mencionada na última vez que você escreveu ou conversou. Por isso falei sobre o casamento, mesmo que nunca tenha ido a um. Mas eu já vi na TV e amo mesmo casamentos.

Aposto que Alex não recebe uma carta escrita a mão faz tempo. Eu também não. Eu recebi da minha avó algumas vezes um ano antes de ela morrer, mas foi só isso. O tipo de vida que quero é o de ser uma pessoa que receberia uma carta pessoal todo dia. Mesmo um e-mail. Nunca tinha pensado nisso até que comecei a receber uma da Robin quase todos os dias. Nunca tive uma ligação como essa com alguém, em que todo dia você pensa no que vai falar pra pessoa, quer saber o que ela está fazendo, e você sabe que ela também está se perguntando o que você está fazendo. Acho que é assim que deveriam ser as relações. É isso o que quero para a minha bebê. É isso o que quero pra mim.

Jill

A Margins está insanamente cheia; tem uma fila no café e no balcão de pacotes a noite inteira. Gosto assim. Annalee consegue nos fazer funcionar como uma engrenagem bem lubrificada: atentos, mas eficientes, sugerindo um livro aqui e ali quando não tem muita gente esperando, e oferecendo, mas não empurrando o cartão de fidelidade. É uma daquelas noites nas quais todos os clientes vão embora felizes com as sacolas de plástico azul cheias de livros e CDs e qualquer porcaria aleatória da seção de compras por impulso — chocolate muito acima do preço, marcadores de livro chiques, canecas, periódicos etc.

Por quase três horas inteiras, nem pensei na Mandy. Quando as coisas finalmente desaceleraram um pouco e eu me lembrei dela, a palavra que não me saía da cabeça era *irmã*. O bebê da Mandy vai ser minha irmã. A descoberta de que *o* bebê é *a bebê* me tranquilizou um pouco. Sei que logicamente isso não deveria mudar nada em termos de como me sinto sobre a situação, e eu continuo achando que Mandy tem merda na cabeça por não saber seu real tempo de gravidez, mas que garota não quer uma irmãzinha? É uma oportunidade de ser venerada e adorada, de comprar moletons com capuz cor-de-rosa em miniatura e elegantes meias coloridas, de instruir um cérebro virgem sobre *Como Ser Maravilhosa e Não Podre*. Quando eu tiver a idade da minha mãe, uma distância de 17 anos não vai ser grande coisa, e poderia ser, não sei, *bom*. Ter alguém crescendo dentro da sua vida desse jeito, permanentemente, mesmo que a gente nem sempre se dê bem. Família.

E se alguma coisa acontecer com a minha mãe, do jeito que aconteceu com meu pai, eu não vou estar sozinha.

Me retiro desses pensamentos e tento reanimar minha implicância com a Mandy, que é um espaço mental muito mais fácil e agradável de habitar. Se minha irmã for exatamente como Mandy, esquece. Baseado no que aprendi nas aulas de Psicologia, poderia ser que sim ou que não. Natureza, educação, uma mistura de ambos... é tudo um mistério que ninguém entende de verdade.

Primeiro, temos que passar por essas próximas sete semanas.

Meia-hora antes de fechar, as filas, finalmente, diminuíram, e Annalee mandou todo mundo pra casa, exceto os responsáveis pelo fechamento. Isso significa ela, eu e Ron. Estou arrumando minha área e repondo o estoque de sacolas quando sinto olhos sobre mim. Annalee pergunta: — Posso ajudá-lo? — de um jeito superamigável e lisonjeiro, e sei que é por causa do Dylan. Só sei. Não tem mais ninguém cuja presença eu consigo sentir dessa maneira, até nos ossos. Mantenho minha cabeça abaixada de propósito por mais alguns segundos pra que ele possa gravar essa visão de mim concentrada e ter tempo de me perdoar por ter sido uma idiota ontem.

— Hmm. A Jill está por aqui?

Minha cabeça se levanta. Não é Dylan. É R. J. Ou Ravi. Com um hematoma amarelado em seu queixo.

— Por que está me encarando desse jeito? — eu solto.

— Desse jeito como?

Agora que estamos sob uma iluminação normal, consigo ver a semelhança entre o atual R. J. e Ravi do meu segundo ano. Seu rosto deu uma afinada, os óculos se foram e o cabelo está sob controle. Mas é ele.

— Não se preocupe. Esse é R. J. Desai — digo pra Annalee. — Funcionário da prevenção de danos. — Então, falo pra pra ele: — Essa é minha gerente, Annalee Calonita. Mas você provavelmente sabe disso, já que tem vigiado a loja".

Eles dão um aperto de mãos.

— Você é novo? — Annalee pergunta. — O que aconteceu com o cara chamado Doug Richards?

— Doug Richmond. Ele... não está mais com a gente.

— Ele *morreu*?

— Não, não, não. Ele está procurando novas oportunidades.

Ela ri. — Você não precisa usar o jargão corporativo aqui. Ele foi demitido, entendi. E aí?

Enquanto eu testava as canetas da minha caneca e jogava algumas fora, construí minha defesa para o caso de ele estar aqui numa tentativa premeditada de *me* arrumar problema por ter fechado mais cedo.

— Preciso falar com a Jill se você puder dispor dela por uns cinco minutos.

Ele puxa seu paletó com a ponta dos dedos. É quando percebo que está nervoso — não está aqui pra me arrumar problema, mas pra me implorar, como fez quando correu atrás do meu carro, pra não arrumar problema pra *ele*.

— Vá em frente.— Mesmo que Annalee pareça tranquila, sei que ela está se perguntando por que alguém da empresa ia querer conversar comigo e não com ela.

R. J. e eu atravessamos a loja até a seção de Filosofia e Religião. É num canto tranquilo, um bom lugar pra conversar. Normalmente saboreio profundamente momentos como este: eu, com o braço pra cima, segurando alguma coisa que outra pessoa quer e posso conceder ou recusar. Só que não estou sentindo o poder. O que estou sentindo é um atordoamento por ter certeza de que aqueles teriam sido os olhos de Dylan sobre mim. É tão enervante que tropeço no carpete e tenho de me endireitar com um movimento atrapalhado que envolve me agarrar numa prateleira e derrubar um copo de plástico com café que alguém deixou ali. Ele está meio cheio de café frio, que se espalha pela minha mão. Eu xingo.

R. J. tira um lenço do bolso de seu paletó e começa a esfregá-lo na minha mão.

— Aqui.

— Dá pra você... Não. — Pego o lenço dele e o uso para absorver o café antes que ele estrague metade dos livros da prateleira. — Ajude-me com estes.

Ele pega cinco livros com uma mão e dois com outra. Termino de limpar a prateleira e a mim mesma, reorganizo os livros, e entrego o lenço, então marrom e molhado, de volta pra R. J., perguntando: — Por que mudou seu nome?

— Então você se lembra.

— Na verdade, não. — Amasso o copo vazio na minha mão. — Tive que olhar no meu anuário. Como está indo sua "jornada para o futuro"?

— O quê?

— Nada. — Ron vem pelo nosso corredor com algumas devoluções. — De qualquer modo, você parece diferente. Percebe como eu não teria reconhecido você, não percebe?

Ele acena afirmativamente com a cabeça e aperta os lábios um contra o outro.

— Gosto mais de Ravi — digo. — R.J. soa como um barão texano do petróleo.

— Ok, me chame de Ravi. A maior parte das pessoas me chama assim. — Ele ainda está remexendo em seu paletó, em sua gravata, com seu lenço arruinado. — Sobre a outra noite...

— Com licença — Ron diz, esbarrando em nós e desaparecendo atrás da prateleira.

Ravi fica mudo de novo, me encarando como se quisesse alguma coisa, como se esperasse alguma coisa.

— O que foi? — pergunto. Quando ele permanece calado, faço um gesto de impaciência com a mão do tipo *Vai logo*.

— Foi uma... — Ele olha para o teto, solta o ar e depois continua. — ... execução ruim das minhas funções. Eu deveria ter pensado antes de assustar você daquele jeito.

Aponto para o seu machucado.

— Dói?

— Ah, sim. — Ele diz isso com um pequeno e charmoso meio sorriso, e um tom de espanto, como se estivesse surpreso. O que tinha restado da minha indignação evapora.

— Vamos esquecer isso. Só porque não quero ter que lidar com o pesadelo todo de fazer uma denúncia para o RH. E sei que fechar mais cedo foi estúpido.

Seu corpo relaxa e ele se solta dentro do terno, quase parecendo uma pessoa que acredita viver em algum tipo de jogo de investigação criminal, com seu corte de cabelo militar e um celular preso a seu cinto.

— Anotado.

Olhamos um para o outro. Ele está com o mesmo olhar de quem espera alguma coisa. Não consigo vê-lo como alguém que participou da vida que eu tinha antes — antes eu era totalmente do Dylan, antes do acidente do meu pai, antes que eu mudasse. Antes que eu pulasse aquele espaço espinhoso entre o passado e agora e não olhasse pra trás. Quero falar a Ravi pra não levar para o lado pessoal o fato de não ter me lembrado dele; não me lembro nem de mim.

As luzes no fundo da loja se apagam, o sinal sutil para os clientes irem embora para o raio de suas casas. Coloco as mãos dentro dos bolsos do avental. Não tem motivo pra nossa conversa continuar.

— Obrigada e boa noite. — Ainda assim, meus lábios continuam se movendo, e meus pés ficam travados. Como se, caso eu continuasse conversando com Ravi, talvez eu conseguisse um vislumbre do que eu era naquela época. — Então você vai pra Universidade da Califórnia ou pra Universidade de Denver ou o quê?

Olho pra cara dele, ouço sua voz. Faço um esforço pra ver ou ouvir uma memória do laboratório de informática, a visão do meu teclado, o zumbido das CPUs, talvez. Qualquer coisa.

— Nenhuma das duas — Ravi responde. — Nada. Só trabalhando agora. Finalmente. Levou uma eternidade pra eu achar esse emprego. É por isso que estou sendo um pouco enfático sobre isso, acho.

— Um pouco.

— Também foi por isso que mudei meu nome. Depois de vinte tentativas e nenhuma entrevista, pensei em mudar o rumo das coisas um pouco. Ver se alguém chamado R. J. teria mais chance do que alguém chamado Ravi. — Ele tira outro cartão do bolso de seu paletó. — Aqui. Se você precisar de qualquer coisa na loja ou vir qualquer atividade suspeita ou coisa do tipo. Tem desaparecido um monte de material promocional na nossa região, então vou ficar por aqui algumas vezes durante a semana, pelo menos. — Muito profissional, muito cuidadoso. Como alguém com o dobro de sua idade.

— Ok. — Coloco o cartão no bolso do avental exatamente na hora que Annalee vem em nossa direção, sorrindo.

— Desculpa expulsar vocês daqui, mas precisamos fechar.

— Certo. — Ele dá um cartão a ela também e repete o que me disse.

Sigo-o até a porta pra deixá-lo sair e trancar a entrada. Antes de sair, ele se vira e, parecendo ter 19 anos de novo, diz baixinho: — Procure a página do time de tênis. No livro do ano.

— Time de tênis. Ok.

Depois que ele saiu, Annalee diz: — O que foi tudo isso? Você está tentando conseguir meu emprego?

— Ha. Não, obrigada.

— Bem, que seja. Esse aí é um *cappuccino* forte, quente e delicioso.

— Sério? — Olho pra porta pela qual Ravi acabou de sair. Acho que ele tem uma boa aparência. Melhor do que a que tinha há dois anos, de qualquer modo. — Não acho que você pode falar assim sem violar alguma política da empresa.

— Tudo o que quero dizer é que ele faz meu tipo.

— Ele é um pouco novo pra você — digo. — Mas vá em frente.

Fecho o caixa triste e perturbada por ainda não conseguir me lembrar de Ravi e pelo que isso significa sobre lembrar de mim mesma, por ter fechado mais cedo na segunda-feira, por Dylan e eu não conseguirmos saber o que fazer da nossa relação, por não ter sido mais legal com a Mandy depois da escola hoje, por não conseguir mais conversar tanto com minha mãe.

Ou, quanto a isso, conversar com qualquer um, ser gentil com qualquer pessoa além daqui do trabalho.

O triste fato em relação a mim e ao trabalho é que sou a minha melhor versão de mim quando estou aqui.

Posso ser amigável com estranhos e colegas de trabalho, mas não com as pessoas que realmente se importam comigo.

Mandy

Tenho sonhado acordada com uma coisa desde que era pequena. Não sei de onde vem — talvez tenha visto alguma coisa do tipo num filme ou na TV, ou talvez tenha lido num livro. Só que eu não li muitos livros, então provavelmente não foi isso. Talvez eu tenha inventado sozinha. Nesse sonho, moro numa cabana perto de um lago, e do outro lado do lago tem outra cabana, exatamente igual a minha. Um quadrado perfeito. Um homem mora nela, e ele esculpe pequenos animais em madeira. Pra mim. Um urso, um veado, um guaxinim. E os coloca num bote pra eles flutuarem até o meu lado do lago. Nunca consigo pensar em alguma coisa pra mandar de volta, porque não tenho nada, mas nunca estou sozinha. Toda vez que saio da cabana e olho para o outro lado do lago, ele está lá na sua varanda, esculpindo. Água e flores selvagens entre a gente, mas nunca estamos juntos.

O bebê sempre vai ter a Robin. Jill também, embora agora ela aja como se não ligasse. Ela vai ligar. De certo modo, o bebê vai ter a mim também. Vou ser como o homem na cabana do outro lado do lago, e pela primeira vez vou poder ser a pessoa que manda as coisas — cartas, dinheiro, presentes —, e o bebê não vai ter que mandar nada de volta. Vou poder dar, dar e dar e nunca vou ter que receber, porque não vou ser realmente a mãe. Não vamos brigar como mãe e filha fazem. Não vou magoá-la ou estragar a vida dela com minhas decisões ruins. Por exemplo, se eu arrumar um namorado ruim, isso não vai afetá-la, e não vou fazê-la se sentir mal com ela mesma; ela sempre vai estar protegida pelo espaço entre a gente.

Só vou dar coisas boas. Começando com a Robin e esta casa.

Hoje é quinta-feira. Cheguei aqui na segunda. Já estou me sentindo em casa. Tenho meu lado preferido do sofá e a TV a cabo programada pra gravar meus programas. Cada vez mais penso no meu quarto como meu quarto e não como quarto de visitas. Que eu acho que vai ser o do bebê. Tem uma rotina: Robin levanta cedo e trabalha no seu escritório lá embaixo enquanto Jill se apronta pra ir pra escola. Jill sai e eu me levanto, tomo banho e arrumo o cabelo. Jill e Robin não têm bobes ou cacheadores elétricos, e Jill me olhou esquisito quando eu perguntei sobre os cacheadores. Ela disse: "Estamos em 1988?" Tudo que sei é como minha mãe me ensinou a fazer meu cabelo, então estou guardando o tubo do papel higiênico e enquanto isso usando grampos.

Depois do meu banho, Robin e eu tomamos café da manhã juntas e ela me fala sobre sua programação para o dia. Não sei direito o que ela faz pra viver. Ela me disse mais de uma vez, mas de algum jeito não gravei. É alguma coisa importante, disso eu sei, e ela tem um monte de reuniões com associações de bairros e oficiais da cidade e coisas do tipo. Se ela não vai estar em casa na hora do almoço, ela me liga, conversamos um pouco, ela faz sugestões sobre o que eu poderia comer, me lembra de fazer uma caminhada e depois tirar um cochilo.

Hoje de manhã, enquanto ela colocava nossos pratos na lavadora, ela me perguntou se eu tinha pensado mais nos meus planos pra depois do bebê.
— Você acha que não vai voltar pra Omaha?

— Não. — Não posso fazer isso. Não posso e não quero.

— E sobre o que nós conversamos em relação à faculdade?

— Talvez. — Não posso fazer isso também. Pelo menos não até terminar o ensino médio, mas Robin acha que eu já terminei e quero que ela continue pensando assim.

Teve um silêncio então, e eu sabia exatamente o que ela não estava dizendo. Ela não estava dizendo "Você poderia ficar aqui em Denver. Fazer parte da vida do bebê".

Já conversamos sobre isso em nossos e-mails antes de eu chegar aqui. Com adoção aberta, um dos pontos é que dá pra fazer isso. Você *poderia* ficar em algum lugar nas redondezas, nas proximidades, espiando de lá e ser chamada de tia ou de uma amiga, ou às vezes o bebê até sabe a verdade. Eu disse pra Robin que não queria isso. Acho que não.

— Só queria que você soubesse, Mandy — Robin disse, fechando a lavadora —, que vou fazer tudo o que eu puder pra ajudar você a se estabelecer em algum lugar. Quando você decidir o que quer fazer. Não quero pressioná-la, mas seria inteligente ter um plano logo.

— Tá bom.

Não é que eu não tenha um plano. Eu tenho o relógio do Kent. Acho que é mais uma segurança do que um plano — um que eu acho melhor guardar pra mim mesma.

Gosto de ver Robin pela casa, fazendo coisas como o café da manhã ou sentada na escrivaninha lá embaixo olhando para o computador. Tudo o que ela faz, ela faz com confiança. Como se tivesse certeza de quem ela é e não estivesse esperando ninguém pra dizer isso a ela.

❀

Durante os programas de auditório que eu assisto à tarde, a campainha tocou. É um som bem antigo. Não como o barulho estridente do apartamento do Kent, que era tão alto que me fazia pular.

Leva um tempo pra sair do sofá e chegar à porta, e quando abro, tem um garoto indo embora.

— Espera.

Ele se volta, surpreso.

— Ah. Ei. Você deve ser... ok, não lembro seu nome, mas você é a... do bebê e tudo o mais.

— Mandy.

— Certo. Sou Dylan. — Ele dá uns passos na direção da porta. — A Jill está em casa?

— Ainda não. Você quer entrar e esperar?

— Hmm... — Ele olha por cima dos ombros para a rua. — Ela não está me esperando ou algo do tipo. Posso ligar e voltar mais tarde.

— Entra. Não me importo. — Sinceramente, eu ia gostar de companhia; esperar o bebê é um pouco chato.

Dylan é o namorado da Jill. Eu o reconheço das fotos penduradas na porta do *closet* dela. Tem algumas na parte de dentro da porta do quarto também, que eu vi quando estive lá ontem. Como eu disse, isso pode ser um tédio, especialmente entre a novela e o almoço, e o quarto da Jill me deu alguma coisa pra fazer. No começo, eu só queria mais papel, mas achei algumas outras coisas. As fotos do Dylan e algumas cartas dele também dentro da gaveta da escrivaninha. Também tinha um anuário da escola na cama da Jill. Achei a foto dela, e ela tinha o cabelo mais claro, mas o que a fez parecer diferente é o grande sorriso. Passei uma hora olhando o livro. A escola dela é bem como a minha; tem animadoras de torcida, times de esportes, um grupo de teatro, grupos de estudos e grupos de boas-vindas. Nunca tive um anuário, porque custava oitenta dólares.

Muita gente escreveu no anuário da Jill, coisas do tipo "Continue assim" e "Fico feliz por ter sentado do seu lado no sexto ano" e "Salgadinhos de Cebola com Wasabi, descansem em paz". Ela tem muitos amigos. Se eu tivesse um anuário, será que alguém teria escrito nele? O que teriam dito sobre mim?

Dylan caminha e entra. Ele parece a versão masculina da Jill. Eles se vestem igual — *jeans* apertados, tênis, moletons com capuz, os dois com cabelos tingidos de preto caindo no rosto, os dois com delineador. Dylan tem um *piercing* no lábio pra combinar com o que Jill tem na sobrancelha. Não sei por que alguém furaria o rosto; não quero nem furar as orelhas.

Ele senta na poltrona de couro no canto.

— Elas nunca sentam aí — digo.

— O quê?

— Jill ou Robin. Estou aqui faz só alguns dias, mas sei que essa é a poltrona mais confortável da sala e elas nunca sentam nela.

— Era do Mac. O pai da Jill. — Ele passa a mão no braço da poltrona. — Não se preocupe, eu sempre pude sentar aqui. É uma coisa de homens.

Abaixo para sentar no sofá o mais delicadamente que consigo e ajeito minha saia.

— Como ele era?

Elas nunca falam sobre ele, do mesmo jeito que nunca sentam na poltrona dele. Dá pra senti-lo aqui quando elas estão em casa. No final das tardes, depois que Robin volta de onde quer que esteja e antes de Jill ir para o trabalho, parece que elas estão esperando por alguém, como se uma pessoa estivesse prestes a entrar na sala, mas nunca entra.

Dylan levanta os ombros.

— Ele era meio que maravilhosamente mal-humorado. Duro por fora, mas um total ursinho de pelúcia depois que você o conhecesse. Inteligente como um demônio, mas não ficava se exibindo. Uma pessoa muito legal. Muito legal.

— Ele fumava? Eu achei cinzeiros nas estantes.

— Charutos. Só aos finais de semana.

Dylan é bonito, com a pele quase toda perfeita e olhos sinceros. Tento imaginá-lo com a cor normal do cabelo e sem nenhuma maquiagem. Quando eu estava na escola, não passava muito tempo conversando com os meninos, ou com qualquer pessoa, e não tenho muita certeza do que falar para o Dylan agora. Sorrio. Ele sorri e balança a cabeça pra cima e pra baixo devagar, batendo os dedos nos braços da poltrona.

— Por que você não liga pra Jill e pergunta se ela está vindo pra casa? — perguntei.

— Estamos meio que... Estamos complicados agora. Com nosso relacionamento. Eu estava passando pela casa e parei por impulso. Queria conhecer você, na verdade.

— Queria?

— É. — Ele se levanta e vai até a lareira, segura e olha para os cofrinhos — um porquinho de cerâmica, uma caixinha de bronze. Depois uma foto num porta-retratos de madeira, que ele traz pra mim. — Este é o Mac.

Pego a foto. Já olhei pra ela, mas não sabia quem era. Um primo, pensei, ou um tio. Agora consigo ver a semelhança entre este homem e aquele na foto da escrivaninha da Jill, mas ele tem cabelo mais comprido e não tem barba.

— É muito novo.

— Tinha dezenove na foto. Fazendo trilha no Peru. Quando ele se formou no colegial, trabalhou por um ano e depois viajou o mundo por, sei lá, uns dois anos. Ele tinha um monte de aventuras impressionantes. Viu tudo o que tinha pra se ver, conheceu a mãe da Jill no voo de volta pra casa, e do jeito que ele falava, nunca se arrependeu.

Então acontece. As pessoas podem se conhecer de modos inesperados em lugares inesperados, e pode ser um amor verdadeiro e duradouro. Foi assim com Christopher. Inesperado e verdadeiro, de qualquer modo. Duradouro é outra coisa e não sei o que exatamente, porque nunca vi um relacionamento que durasse.

Na minha próxima carta para o Alex, vou contar pra ele essa história do Mac e da Robin, e talvez ele veja que as pessoas podem se conhecer num avião ou trem e ter uma conexão de verdade. Nunca olhar pra trás é importante também, quando se precisa pensar no futuro.

A porta se abre; Jill derruba a bolsa no chão. Quando ela vê Dylan, tira os fones de ouvido e os larga pendurados no pescoço.

— O que você está fazendo aqui?

Não é assim que eu cumprimentaria um namorado. Mesmo que a relação fosse complicada. "Sempre pareça feliz ao ver seu homem", minha mãe diz, "mesmo que não esteja". Faça-o se sentir um rei, e ele vai tratar você como uma rainha.

Jill vem com passos largos na minha direção pra tirar a foto do pai dela da minha mão.

Dylan e eu ficamos olhando ela colocar de volta em cima da lareira, exatamente onde estava. Depois, ele se levanta, vai até ela, e para as costas dela, ele pergunta: — Você tem tempo pra um café ou algo assim antes de ir trabalhar?

— Estou de folga hoje. — A voz dela está mais suave do que eu já tinha ouvido. Baixinha, triste.

— Então... sim? — Dylan diz.

Alguma coisa está acontecendo entre eles. Sinto que deveria me levantar e agir como se tivesse alguma coisa pra fazer, mas é tarde demais agora.

Jill concorda, ainda de frente pra lareira. Ela levanta uma das mãos pra passar no rosto, então Dylan a pega. Os dedos deles entrelaçam — primeiro com receio, parece. Depois a mão da Jill aperta a dele, e Dylan vira o corpo dela pra ele e a abraça, apertando a mão dela contra o peito dele. É tão carinhoso e gentil o jeito que ele a envolve.

Talvez minha mãe tenha conseguido ser tratada como uma rainha por algum de seus namorados, mas nunca os vi a abraçarem desse jeito.

Jill

Dylan e eu pulamos o café e fomos direto pra sua casa e para o seu quarto, deixando as cortinas abertas um pouquinho pra que víssemos a neve que começou a cair. Despimos um ao outro. Pressiono meu nariz contra sua pele e inspiro, imaginando que estou sentindo o cheiro de seus músculos, ossos, veias e alma, tudo do Dylan que eu conheço desse jeito há dois anos, e que me conhece também.

Depois, dormimos por um tempo. Acordo primeiro e olho pra ele —rosto lindo e corpo compacto — deslizo minha mão por sua pele levemente morena que herdou da sua mãe grega. Meus dedos encontram cada costela, com cuidado para não fazer cócegas. Sentindo o que ele realmente é, quem somos juntos, quem eu sou.

— Amo você — sussurro baixinho, não tão perto de seu ouvido.

Um sorriso se materializa lentamente em seus lábios, seus olhos ainda fechados e ele diz: — Sabia.

— Você devia estar dormindo!

— Sabia que um dia você ia dizer isso. — Ele abre os olhos e se vira pra me encarar, de modo sério agora.

— Eu já disse muito. — Claro que eu o amo. Não estaria aqui agora se não o amasse. O amor sempre foi parte das muitas, muitas e muitas discussões sobre sexo que tive com meu pai e minha mãe. Em seus esforços pra me criar sem um sentimento de culpa excessivo ou pra que eu não fosse uma pessoa totalmente sem restrições, ou com alguma esquisitice em relação a sexo, eles *podem* ter se excedido no departamento "discussão". De qualquer modo, amo Dylan. Amo. E claro que já disse isso a ele.

— Não disse, não. Absolutamente não disse. E-mail, mensagem por celular e "te adoro" não contam.

— Claro que contam.

— Eu falo "te adoro" para os meus camaradas.

— Porque você os adora.

— Jill. Não do jeito que eu amo você.

Me viro para o outro lado e puxo o braço dele em volta de mim como um cobertor. Apesar de todas as palestras sobre amor e mesmo que eu tenha acabado de dizer isso para o Dylan, às vezes não tenho certeza se sei o que realmente significa dizer "Amo você". Quando estou com Dylan, tudo é mais amigável e aconchegante do que romântico e excitante, mas ainda me agrada. Não seria isso mais pra me agradar do que seria amor por ele? O amor não deveria ter pelo menos um pouquinho a ver com a outra pessoa, o outro que não você? Mas como é possível ver qualquer coisa ou qualquer um no mundo independentemente de você? Quero dizer, tudo o que experimentamos é subjetivo, já que não temos outro modo de experimentar que não seja com nossos sentidos. E começo a pensar que amor é só uma palavra que usamos pra descrever o que se condensa num estado egoísta e temporário de felicidade.

Não estou tentando ser cínica. Realmente me questiono sobre isso. Porque depois que o meu pai morreu, pensei muito sobre o serviço patético que prestei em amá-lo, e não conseguia entender por que eu era tão ruim ou o que tornava isso tão difícil. Então pensei que talvez eu não o amasse *de verdade* até que ele se foi. E isso fez com que me perguntasse se o amor é impossível até que seja tarde demais.

Só que eu sei que o amor é possível, porque sei que meu pai me amava e amava minha mãe. O que não entendo é como ele aprendeu a fazer isso tão bem e o que vou fazer agora que ele não está aqui pra me mostrar. Talvez eu não consiga. Talvez eu não tenha o que é necessário.

— Você está bem? — Dylan pergunta.

— Sim.

— No que está pensando?

Fico em silêncio por mais um tempo. Essa é minha chance de dizer o que estou sentindo, pensando e sentindo falta em relação ao meu pai, uma conversa que Dylan tem tentado ter comigo por quase um ano. Não que não tenhamos conversado sobre isso um pouco — quando estamos conversando —, se você contar as vezes que eu disse "sim" e "não" e "não sei" e "A gente pode falar sobre outra coisa?".

— Mandy — respondo. É tão fácil me voltar contra ela, embora eu tenha dito a mim mesma que vou dar uma chance ou pelo menos aprender a tolerá-la pelos próximos dois meses.

— Ah. — Ele se desvia um pouco de mim. — Ela parece legal.

— Fora as mentiras e o fato de que ela comeu minha pasta de amendoim. Do que vocês estavam falando, quando estavam olhando para aquela foto?

— Eu estava contando pra ela como seus pais se conheceram.

Enfio minhas mãos sob as costas do Dylan para esquentá-las.

— Não queria que você falasse dele assim. Quero dizer, com ela.

Ele solta um suspiro e depois pergunta: — Que mentiras?

— O bebê é uma menina.

— Ah.

— E faltam sete semanas, não três.

— Hmm.

— É.

— Serve pra mostrar que os médicos nem sempre estão certos, acho. — Ele se estica sobre mim pra olhar a hora no seu celular. — Vamos nos vestir.

Levanto e pego minhas roupas no chão. Não tem por que ficar falando e falando sobre Mandy e estragar o que foi uma tarde legal. Ficar com o Dylan assim parece tão natural. Nunca penso sobre o fato de estar nua — como minha flacidez pode parecer, ou sobre os pelos espetados da minha coxa que eu não vi quando me depilei. É como se fôssemos casados há muito tempo.

Me vejo no espelho da porta e digo: — Ei. Onde uma garota faria uma tatuagem que ela não ia querer que sua mãe nunca, nunca, nunca visse enquanto ela vivesse?

Fechando o zíper de seu *jeans*, Dylan se aproxima e fica ao meu lado. Ele toca o osso do meu quadril.

— Aqui?

— Muito sexy. A tatuagem... seria alguma coisa pra me lembrar do meu pai. Então, não quero num lugar picante.

Ele percorre os dedos nas minhas costas.

— Você vai honrar seu pai com alguma coisa que ele odiava?

Verdade, meu pai sempre me dizia que não era legal fazer tatuagem. Ele fez uma quando tinha 18 anos, pouco antes de sua viagem pelo mundo, como um tipo de despedida de si mesmo. Ele dizia que se arrependera. Eu a achava legal. E a permanência dela é o problema. Não dá pra desfazer uma viagem ao redor do mundo. Não dá pra seu pai *desmorrer*.

— Não é como se ele fosse ficar sabendo.

Dylan me olha no espelho e diz: — Você não acha que ele está lá em cima olhando?

Eu costumava achar isso. Mas agora, nunca tive uma sensação de desaparecimento tão absoluta quanto a que tenho por ele. Balanço a cabeça negativamente.

— Você poderia fazer onde seu sutiã encobre. Nas suas costas. Mas você não conseguiria ver também.

Gosto da ideia. A não ser que eu vá parar no hospital ou algo assim, minha mãe não vai ver. E não quero ficar olhando pra ela a cada segundo, constantemente sendo lembrada. Vai ser suficiente saber que está lá, uma parte de mim tanto quanto uma verruga, ou uma cicatriz.

— Vou fazer.

Dylan não parece convencido.

— Talvez você deva pensar um pouco. Tipo, por um ano.

— Você adora tatuagens em garotas.

— Verdade. *Tattoos* são pedra. Mas é disso que estou falando. Indestrutível. Tenha certeza.

— Tem remoção a laser. — Me afasto do espelho e termino de me vestir.

— Ouvi que dói pra caramba. E nem sempre funciona, e deixa marca também.

Ele está certo. Foi por isso que meu pai não removeu a dele. Também porque ele era desmazelado, ocupado e sua tatuagem — o planeta Terra visto do espaço, em seu ombro — era meio grande. Sei lá. Talvez eu não faça mais uma tatuagem.

— Não acho que os médicos errariam *tanto* sobre a data do nascimento — digo.

— O quê?

— Mandy. Ela pode ter sido inocentemente sem noção, ou ela poderia estar tentando tirar alguma vantagem. Não confio nela é o que estou dizendo. — Sento na beirada da cama pra amarrar minhas botas. — Meu pai não teria gostado dela. E é por isso que eu não quero que você fique falando com ela sobre ele.

Dylan me observa por alguns instantes e depois se senta na cama perto de mim, em silêncio.

Termino de amarrar as botas.

— Passa pra me pegar pra irmos à escola amanhã?

— Claro.

Me levanto. Ele não se move.

— Que foi? — pergunto.

Ele me dá o olhar mais triste. É quase demais da conta, mas permaneço firme, aguentando seus olhos nos meus.

— Fala, Dylan.

— Eu sei que ele não era meu pai ou nada meu. Mas sinto falta dele também.

Mandy

Geralmente, quando Robin chega em casa, ela vem direto até mim, não importa onde estou na casa, e pergunta como estou me sentindo. Ela pergunta como a bebê está indo, o que eu comi, se eu me exercitei ou se eu li um dos livros que ela comprou pra mim sobre cuidar de si mesma e sobre as coisas emocionais em relação a dar à luz. Às vezes a gente senta na grande mesa de madeira da cozinha e faz um lanchinho juntas, a gente come coisas como *muffins* orgânicos que não têm muito gosto ou queijo que a Robin verifica com cuidado se eu posso comer.

Gosto como ela fala comigo. A gente conversa. Minha mãe nunca conversava comigo. Minha mãe me contava as coisas, e eu contava coisas pra ela. Como, por exemplo, "Mandy, não fique muito tempo no chuveiro. É um desperdício de água. Sua avó costumava dizer que só putas passam tanto tempo no chuveiro". Ou eu diria "Preciso que você assine esse papel pra eu poder ter aula de direção". Não, qual era o ponto? Eu achava mesmo que eu ia ter meu próprio carro enquanto estava no ensino médio? Eu achava que ela ia me deixar usar o dela? Desse jeito. Não eram conversas de verdade.

Robin conversa comigo sobre como ela vai mudar sua agenda quando a bebê chegar, e pergunta se eu acho que a bebê deveria ir para uma escolinha pra se socializar ou se é melhor ficar com a mãe o tempo todo em casa. "Depende da mãe", foi o que eu disse quando ela perguntou. Ela riu, e essa é outra coisa que eu gosto na Robin. Ela acha que eu sou engraçada, mas não é como se ela tivesse rindo de mim.

Nada das coisas normais aconteceram hoje. Ela colocou a bolsa na entrada e mal olhou pra mim no sofá.

— Oi, Mandy — foi tudo o que ela disse antes de subir as escadas com passos pesados.

Mais de uma hora depois, ela ainda não desceu. Estou com fome. Eu podia fazer um sanduíche pra mim, mas geralmente ela cozinha alguma coisa. Começo a subir as escadas. Se eu disser algo como "Estava pensando que eu podia fazer o jantar hoje", ela provavelmente vai se dar conta da hora e dizer "Ah não, querida. Já vou descer".

A porta do quarto dela está aberta só um pouquinho, e o quarto está escuro. Pelo pequeno espaço aberto, consigo ver as pernas dela na cama e ouvi-la chorando. Não com grandes soluços como quando alguma coisa trágica e inesperada acontece. É do tipo baixinho, que pode continuar por horas, como quando você tenta e tenta parar, tenta dizer pra si mesma que tudo vai ficar bem, mas a outra parte de você não consegue parar de pensar na coisa que está machucando.

A última vez que eu entrei no quarto de alguém que estava chorando, me disseram pra sair. Dessa vez, desço a escada e coloco uma panela de água pra ferver o mix de macarrão de trigo integral orgânico com queijo que a Robin compra. Ela precisa de comida caseira, posso perceber. Mas ela ainda não desceu quando a Jill chega em casa e me vê na cozinha, depois de comer, tirando a tigela e colocando na lavadora.

— Ei — ela diz, olhando pra panela no fogão. — Cadê minha mãe?

Jill nunca pergunta como me sinto. Ela nem falou *tchau* quando saiu hoje cedo com o Dylan, que disse, pelo menos: "Foi um prazer conhecer você".

— Lá em cima.

Ela pega um pouco de macarrão da panela com os dedos e coloca na boca. Ela não tem noção de higiene. Eu podia lembrá-la que estou muito vulnerável a infecções agora, mas em vez disso digo:

— Talvez você devesse subir e dar uma olhada nela.

Me pergunto se elas sabem do tempo que uma e outra passam chorando em quartos separados.

Jill limpa os dedos na sua calça *jeans* preta e deixa uma mancha alaranjada.

— Por quê? — Então, ela fecha os olhos por dois ou três segundos, e o rosto dela vai da expressão usual de desagrado a uma que é bem triste. — Merda. — A primeira vez que ela fala isso é de um jeito cansado. A segunda vez, com os olhos abertos, é de um jeito bravo. — Merda! — Ela bate a tampa na panela.

— Alguma coisa errada?

E o jeito que ela olha pra mim, desafiadora, é como se ela não quisesse responder. Ela cruza os braços, agarrando cada cotovelo com a mão oposta.

— Vinte e cinco anos. Vinte e cinco anos de casados iam completar hoje. Trinta e três anos se contar desde quando eles se conheceram e os anos que moraram juntos. Dá pra imaginar ver alguém basicamente todo dia por 33 anos e então um dia... — Ela balança a cabeça e espreme os lábios.

Tem tanta raiva nos olhos dela. Queria lembrá-la que algumas horas atrás Dylan a estava abraçando como se fosse a coisa mais especial do mundo. Talvez isso a fizesse se sentir melhor. Viro na direção da lavadora e fecho a porta. As chances de eu dizer a coisa certa não são boas. Ainda assim, tenho que tentar, porque não posso fingir que ela não me disse nada importante e terrível.

— Pelo menos eles tiveram esses 33 anos. — É a coisa errada; os olhos da Jill ficam duros. — Um monte de gente nunca encontra amor de verdade — digo pra explicar o que quero dizer. — Ou acham e perdem antes mesmo de sentir qualquer felicidade. — Só queria que ela entendesse que sortudas ela e Robin são por terem tido o Mac. Sortuda por ter tido um pai como ele pelo tempo que ela teve.

Ela dá dois passos na minha direção. O rosto dela está a dois dedos do meu; consigo sentir o cheiro de molho de queijo no hálito dela.

— Não fale sobre isso.

Minha mãe diz que quando uma garota encara você, só sorria e a deixe falar por último. Minha mãe diz que é geralmente inveja ou que essa pessoa quer alguma coisa que você tem. Mas não consigo pensar numa coisa que eu tenha e que Jill, que tem tudo, poderia querer. E não consigo sorrir porque estamos falando de uma tragédia.

— Só queria dizer...

— O que eu acabei de falar?

Coloco minhas mãos na barriga.

— Você — ela continua — não é da família. Ela solta os braços. As mãos tremem. — Pra mim você é só uma incubadora para única coisa que possivelmente vai deixar minha mãe feliz.

Ela vira, as botas rangendo no piso. Enquanto ela sai da cozinha, fico pensando em alguma coisa que eu podia dizer. Aquelas não eram as últimas palavras que eu queria que ela falasse. "Desculpe", eu podia dizer. Ou "Por que você está tão brava comigo se eu não fiz nada?". Não importa. Ela já subiu a escada.

❃

Era Julho.

Os campos de milho fora da cidade ficaram verdes e altos como sempre, muitos deles. Se você passasse de carro pelas fazendas, pensaria que a Terra inteira é feita desses campos. Eu estava na traseira da *pick-up* do Kent porque minha mãe gostava de ficar sozinha com ele na cabine. Eu não me importava. O ar úmido e quente circulava acima e em volta de mim enquanto eu via a estrada se desenrolar atrás de nós.

Saímos da cidade pra ir até a Feira de Riverbrook County. Kent tinha a ideia de talvez comprar um cavalo. Não sei por que, e não sei onde em Council Bluff ele ia colocar um cavalo, mas Kent tinha algumas ideias que ele não planejava bem. Minha mãe disse pra não contrariar seu homem. "Homens são frágeis", ela dizia. "Eles precisam de uma animadora de torcida, não de uma pessimista.

Quando chegamos à feira, Kent e minha mãe olharam na programação e foram para a exibição de animais. Kent me deu vinte dólares e me disse pra encontrá-los na caminhonete no fim da tarde. Não queriam que eu fosse com eles. Quero dizer, eles não falaram isso com todas as letras, mas era óbvio, então eu fui na direção contrária.

Eu o vi no meio do dia. Eu estava procurando por uma barraca pra comprar milho assado e limonada, e o vi.

Ele andava devagar, usando sandálias, sem camisa, que ele enfiou na cintura da calça *jeans*, atrás, uma corrente de miçangas azuis em seu pescoço. Foi seu perfil que eu vi porque ele estava com os amigos e seu rosto estava virado pra eles, rindo. Uma risada alta, o tipo que faz todo mundo olhar pra ver o que é tão engraçado, e, quando olhei pra ver o que era tão engraçado, ele estava colocando seu cabelo que ia até o ombro atrás da orelha. Parei de andar bem na frente deles e fiquei olhando.

Um dos amigos dele me viu olhando e perguntou: — O que foi? Nunca viu índios antes?

Não respondi, porque ainda estava olhando pra ele, esperando pra ver o que ele ia fazer em seguida, e esperando que ele olhasse pra mim. Quando ele olhou, seu sorriso primeiramente aumentou, depois diminuiu, e a expressão dele ficou séria. Ele também sentiu o ar entre nós, as linhas invisíveis que alguma coisa ou alguém desenhou pra ligar a gente. É assim que lembro.

Ele falou primeiro: — Oi.

— Oi — eu respondi.

O amigo dele que tinha me pegado olhando, olhou para ele, depois para mim e ficou encarando nossos olhares. Em seguida disse: — É sempre as garotas brancas.

— Cala a boca, Freddy.

Um dos outros meninos deu uma cotovelada nele.

— Vamos lá. — E para o menino que eu fiquei olhando, disse: — Te vejo depois, Christopher, certo? Ou talvez nunca mais?

— Quer dar uma volta? — Christopher me perguntou, mas a gente já estava andando junto, deixando os amigos dele pra trás.

Andamos e conversamos o dia inteiro. Nunca falei tanto com alguém. Disse pra ele sobre meu pai, sobre a escola, contei que gostava mais da escola do que das férias, porque eu podia passar mais tempo fora do apartamento. Tudo o que disse pra ele era verdade. Meus pensamentos verdadeiros, meus sentimentos mais sinceros. Ele ouvia. Ele ouvia tão bem que quase contei pra ele sobre o Kent, mas não queria estragar nosso dia.

Ele comprou uma raspadinha pra mim. Tentou ganhar alguma coisa na barraca de dardos que estouram balões, mas não conseguiu. Quando a gente estava saindo, um homem de boné que tinha ficado olhando pra gente disse "Os balões são meio murchos e os dardos são cegos. Você deveria ter jogado o mais forte que conseguisse. Precisão não importa".

Se alguém tivesse dito algo assim para o Kent, ele teria ficado constrangido, depois bravo e teria falado para o cara cuidar da própria vida e talvez até uma briga começasse. Christopher riu e disse: — Da próxima vez — depois segurou minha mão e continuamos andando.

Na roda-gigante, ele colocou seu braço em volta de mim, e coloquei minha cabeça entre seu ombro e seu peito, do jeito que sempre imaginei que faria numa situação assim. A gente olhava as pessoas lá embaixo, e toda vez que nosso assento se aproximava do topo do mundo, a gente ficava em silêncio, a música e o barulho da multidão desapareciam. Quando descemos da roda-gigante, ele disse que devia ter um Túnel do Amor. — Na feira estadual tem uma — ele disse —, mas nunca fui acompanhado de alguém. Agora eu tenho companhia, mas não tem um Túnel do Amor.

Então fomos à casa mal-assombrada, e na frente de um esqueleto que brilhava no escuro, ele me beijou.

Fora dos portões da feira, caminhamos pelos campos de milho até que encontramos uma clareira. Ele colocou a camisa no chão e se deitou, eu me deitei do lado dele. Não era como com o Kent, na noite anterior e sempre, rápido e preocupado e com ele me lembrando de não fazer barulho pra minha mãe não ouvir. Quando Christopher me tocou, era como se nada daquilo jamais tivesse acontecido.

Ele tirou meu vestido e me beijou inteira e se movia em cima de mim, com tanto cuidado e tão devagar, que eu senti tudo o que minha mãe dizia que se deve sentir, o que eu nunca tinha sentido antes. Depois, Christopher tirou o colar e colocou em mim.

— Onde você mora? — ele perguntou, passando a mão no meu quadril, pele morena e macia sobre uma pele branca.

— Omaha. — Se você mora em Council Bluffs, deve dizer sempre "Omaha" quando as pessoas perguntam onde mora, minha mãe diz.

— São mais de 150 quilômetros. Não tenho um carro.

— Você tem um cavalo? — Eu podia vê-lo num cavalo selvagem sem sela, seu cabelo voando enquanto ele entrava na cidade, me pegava, colocava na frente dele e me levava dali a galope.

Ele deu uma risada alta.

— Não. Também não moro numa tenda.

— Não acho isso.

Estávamos deitados de costas, vendo os pés de milho balançarem ao vento.

— Você é a garota mais bonita que eu já vi. Esses olhos. — Ele virou e se apoiou no cotovelo. — Fique aqui. Podemos morar na plantação de milho.

Eu sorri.

— Tá bom. — E ele deu uma risada menor.

Quando deitamos, o céu tinha passado de azul pra rosa e depois pra roxo.

— Tenho que ir. — Me sentei e coloquei o vestido pela cabeça.

Ele beijou minha mão. Meu braço. Meu ombro.

— Não me esqueça — eu disse.

Ele me disse o nome da cidade onde ele morava e a reserva.

— Pergunte por Christopher B. Todo mundo me conhece lá. — Ele andou comigo até quase o estacionamento, e depois eu disse que ele deveria ir encontrar os amigos. Não queria que Kent ou a minha mãe vissem a gente. — Não me esqueça também — ele disse, e nossas mãos se separaram, depois a ponta dos nossos dedos.

Fui correndo até a caminhonete, com pedregulhos entrando na minha sandália. O colar balançava no meu pescoço. Kent estava fora da caminhonete, impaciente e prestes a gritar comigo. Não liguei.

Sei que tudo isso parece fantasia. Mas foi assim, e aquelas foram as coisas que falamos. É verdade. A maior parte.

E Jill deveria entender que, mesmo que ela não consiga imaginar, teve pelo menos aquele único dia que eu signifiquei alguma coisa.

Jill

Dylan e eu estamos sentados em seu carro no estacionamento da escola enquanto a neve se acumula no para-brisa, gradualmente reduzindo a área de visibilidade até que tudo o que conseguimos ver é o topo da cabeça das pessoas indo pra aula. Se *arrastando* pra aula, eu deveria dizer, como prisioneiros de guerra a caminho do campo de trabalhos forçados pra quebrar pedra com seus dedos congelados, sob os olhos cansados, mas vigilantes de guardas corruptos.

Geralmente, não tenho problema com a escola. Quero dizer, você passa por ela, e é o que se tem feito quase a vida inteira, e há pessoas que fazem você rir e tudo o mais. E, claro, não sou contra o aprendizado. Gosto de aprender. Educação é o valor principal na casa dos MacSweeney, só que meu pai não achava que isso tinha de vir da escola necessariamente. Pra ele, ela vinha do mundo, de experimentar coisas novas, de prestar atenção. E a escola pode ser uma tortura às vezes, sério, quando você simplesmente não quer estar lá e todo mundo está na sua cara com toda aquela besteira, sem entender uma única palavra dos seus pedidos de *Por favor, saia daqui*.

Admito: gostava muito mais da escola antes, quando não parecia que todo mundo sabia da minha vida pessoal ou sentia pena de mim. Nunca chegava atrasada; sempre participava.

— Não quero entrar. — Coloco meu pé esquerdo no painel e começo a rabiscar no meu tênis — uma fila de corações. Não consigo parar de pensar no aniversário de casamento dos meus pais ontem e no que a Mandy disse: "Pelo menos eles tiveram esses 33 anos". Que tipo de coisa pra se dizer é essa? Como ela se sentiria se descobrisse que tem um câncer em estágio terminal e alguém dissesse "Pelo menos você teve bons 18 anos"?

— Você não está, tipo, há um passo da suspensão?

Dylan. Tão racional.

— Isso foi o ano passado. Eles limparam minha ficha em setembro e eu só matei aula duas vezes desde então. — Tento transformar os corações em caveirinhas. Se o dia seguinte ao aniversário de casamento dos meus pais é tão ruim assim, não consigo nem imaginar como o aniversário do acidente vai ser. Outra aula que vou ter que contabilizar.

Dylan abaixa o espelho do visor. — Você tem delineador com você?

— Não, desculpe. Vai ter que ficar ao natural.

Quando meu pai conheceu Dylan, eles ficaram papeando, e meu pai mostrou ao Dylan sua coleção de DVD e agiu totalmente normal. Assim que a porta se fechou atrás do Dylan, meu pai virou pra mim e disse: "Por que raios um garoto precisa usar delineador?".

Meu pai era uma massa contraditória ambulante. A maior parte da vida dos meus pais juntos era o que se espera de qualquer boa família liberal, e até onde sei, eles sempre votaram no partido Democrata. Mas as viagens dele pelo mundo o tornaram um patriota ferrenho. Ele acreditava verdadeiramente que os Estados Unidos eram o melhor lugar pra se viver, e o americano é o melhor modo de vida. E parte de ser americano é respeitar o direito de todas as pessoas de ser o que elas queiram ser e ao mesmo tempo respeitar o seu próprio direito de reclamar a respeito, contanto que você fosse educado e pudesse justificar sua reclamação.

— Também usavam quando você estava no ensino médio — eu lembrei a ele.

— Não em casa!

— Como você sabe? Pelo menos o Dylan não usa sapato plataforma.

Foi engraçado. Meu pai era engraçado. Todo dia eu falava uma Frase do Meu Pai para o Dylan e, quando eu os tinha, para os meus amigos. E é bom rir agora diante do pedido de delineador do Dylan, até que eu penso que nunca mais vai haver qualquer Frase do Meu Pai. Tudo de novo, uma perda. Ele seria o melhor velho rabugento. Agora ele não vai ser assim, e não vou poder provocá-lo, e a parte de mim que amava fazer isso e era tão boa nisso, se foi com ele.

Jogo minha caneta no tapete do carro e tiro meu pé do painel para que eu possa deitar minha cabeça no colo do Dylan.

— Dyl. — Ignoro o freio de mão machucando minhas costelas e aninho meu rosto em sua coxa. Ele passa os dedos pelo meu cabelo, brinca com meu *piercing* na sobrancelha.

— Eu sei. — Ele beija minha orelha. — Mas acho que deveríamos ir pra aula.

❀

Uma coisa surpreendente acontece na hora do almoço. Laurel vem até mim quando estou na fila do almoço e quase sorri.

— Ei — ela diz.

— Oi.

Conforme a fila anda, ela caminha comigo.

— Cinders me disse pra não fazer isso, mas estou fazendo porque sinto sua falta. Ela também sente, mas não vai admitir.

Sinto um nó na minha garganta, mas logo o desfaço.

— Disse pra você não fazer o quê?

— *Falar* com você, Jill.

Faço o melhor que consigo pra não olhar pra ela, pra não ver aquele rosto que eu amo, com suas bochechas largas e olhos castanhos que estão sempre procurando pelos mais divertidos tipos de problema. Em vez disso, olho de canto. Ela arrumou parte de seu longo cabelo em duas pequenas tranças laterais colocadas para trás.

— Ficou bom. — Digo, apontando pra elas.

— Obrigada. — Damos um passo. — Você vai comer com o Dylan? Eu não estou vendo ele.

— Ele queria trabalhar em alguma coisa no laboratório de química.

— Vem com a gente. — E ela sempre sai andando, depois de falar o que queria, o que é um convite e uma ordem ao mesmo tempo, como se só ela pudesse mandar.

Quando saio da fila com minha sopa, Cinders, Laurel e algumas outras pessoas estão esperando na mesa. É uma longa caminhada. Tudo o que quero é encontrar um armário escuro onde eu possa comer sem os olhares de julgamento e piedade de todas as pessoas que eu magoei ou coloquei de lado. Mas tenho certeza de que é minha última chance com eles.

Cinders não se dá muita conta da minha presença quando sento, embora ela afaste sua bolsa um pouco para o lado pra dar mais espaço pra minha bandeja enquanto continua sua conversa com Gianni, a estudante de intercâmbio italiana, que acho estar ocupando meu lugar. Pelo menos em termos de ocupar meu assento e ser uma gracinha, o que eu sempre fiz bem.

— Então. — Laurel está se esforçando. — Entrei na Boulder. Quero dizer, todo mundo entra na Boulder, então não é como se fosse grande coisa, mas eu estava um pouco preocupada com as minhas notas.

— Isso é bom. Muito bem. É o que você queria.

Ela acena positivamente com a cabeça.

— Você ainda está...

Cinders para de falar com Gianni e se liga na conversa pra se inteirar sobre meus planos pra faculdade.

— Sim. Planejando tirar uns dois anos de férias. — *Não pareça estar na defensiva, Jill. Não pareça na defensiva.* — Minha mãe ainda não gosta da ideia.

— Seu pai não foi pra faculdade, certo? — Cinders diz isso — "seu pai" — tão na minha cara, como se meu problema em falar sobre ele não fosse a razão principal pela qual meus amigos e eu não falamos mais sobre *nada*.

Eu respiro e solto.

— Não. Ele fez alguns cursos de administração depois que abriu sua empresa, mas não.

— E ele era um sucesso enorme — Laurel diz.

— Acho que sim. — Ah, saindo tão sutilmente do assunto do meu pai, eu digo: — Um dia vou fazer faculdade, acho. Só não vou *agora*. — Preciso sair daqui por um tempo. Preciso sair dos deveres de casa e das aulas e ter espaço pra respirar e pensar e descobrir o que fazer, e quem eu sou agora que não o tenho mais, e logo mais não vou ter minha mãe também.

Cinders dá de ombros, Laurel acena com a cabeça, e a conversa passa a ser sobre a família que está hospedando Gianni e seus estranhos hábitos de higiene. Como minha sopa e tento me acostumar com a ideia de possivelmente voltar a ter amigos.

❃

Ravi está preparando uma operação arriscada no trabalho.

É assim que ele a chama. Aparentemente, há alguns ousados e engenhosos ladrõezinhos roubando em todas as lojas Margins na nossa região, e eles são uma ameaça à sociedade, segundo Ravi. Então, ele veio até nossa loja pra procurar por "vulnerabilidades". Conforme andamos pela loja juntos, ele permanece completamente profissional, até mesmo um pouco frio. Ele tinha planejado fazer isso com a Annalee, mas ela acabou ficando com um *trainee* de gerente que a empresa tinha jogado em cima dela sem avisar antes.

Então é só Ravi Desai e seu assaltante, passando pela seção de livros de "Como fazer".

— Estou trabalhando com a hipótese de um só homem — Ravi está dizendo. — A empresa acha que é um grupo, mas não tenho tanta certeza.

— Você acha que uma única pessoa afanou milhares de dólares em mercadoria num período de duas semanas? — Soa improvável.

— Claro. — Ele para em frente ao mostruário de livros de viagem — tínhamos virado no fim do corredor — e ele coloca a mão nos quadris, seu paletó ficando atrás de sua mão do jeito que acontece com cada detetive de terno na tevê. Você acharia que ele praticou na frente do espelho ou algo assim. — Vamos supor que você quisesse roubar uns desses. O que faria?

— Não faria.

— Estou tentando fazer você pensar como um criminoso. Pra me ajudar a ver se estou perdendo alguma coisa óbvia. Sério, o que você faria? — Uma cliente passa e Ravi tem que se aproximar mais de mim pra deixá-la passar. Quando ela passa, algo peculiar acontece — por uma fração de segundo me vejo como uma garotinha, na cozinha de casa, em pé sobre um banquinho. Então a imagem some, deixando a mais fraca brisa de não sei o quê, saudade ou nostalgia, uma dor que não machuca exatamente.

Ravi dá um passo pra trás. Olho pra ele, desnorteada.

— Bem? — ele pergunta.

— Bem o quê?

— O que você faria?

Tento pensar como uma criminosa em vez de alguém que está ficando louca. — Ok, fácil. — Já peguei ladrõezinhos o suficiente pra conhecer o *modus operandi* básico. — Eu pego isso, folheio como se estivesse lendo, mas na verdade estaria procurando pelo dispositivo antifurto pra que eu pudesse removê-lo. Claro, eu estaria vestindo um casaco grande ou segurando uma bolsa grande ou uma sacola de outra loja. Caminharia um pouco e deixaria o livro cair casualmente dentro da minha sacola, então sairia tranquila.

— E se um funcionário passar?

— Ajo naturalmente.

Ravi parece desapontado porque minha mente criminosa não foi mais bem desenvolvida.

— Não é muito original.

O hematoma em seu rosto está quase curado, mas ainda é visível o suficiente pra me fazer tocar o meu próprio queixo em compaixão e culpa. Ravi me revista com os olhos, e eu coço a lateral do meu nariz.

Pego um dos livros pra voltarmos de onde paramos.

— Na vida real, eu não me incomodaria em pegar algo assim. Catorze pilas. A não ser que eu realmente *precisasse* saber como é Honduras, mas não tivesse o dinheiro pra comprar. Não tem motivo pra roubar isso. Eu tentaria os livros de arte. Alguns custam mais de cem. Eu os venderia *online*. Mesmo na metade do preço, é uma grana — din-din — no meu bolso, mano. — Faço um gesto de gangue pra aliviar a tensão.

— Certo. — Ravi coloca um dedo em seu queixo, pensando. Do bolso de sua camisa ele tira um pequeno caderno de notas e rabisca alguma coisa antes de fechá-lo.

— O quê? O que você acabou de escrever?

— Nada.

— Nada. Isso ajuda. — Quero ficar perto dele novamente, ver se consigo alguma lembrança aleatória da minha infância, outra pontinha do que quer que tinha passado por mim como uma corrente minutos atrás. Mas não tem uma boa desculpa pra invadir o espaço dele, então pergunto: — Por que o terno?

Ele toca a lapela com sua mão fina, olha pra baixo.

— Acho que ajuda as pessoas a me levarem a sério. Quando ando pelas lojas, sabe, não quero que elas pensem que um garoto que acabou de sair do colegial está dando ordens pra elas.

— Mesmo que você basicamente seja um.

— Você não pensaria isso só de olhar pra mim. — Ele pausa. — Certo? Quero dizer, você acha isso?

— Não, mas eu *achei* que você fosse um perseguidor assustador, lembra?

— Ah, sim. — Ele começa a andar novamente e me leva até a seção de autoajuda. — E quanto a alguém numa cadeira de rodas?

— O que tem?

— Pense em quão rápido um ladrão poderia sair numa cadeira de rodas ou numa daquelas biroscas de carrinho.

Birosca. Meu pai usava essa palavra o tempo todo. “Cadê a birosca do DVD?”, ele queria dizer o controle remoto. “Você viu a minha birosca?”, querendo se referir a seu celular. “Jill, você vai colocar aquela birosca de volta no meu carro?”, se referindo ao GPS. Eu quase sempre sabia do que ele estava falando, mesmo que ele não tivesse me dado nenhum contexto.

— Mesmo que o ladrão tenha se esquecido de remover a etiqueta de identificação por radiofrequência de um dos livros — Ravi continua —, na hora em que o alarme tocar e o funcionário correr para a saída...

— Sim, todos sabemos que ele... “corre.”

— ... ele terá saído há muito tempo no seu carrinho ou cadeira de rodas.

— Estará na metade do caminho pras Índias seguindo o exemplo de Colombo.

Ele para de andar e ri. Fiz uma piada. Fiz alguém rir e não foi à custa de outra pessoa. Não uma pessoa de verdade, de qualquer modo. Quando foi a última vez que fiz isso?

O sorriso de Ravi é meio bobo. Se eu o imaginar sem o terno, em jeans e camiseta, quase consigo ver o garoto de 19 anos que ele é na verdade.

— Bom — digo —, não podemos sair por aí julgando nossos clientes com deficiência. Um pesadelo em Relações Públicas para a empresa se alguém imaginar isso.

— Eu sei. Só estou dizendo pra manter seus olhos abertos. O mal se traveste de muitas maneiras.

A voz de Annalee vem do autofalante. — Todos os colaboradores para o balcão de pacotes. Todos os colaboradores para o balcão de pacotes.

Ravi coloca as mãos pra fora, como *depois de você*, e sorri de novo, e eu sorrio de volta e me lembro de que não cheguei a procurar na página do time de tênis no anuário, como ele tinha me pedido.

❃

Time de tênis Varsity. Ravi está no time, com seu grande cabelo, grandes óculos e uma cara redonda. Mas o que ele queria que eu visse está espremido no canto de baixo da página, escrito em caneta esferográfica e bem legível:

Jill
Foi legal sentar perto de você na aula da Schiff.
Você parece bem inteligente é divertida.
Claro que é so meu palpite a distância.
Talvez você seja burra e idiota. Ha-ha! Não
e possível. Que pena que não tivemos oportunidade
de conversar muito. Tudo bem, sem problemas. Mas
espero que a gente se trombe por aí algum dia.
Aposto que vamos.

Ravi J. Desai
(O cara quieto que emprestou uma caneta
pra que você assinasse o livro da Amy Diaz)

Mandy

Está difícil dormir. Não sei se é porque estou num lugar novo e numa cama diferente ou se é por causa da gravidez. Robin diz que eu deveria dormir do lado esquerdo. Ela me disse o porquê, mas esqueci. Experimento fazer isso e acabo ficando de costas, e depois me preocupo que isso não seja bom para o bebê, então me viro de lado novamente, mas não estou acostumada. Antes, eu sempre dormia de bruços com as mãos embaixo de mim, como eu fazia quando era criança.

Toda manhã que acordei aqui e abri meus olhos pra ver os galhos das árvores na minha janela e senti a beirada macia do cobertor, eu parei para dizer *obrigada*. Não sei pra quem. Para o teto, para o céu, para o mundo do qual faço parte agora, para a sorte. Foi por sorte que eu vi o *post* da Robin, e tive sorte de ela escrever de volta depois que respondi, mesmo eu tendo um monte de regras. Como funciona, me pergunto – esse tipo de sorte que aproxima as pessoas na hora certa? Três pessoas. Quatro se contar a Jill.

É o mesmo tipo de sorte que me fez ver Christopher na feira e o fez me ver.

Seja o que for, venha de onde vier, eu nunca tinha tido antes. Sempre foi o contrário de sorte – quando se está no lugar errado na hora errada com as pessoas erradas. Não quero que a bebê tenha esse azar. Quero que ela nasça com sorte.

Levanto, me visto, e checo o fundo da gaveta, debaixo dos meus sutiãs e das coisas que não me servem mais, pra ter certeza de que o relógio do Kent ainda está lá. Toda manhã e toda noite, eu checo. Mesmo que eu ache que não tenho que me preocupar com a Robin ou com a Jill bisbilhotando assim, me sinto melhor tendo certeza. Eu deveria começar a mudar o relógio de lugar também, por prevenção. Era quando o Kent estava de bom humor que ele conversava comigo sobre a estratégia de aposta dele. Que se você for esperto, limita suas apostas. Se você aposta em alguma coisa maluca, você sempre se certifica de que tem alguma garantia, ou o mais perto de uma garantia que você conseguir, para o caso de a aposta maluca não sair do jeito que você esperava. O relógio é minha garantia.

No andar de baixo, Robin está na cozinha, procurando uma rádio de música em vez de uma de notícias que ela ouve nas manhãs dos dias da semana. Jill ainda está dormindo, ou pelo menos ainda está no quarto. O sol reflete a neve que caiu à noite e ilumina a cozinha e a sala, mostrando como a casa é aconchegante e limpa. É como uma casa de revista que é cheia de edredons e pijamas de algodão.

Robin parece mais feliz agora do que ela esteve nos últimos dois dias. Quando me vê na porta da cozinha, ela sorri e acena pra eu entrar, com o batedor de claras na mão.

— Estou fazendo crepes. Você gosta de crepes?

— Nunca comi um crepe. Não tenho certeza do que é exatamente, embora eu já tenha visto em cardápios antes, mas aceito, sim.

Tem um copo de suco de laranja na mesa pra mim, perto de todas as minhas vitaminas, e um guardanapo xadrez azul e branco dobrado. A grande mesa de madeira, toda vez que olho pra ela, parece uma foto de revista. Não por causa da mesa, mas como Robin arruma, como com o guardanapo xadrez hoje de manhã, ou a tigela de frutas que sempre tem frutas de verdade, ou às vezes um suéter pendurado numa das cadeiras. Simplesmente, faz você se sentir bem. Ela sabe como criar um lar, mesmo só a partir de uma mesa. Não é todo mundo que consegue fazer isso.

— Todo sábado é assim? — perguntei.

Ela quebra um ovo na borda da tigela. Mesmo um ovo e uma tigela nas mãos dela tinham a aparência de um lar.

— O que você quer dizer?

Quando alguém vive o tempo todo um certo tipo de vida, é difícil descrever pra eles como é que se parece e se vive outro tipo de vida. Nos sábados em Council Bluffs, Kent e minha mãe geralmente estavam com mau humor porque beberam muito na sexta-feira à noite, ou por terem ficado até tarde na rua, ou até por perderem dinheiro jogando. Muitas vezes eu ficava tentando esquecer que Kent tinha visitado meu quarto depois que minha mãe tinha ido dormir. E tinha muita coisa pra limpar antes que eles acordassem querendo café ou aspirina. Às vezes não tinha um cheiro muito bom; eles sempre estavam tentando parar de fumar e só durava alguns dias aqui e ali.

Minha mãe costumava ter uma longa lista de coisas pra fazer que ela só podia fazer de sábado por causa do trabalho, que ela não gostava, em primeiro lugar porque Kent tinha prometido que ela não ia ter que trabalhar mais, que ele cuidaria de tudo. Mas ele não fez isso, então de sábado minha mãe fazia uma correria como qualquer dona de casa, embora eles não fossem casados. Mercado, banco, unhas, cabelo. Kent às vezes fazia coisas legais, como trazer doces ou me dar cinquenta dólares pra gastar, se ele tivesse tido uma noite boa nos cassinos. Geralmente não acontecia.

Na mesa da Robin, bebo meu suco e digo finalmente: — Não sei.

Ela bate os ovos, coloca farinha de trigo e leite, sem medir nada.

— A Jill está acordada? — Ela segura o batedor na frente do rosto e observa como a massa pinga.

— Não.

— Vamos acordá-la. Crepes são mais gostosos quentes e frescos.

Quando ela não se move do balcão, percebo que ela quer que eu a acorde. Acordar justo a Jill, que diz que eu sou uma incubadora.

— Acho que ela vai preferir que você vá.

Robin ri, fatiando presunto em fatias finas.

— Ah, não deixe a Jill assustar você. Ela é exatamente como o pai, late, mas não morde. Bata na porta com gentileza, mas firme, e diga "crepes". Ela vai sair.

No andar de cima, fico do lado de fora da porta e escuto. Talvez ela já esteja acordada e prestes a sair e não vou ter que fazer nada. Depois de um minuto de nada além de silêncio, bato na porta duas vezes.

— Crepes!

Depois me viro e desço a escada o mais rápido que consigo na minha condição.

Quando chego lá embaixo, o bebê se mexe. Não como um chute. Mais como se estivesse rolando.

De repente, eu a vejo. A vejo aos cinco anos, descendo essa escada, um degrau de cada vez, segurando no corrimão com as duas mãos. Ela está vestindo pijama cor-de-rosa, o tipo que tem pezinhos, e tem o cabelo escuro do Christopher e meus olhos claros. Grita o nome da Robin — ela a chama de "Robin".

Mas na realidade ela vai chamá-la de "mãe". Não tinha pensado nisso antes.

Onde estarei em cinco anos? Quão longe daqui e dela?

Essas são perguntas sobre as quais eu deveria ter pensado mais uns meses atrás.

❃

Durante todo o café da manhã, Jill lê um quadrinho. Tentando puxar conversa pra mostrar que não estou brava com o que ela disse pra mim, e mostrando pra Robin que não estou com medo, digo: — Eu costumava gostar de *Sailor Moon*. Foi o único quadrinho que eu li.

Jill me olha com desdém. Ela e eu não ficamos no mesmo cômodo desde que gritou comigo na quinta à noite.

— Isso aqui não é um anime sobre uma estudante mágica e exibida. É uma *graphic novel*. Ganhou prêmios.

— Jill — Robin diz, mas ela não está brava na verdade. Ela também está lendo uma das revistas.

— Sobre o que é? — pergunto pra Robin.

— Hmm? — ela olha pra cima. — Modelos de transporte alternativo pra uma era pós-petrolífera.

— Ah.

É bom que minha filha vá ficar com gente inteligente. Minha mãe diz que é melhor ser bonita que ser inteligente, mas não sei. Ultimamente tenho tentado, na minha cabeça, colocar as coisas na ordem contrária do que minha mãe fala. Ser gentil vem em primeiro lugar. Depois inteligente. Bonita por último. Ou, por que não dá pra ser tudo isso? Se você for bonita, significa que você não pode também ser inteligente e gentil? Acho a Robin as três coisas. Jill é duas das três. Talvez seja gentil também, só não comigo. Eu não ligo. Só ligo pra que ela seja gentil com minha filha, irmã dela. Então preciso ter certeza de não dizer ou fazer qualquer outra coisa que a deixe brava.

Quando vou até a geladeira pra pegar leite, digo: — Querem que eu pegue alguma coisa pra vocês?

Robin diz: — Não, obrigada. — Jill nem percebe que falei. Acho que ela precisa de mais tempo.

❃

Querido Alex,

Sei que provavelmente você acabou de receber minha última carta e não teve tempo de responder. Ou talvez você nem tenha recebido, porque ainda pode estar viajando. Você pode até estar no trem agora.

Bem, estou me acostumando por aqui. A família pra quem estou dando o bebê é muito gentil. É uma mãe e uma filha. Não tem pai. Sei que isso não é o ideal, mas essa família age como uma família com um pai. Quero dizer que tem um fantasma de um pai ainda por aqui. Ele morreu não faz muito tempo, e ainda dá pra perceber que elas nunca vão esquecê-lo. Diferente da minha família, que eu aposto que já se esqueceu de mim.

Queria mesmo que elas falassem mais dele, mas parece que isso as deixa tristes.

Por um momento, hoje eu pensei que gostaria de ficar com o bebê. Robin, a mulher que está adotando, sentou comigo essa semana pra conversar sobre emoções, psicologia e coisas do tipo, e ela fica constantemente me falando que é normal sentir um monte de coisas agora. Nunca senti na verdade, até hoje. Mas foi por pouco tempo. De qualquer modo, é uma adoção aberta e vou poder visitar a bebê se eu decidir que quero. Não é legalmente estabelecido desse jeito, mas podemos confiar uma na outra.

Às vezes vejo o futuro e é como se eu fosse um espaço em branco. Quero dizer que sei como vou ser ou como vou existir. Não sei quem vou ser ou quem vai estar comigo. Pelo menos sei quem não sou e quem não vai estar comigo. Não vou ser como a minha mãe, ou vou estar com alguém como o namorado dela. Isso eu garanto.

Você sabe quem você vai ser no futuro? E com quem vai estar?

Sinceramente,
Mandy (do trem)

❃

É só um primeiro rascunho. Quando Robin e eu estávamos escrevendo e-mails uma pra outra no começo do ano, me acostumei a escrever cartas no meu caderno da escola primeiro, depois digitar, verificar nos livros e depois digitar de novo. O correio não abre antes de segunda-feira, então tenho bastante tempo pra mudar. Dobro o papel e coloco dentro de uma das revistas que Jill trouxe pra mim no meu primeiro dia aqui, e que eu já vi, mas gosto de ver de novo. Revistas – e TV também – me ajudam a pensar sobre quem eu talvez queira ser.

A casa está silenciosa. Jill saiu depois do café da manhã, e Robin está no escritório lá embaixo. Estou sentada na cama com os travesseiros atrás de mim, assim consigo ver não só as árvores fora da minha janela, mas a casa ao lado e a outra depois dessa.

Olho pra semana que passou.

Cheguei aqui e Robin não mudou de ideia.

Fui ao médico, a verdade foi revelada e Robin não mudou de ideia.

Briguei com a Jill, mas Robin disse pra não me preocupar, e parece que as coisas com a Jill podem até continuar do jeito que estão que a Robin não vai mudar de ideia.

Eu poderia começar a acreditar que ela nunca vai mudar. Que isso vai acontecer de verdade. Que isso poderia ser minha garantia.

Jill

Dylan vem à minha casa no domingo pra estudar, e é quase como nos velhos tempos. Como se nunca tivéssemos terminado e voltado e terminado de novo, ou brigado, ou passado pelo que quer que já tenhamos passado. Eu, com raiva e triste. Ele tentando fazer com que eu me sentisse melhor. Eu falando: "Mas não quero me sentir melhor", e pedindo pra ficar sozinha. Depois teve o lance com o Grady.

Pra resumir, deixei Dylan me ver saindo da escola em junho passado com esse aluno do último ano, Grady, que sempre estava atrás de mim. Grady me levou de carro pra casa dele e, assim que a porta se fechou atrás de nós, me empurrou contra ela e começou a me beijar e a me apalpar, e eu fiquei lá dentro do meu bosque isolado, pequeno e petrificado, sem reagir, até que ele me puxou e perguntou: — O que foi?

— Estou de luto.

— Eu sei. Antes de seu pai morrer, você nunca teria entrado no meu carro.

E acabamos em lados extremos do sofá enquanto ele jogava no Xbox e eu pedia milhões de desculpas para o Dylan por mensagens de texto.

Durante o verão nós voltamos, tecnicamente, mas o tempo todo dava pra dizer que ele ainda estava bravo comigo. Eu ainda estava triste, e nenhum de nós estava bem com o relacionamento. Enquanto isso, Laurel e

Cinders tentaram me apoiar. Quero dizer, elas mais do que tentaram. Elas realmente me apoiaram, *o tempo todo*. Me mandavam e-mails e presentinhos do Facebook e me levavam pra tomar café constantemente. Elas me arrastavam pra festas pra manter minha cabeça longe das coisas. Passavam lá em casa pra "dar uma olhada" e ver como eu estava "aguentando as pontas". Dylan também estava fazendo tudo isso, além de falar, falar e falar sobre isso. Querendo que eu "expressasse meu luto", que eu falasse repetidamente que ele estava lá pra ouvir. Me abraçando o tempo todo, até que eu não conseguia mais aguentar a mão dele nas minhas costas. Olhando para mim com olhos tristes, que machucavam minha alma, e que diziam: "Como é que a Jill vai conseguir superar isso um dia?".

Foi tudo demais pra mim.

No final de semana do feriado de 4 de julho, Dylan, Laurel e Cinders me levaram para o parque Confluence, me fizeram sentar perto da água e me disseram que estavam preocupados. Tinham se passado três meses e eu precisava falar sobre aquilo. Precisava chorar. Era hora de me debruçar no colo dos amigos, não de evitá-los. Cada um deles falou o que estava errado no jeito com que eu estava lidando com a coisa toda. Uma intervenção, basicamente.

Não é que eu não tivesse chorado. Só escolhi fazer isso sozinha. Na verdade, eu tinha chorado o fim de semana todo.

Meu pai amava o 4 de julho. Era o feriado perfeito pra ele, combinava patriotismo, história mundial e churrasco. Ele tirava a bandeira da garagem, onde ficava apropriadamente dobrada e guardada desde o Memorial Day, e eu o ajudava a içá-la. Eu sempre agia como se fosse o maior esforço do mundo. No ano anterior à sua morte, brigamos porque eu não quis sair da cama ao amanhecer pra ajudá-lo, como sempre fiz todo ano da minha vida até então. Só queria dormir. Ele entrou no meu quarto e puxou o lençol, levantou a cortina. Eu deveria ter me levantado. Mas eu puxei o lençol de volta, cobri minha cabeça e ele disse: "Jill, vamos lá. É um dia legal pra ser um americano". Eu poderia ter dito: "Só mais cinco minutos" ou "Café primeiro". Em vez disso, eu resmunguei qualquer coisa totalmente rude. Acho que foi "Dane-se a América", e o quarto ficou silencioso. Quando finalmente eu tirei o lençol da cabeça, ele tinha saído, sem nem um lembrete pra eu experimentar um pouco de ternura, porque aquilo tinha ido muito além dos meus modos habituais.

Quando eu saí lá fora, de pijama, ele estava na varanda, com a bandeira, como se soubesse que eu ia sair me sentindo um cocô. E em vez de gritar comigo por ter sido rude e talvez traidora da pátria, ele disse: "Aqui, pega essa ponta".

Enquanto Laurel, Cinders e Dylan estavam me falando pra me expressar, tudo o que eu conseguia pensar era que eu trocaria todos eles por meu pai, mas como eu podia expressar *isso*? O luto tem tantas partes. Partes tristes, partes de ira, partes de culpa, partes de arrependimento, e partes que representam certo tipo de dor que não tem nem uma palavra pra expressá-la.

E foi aí que me expressei e disse: "Me deixem em paz, inferno". Eles me deixaram.

Depois, Dylan e eu voltamos mais uma vez, quando o último ano do colégio começou. Setembro sempre parece uma página em branco, uma época otimista. Foi bom até os feriados chegarem, quando eu comecei a ter mais memórias de mim sendo uma imbecil com meu pai: de repente decidindo ser uma vegetariana no exato momento em que ele estava cortando o peru de Ação de Graças. Voltando a comer de tudo dois dias depois. Dormindo até metade da nossa seção anual do filme *Um anjo caiu do céu*, dizendo que estava cansada, e na mesma noite ele acabou me pegando jogando The Sims no computador da minha mãe. Um cocô estúpido e infantil.

Não sei por que eu tinha de ser daquele jeito. Não só daquela vez, mas muitas vezes. É como se, uma vez que se chegou ao Ensino médio, você está programado, como um robô, pra ser um babaca com os seus pais. Por que eu simplesmente não fui ajudá-lo com a bandeira na primeira vez que ele pediu? Não sei por quê. Não sei por que faço metade das coisas que faço.

E quando você não consegue se suportar, não quer pessoas por perto que estejam constantemente dizendo o quanto elas amam você, porque sabe que não merece. Então eu afastei o Dylan até que ele veio a mim de novo na quinta-feira, sabe lá Deus por quê.

Agora, aqui estamos, três dias depois, fazendo lição de casa, e não estou totalmente certa de que deveríamos ter voltado. Tudo aquilo ainda está lá, ainda não dito. Só mais velho.

Está tocando Black Keys no meu laptop, e estamos sentados um ao lado do outro na minha cama, cercados por livros e alcaçuz. Ao mudar de posição, Dylan expõe o canto do meu anuário, que ele puxa debaixo das cobertas e abre.

— Vixe. Nossa juventude mal-aproveitada.

— Ah, é. Achei quando estava limpando meu quarto de manhã.

Ele dá uma olhada na bagunça.

— Você limpou seu quarto de manhã?

— Mais ou menos. — Penso no que Ravi escreveu. Que eu parecia inteligente e divertida. E legal? Eu pareço legal? Pego o livro do ano da mão de Dylan e folheio até a foto da minha sala.

— Sou legal? — pergunto pra ele.

— Legal?

— É, Dylan. Legal. — Aponto para o meu sorriso de aluna do segundo ano. — Tipo não maldosa. Sou ou era ou já fui algum dia?

Ele olha pra minha foto e diz: — Você definitivamente não finge que é legal, o que é bom.

— Foi um jeito de desviar da questão. Esquece. — Fecho o livro com força e o jogo de lado.

— Jill. Que é isso? Acho que não lembro na verdade. Você é você. Você não precisa ser boazinha pra ser uma boa pessoa.

— Mas ajuda.

Me pergunto o que ele pensa sobre a minha bondade se soubesse do meu momento com a Mandy outro dia e meu comentário sobre a "incubadora". A verdade é que estou com vergonha disso. Mandy pode ser irritante, mas ela não fez nada além de ser colocada no meu caminho, na hora errada. E o jeito que ela tem me evitado me faz perguntar: sou *assustadora*? Quero dizer, sei que tenho sido mal-humorada e irritadiça, como meu pai, mas ele nunca foi *assustador*. O que eu queria que Dylan me falasse é se sou uma pessoa diferente agora, uma pessoa pior. Ou se sou assim mesmo, sempre fui, e só estou notando isso agora.

Me pergunto se Dylan realmente não lembra ou não quer dizer.

Voltamos para o dever de casa, e depois de dez minutos Mandy começa a falar sem parar no corredor de um jeito conspícuo e que me distrai, até que eu falo pro Dylan: — Feche a porta.

Ele ri.

— Isso é você tentando ser legal?

Levanto a cabeça e solto um grunhido. Mandy passa de novo, evitando virar a cabeça e dar uma olhada do jeito que qualquer pessoa faria numa sala cheia de gente.

— Mandy — digo, sem me exasperar. Ela para e olha em volta como se minha voz pudesse ter vindo de qualquer uma das centenas de lugares na casa. — Ei, aqui.

— Sim? — Ela fica na soleira da porta. Seu cabelo longo e cheio — no qual ela gasta, tipo, uma hora toda manhã — está preso no topo da cabeça por uma presilha. Ninguém com mais de doze anos deveria usar uma presilha no topo da cabeça. Além disso, ela sempre veste esses horrorosos vestidos floridos que a fazem parecer como se tivesse viajado no tempo e vindo de uma época mais feia. Ao mesmo tempo, ela consegue ser bonita de um jeito luminoso e total que mesmo roupas e penteados ruins não conseguem mascarar.

— Você está bem? — pergunto.

— Estou bem.

Pego um alcaçuz e mordo.

— Porque parece que você quer alguma coisa. Do jeito que fica passando.

Dylan escreve no caderno: *Tente ser legal*, e coloca num ângulo que eu consiga ver.

— Robin disse que eu deveria andar.

— No corredor?

— Está gelado lá fora.

Dylan joga o caderno no meu colo e pergunta se Mandy quer um alcaçuz.

— Ela não pode consumir muito açúcar — digo.

— Só um. — Mandy dá um passo pra dentro do quarto e pega um do grande pacote enquanto sorri pra Dylan. — Não quero interromper.

— Precisamos de uma pausa, de qualquer jeito — ele diz.

— Você pode se sentar se quiser — Dylan continua, na verdade se levantando da cama, tirando uma pilha das minhas roupas do pufe e colocando no chão, e ajudando Mandy a se sentar antes de voltar pra perto de mim.

Tento ser legal, um pouco de ternura, pra fazê-la se sentir bem-vinda.

— Você está aquecida? Quer um cobertor?

Ela passa a mão em sua barriga gigantesca. — Estou com calor. O bebê é como um pequeno forno dentro de mim.

Dylan rola e fica de barriga pra baixo, se aproximando da beirada da cama e colocando a cabeça sobre seus braços cruzados.

— Parece mais o quê?

Mandy mastiga seu alcaçuz lentamente, olhos vazios.

— O que quer dizer?

— Você sabe. Com o que mais se parece ter um bebê aí dentro? É estranho? Maravilhoso? Ou o quê?

Eu o cutuco com meu pé.

— Dylan...

— O quê? — Ele ergue a cabeça um pouquinho pra se dirigir a mim. — Não é como se eu fosse ter qualquer experiência em primeira pessoa. Só queria saber. Sei que é legal o que vocês mulheres podem fazer com o próprio corpo.

— Talvez ela não queira falar sobre isso.

Ele olha de volta pra Mandy.

— Você não quer falar sobre isso?

— Tudo bem. É difícil de descrever — ela diz. — A coisa principal é que é uma honra. Ter transformado amor em vida.

Aff.

Mas Dylan está totalmente no papo.

— É, e qual é a história? O pai está bem com você dando o bebê?

Mandy pisca.

— Claro.

— Claro? — repito, agora interessada. — Você diz como se não fosse grande coisa.

Ela vira seu olhar pra mim.

— Ele quer o que é melhor.

— Então — Dylan diz —, ele assinou uma coisa dizendo que abre mão de todos os direitos ou coisa assim? Nunca ver a criança ou deixar que ela saiba quem é o pai? Não sei se eu conseguiria fazer isso. Quero dizer, tenho certeza que não.

Em todas as conversas que Dylan e eu tivemos sobre essa situação toda, ele nunca mencionou algo assim. Na verdade, eu nem tinha pensado nisso, no pai. Esperamos pela resposta da Mandy, mas seu olhar se tornou distante e desfocado. — Não é bem assim — é tudo o que ela diz.

— Não é bem assim? — pergunto. — O que isso quer dizer?

Ela desliza no pufe, indefesa como uma tartaruga sobre as costas. Dylan dá um pulo e estica os braços.

— Aqui. Ela se segura no antebraço dele e, depois de um momento assustador no qual parece que ele vai cair com ela, ela consegue ficar em pé.

— Vou me deitar um pouco.

— Ok — Dylan diz. — Até mais.

— Notou como ela ignorou minha última pergunta? — digo depois que ela sai.

— Provavelmente é difícil emocionalmente pra ela. Pensar no pai e tudo o mais. — Ele já voltou para o dever de casa. — De qualquer jeito, Jill, ela está aqui e isso está acontecendo. Você precisa deixar passar.

Sei que ele está certo. Mas não sei se deixar passar funciona. E é possível dizer que o fato de ele ter voltado comigo três vezes, mesmo que ainda tenha alguma coisa que não está direito entre a gente, prova que ele também não está certo.

— Estou tentando.

Mandy

VOCÊ PROVAVELMENTE ESTÁ SE SENTINDO DESCONFORTÁVEL NESSE ESTÁGIO DE SUA GRAVIDEZ, E ANSIOSA PARA CONHECER SEU BEBÊ PESSOALMENTE! MUITAS MÃES DE PRIMEIRA VIAGEM COMEÇAM A ACHAR NESSE ESTÁGIO QUE SEU BEBÊ NÃO VAI CONSEGUIR PASSAR PELO CANAL DO NASCIMENTO! O SEU ASSISTENTE DE SAÚDE PODE AJUDÁ-LA A DECIDIR SE O BEBÊ É OU NÃO MUITO GRANDE PARA PASSAR PELA SUA PÉLVIS. OUTRAS MULHERES SE PREOCUPAM SE O BEBÊ PODE NASCER...

Fecho o livro. Robin não deveria me fazer ler essas coisas. Antigamente não existiam livros sobre gravidez e todas as mulheres conseguiam de algum jeito ou de outro, dar à luz, e por gerações todos nascemos, então qual é a utilidade? Minha bisavó nasceu no meio de uma tempestade de areia em Dakota do Sul que matou todas as plantações e metade do gado. Somos fortes. Pelo menos do lado da família da minha mãe. Não sei sobre o lado do meu pai.

Temos outra consulta com a Dra. Yee nesta semana, e eu *não* vou perguntar pra ela se o bebê vai conseguir passar pela minha pélvis. Ela só me daria um daqueles olhares como se eu fosse burra.

Exatamente duas semanas se passaram desde que eu cheguei aqui. Agora minha mãe deve estar se perguntando por onde ando. Sonhei com ela na noite passada, que ela estava carregando meu bebê e me falando que finalmente fiz alguma coisa certa. Na vida real, ela queria que eu me livrasse dele, mas no meu sonho os olhos dela eram tão cheios de amor e orgulho que acordei com vontade de tê-la por perto.

A casa está silenciosa; Jill está na escola e Robin tinha um compromisso na cidade. Alguns flocos de neve batem na janela da sala aqui e ali. Me pergunto se está nevando em Omaha. Minha mãe odeia o inverno. Ela gostaria de se mudar pra algum lugar como Flórida ou Arizona e ficar no calor o tempo todo. Kent diz que é muito caro. Talvez quando ele se aposentar, ele costumava dizer, e a Previdência Social pagar por isso, ou depois que ele fizer sua fortuna. Depois que sua sorte mudar.

Fico na janela e olho pra fora até minhas costas doerem. Normalmente não me sinto sozinha aqui, mas hoje estou me sentindo. Não consigo tirar o sonho da minha cabeça, os olhos da minha mãe e como ela tocava a cabeça molinha do bebê com tanta ternura.

Todo dia, ou quase, pego o telefone sem fio perto da poltrona do pai da Jill e me imagino digitando o número do apartamento em Council Bluffs. É um impulso que dura alguns minutos, e então ando pela sala ou subo para o andar de cima pra deitar ou ver se tem alguma coisa nova e interessante no quarto da Jill, e o impulso vai embora. Hoje a vontade com que eu despertei está mais forte, como uma fome.

Às vezes você quer ouvir a voz da sua própria mãe.

Me sento na poltrona do Mac, coloco meus pés no aparador e pego o telefone, passando meus dedos pelos macios botões cinza. Minha mãe e Kent devem estar no trabalho a essa hora. Eu poderia só ouvir a voz dela na secretária eletrônica; não tenho nem que deixar uma mensagem.

Ela atende no segundo toque.

Eu devia desligar, eu sei. Ela repete o alô, impaciente, e pergunta quem é daquele jeito autoritário que ainda tem poder sobre mim.

— É a Amanda.

Minha mãe fica calada.

— Sua filha — acrescento —, Mandy.

— Achei que nunca mais ia ter notícias suas.

A voz dela. É baixa e rouca, do jeito que uma voz fica quando a pessoa teve um resfriado, mas a dela sempre foi desse jeito. Os namorados dela sempre dizem que é uma das coisas mais *sexies* nela. Eles gostam da voz dela e o fato de ela ser miúda, como eu. Eles gostam de poder pegá-la no colo e tirá-la do chão. Eles também gostam do cabelo dela, que ela deixa comprido e loiro. Se o dinheiro fica curto, ela retoca as raízes antes de ir ao mercado. Homens não gostam de mulheres com cabelos curtos ou grisalhos, ela diz. Mas o cabelo da Jill não é comprido, e ela tem Dylan. O cabelo da Robin é tão curto quanto o de um homem, e também grisalho, e eu a acho muito bonita.

— Tudo bem?

— Ótimo.

Ela tinha voltado a fumar. Eu podia ouvir o barulho do isqueiro, a respiração.

— Tá nevando aí? — pergunto.

— Não para.

Queria que ela pudesse me ver aqui, sentada nessa poltrona de couro. Vivendo com crepes e pessoas que têm prateleiras e mais prateleiras de livros, e o jeito que Robin me liga todo dia quando está fora, só pra dizer oi e perguntar como estou. Disse pra minha mãe que eu tinha encontrado uma família para o bebê, uma família perfeita que queria que eu viesse morar com eles, mais nada além disso, e ela não perguntou. Agora quero contar tudo pra ela.

— Quando você estava grávida de mim, você se preocupava com o meu nascimento? Ou se eu não passaria pelo canal do nascimento? — Quero saber uma coisa, qualquer coisa, sobre o que ela sentia quando estava me carregando. Se ela teve o mesmo tipo de medo, empolgação e o crescente sentimento de apego que estou sentindo.

— Não seja boba — ela diz. — É por isso que você ligou? Pra me perguntar isso?

— Em parte.

— Qual é a outra parte? Não tenho dinheiro, e se eu tivesse teria coisa melhor pra fazer do que gastar com um bebê que eu disse pra você não ter.

Já está difícil de lembrar como é o apartamento. Quando tento visualizá-lo, tudo o que vejo é ela, batendo a cinza do cigarro numa das latas de refrigerante diet que sempre estão por perto. A imagem dela bloqueia todo o resto, como a mobília e a cor dos cômodos onde tem janelas.

— Não quero dinheiro nenhum. Tô ligando pra avisar que estou bem.

Ela pausa.

— Não quero saber, Mandy. Você me abandonou. Você acha que pode se dar muito melhor? Não quero saber.

O couro do braço da poltrona é macio, parece gasto. Mac deve ter passado a mão nele um milhão de vezes, do jeito que estou fazendo agora.

— Tá bom. Pode dizer pro Kent que eu estou bem. Se ele estiver preocupado.

Ela ri sua risada miúda e rouca.

— Você não quer saber por que estou em casa quando eu deveria estar no trabalho? Estou fazendo as malas pra ir embora. Quase no mesmo segundo em que você foi embora, Kent me deu um pé na bunda. Minhas coisas estão em sacos de lixo, numa fila do lado da porta.

— Pra onde você vai?

— Você não se importa. Um amigo do trabalho vai me abrigar.

Um amigo homem, provavelmente.

— Me fala uma coisa, Amanda — ela diz. — A sua família perfeita sabe que eles estão adotando um bebê índio, nascido de uma garota que abandonou a escola?

— Sim — digo rápido.

— Seria melhor se fosse verdade. Conhecendo você, não é. Você ficaria surpresa se soubesse que mesmo as pessoas mais gentis ficam malucas quando se trata dessas coisas. Então, se as coisas não derem certo, não venha me procurar pra cuidar de você.

O telefone está esquentando no meu queixo.

— Talvez não seja índio.

Ela dá um outro trago no cigarro, depois diz: — Sabia — e eu a imagino balançando a cabeça, como se tivesse tanta certeza quando se trata de quem sou. — Sabia que você estava mentindo quando disse que foi sua primeira vez.

Foi a minha primeira vez de verdade.

— Talvez seja branco. Igual ao Kent.

Teve uma longa pausa, e estou feliz por ter mais de oitocentos quilômetros entre a gente.

— O que você está falando? Mandy?

Minha mão treme quando tiro o telefone da orelha e aperto o botão vermelho que termina a ligação. A poltrona do Mac está na posição perfeita pra olhar pra fora da grande janela da sala. Aqui o dia está normal, exatamente como foi ontem e como vai ser amanhã. Tento apagar a conversa com minha mãe e tudo o que fica é a mesma vontade com a qual eu acordei, a vontade da minha mãe do meu sonho.

❃

Tento escrever minha carta para o Alex de novo, copio em uma folha legal da gaveta da Jill.

Querido Alex,

Não tenho muito o que fazer nesses dias enquanto espero o bebê. Escrever pra você ajuda a passar o tempo, e a verdade é que não tenho ninguém mais pra escrever. Espero que não se importe. Você pode me escrever de volta, mas não tem que fazer isso.

Um dos livros que andei lendo diz que o bebê já tem mais de dois quilos agora. Não vai mudar muito nas próximas semanas, só vai crescer e crescer. Mal posso esperar pra ver como ele é. Contei pra você que vou ter uma menina?

Depois que ela nascer e eu estiver recuperada, tenho que achar um lugar pra morar. Não acho que vou ficar aqui em Denver. A bebê deve ter sua própria vida, e não quero que ela fique confusa sobre quem é a mãe dela. Acho importante para as crianças ter um ambiente bom e estável, e não ter que se preocupar com o que vai acontecer de um dia para o outro.

Se você pudesse morar em qualquer lugar, onde seria?

Sinceramente,
Mandy Madison (do trem)

Fecho o envelope, escrevo o endereço e coloco o selo, depois visto meu casaco pra andar até a caixa de correio.

A neve aqui é diferente da neve em Omaha. Mais fina, seca e crocante sob os pés. E o ar não é tão frio, e não venta muito; não machuca seus pulmões ao respirar.

Todas as casas nesta rua são como a de Robin: não têm sacadas despencando, não têm tinta descascando, não têm carros velhos entulhando a entrada das garagens. Todas elas têm a entrada limpa. Arbustos de zimbro ficam amarrados durante a estação fria, assim a neve não os quebra. O ar tem um cheiro fresco. É esse o tipo de vida que eu quero — uma vida limpa, onde as pessoas prestam atenção aos detalhes.

Quando vi o *post* da Robin no *site* O Amor Cresce, soube que ela era uma pessoa com esse tipo de vida.

Estou feliz pela bebê, pela vida que ela vai ter.

O que não sei é como ter essa vida pra mim.

Jill

É a terceira vez em quase uma semana que almocei com Laurel e Cinders. Elas estão se aproximando de mim de novo. É bom na maior parte, embora exista definitivamente essa sensação de que é um período em que elas estão me testando; elas ainda podem cancelar o pedido a qualquer momento e me mandar de volta pra qualquer que seja o lugar de onde eu tenha vindo, e nenhuma de nós está ficando tão próxima a ponto de se machucar se isso acontecer. Mantemos a conversa o mais trivial possível. Almoço com elas só se me convidam. Elas escolhem o que e onde comemos. Como hoje, que Cinders estava morrendo de vontade de tomar café da manhã grego, então saímos do campus pra um lugar onde ela podia comer uns ovos mexidos com *gyro* de carne processada.

O que torna hoje diferente é que Dylan está com a gente. As coisas não estão tão estranhas entre elas e ele — não estão perfeitas também. Ele me defendeu diante do meu pior comportamento, e ficou cansativo pra Laurel e pra Cinders. Mas é o primeiro dia de março, há partículas de primavera no ar e comemos comida grega. Tudo estava ótimo.

Até o assunto da Mandy aparecer.

Claro que faz sentido Dylan ter assumido que Cinders e Laurel sabiam disso. Quando está se reaproximado de pessoas que eram, na vida prévia, suas melhores amigas, naturalmente se conta pra elas sobre o evento mais abalador, mais modificador que ocorreu desde, você sabe, a morte repentina do seu pai. Só que eu não contei, por causa da natureza totalmente experimental da dinâmica em questão. E desde a semana passada quando ele estava lá em casa estudando, Dylan começou a ficar com esse interesse agudo por Mandy e seus afazeres pela casa e pelas coisas malucas que ela fala. As peculiaridades que compõem a Mandy — as que me deixam louca — o divertem e o intrigam.

Portanto, não é tão surpreendente pra mim quando ele pega um pedaço de *souvlaki* e diz: — Aposto que Mandy nunca comeu comida grega. Devíamos trazer ela aqui.

— Quem é Mandy? — Cinders pergunta.

Dylan, na minha frente, mastiga devagar e levanta as sobrancelhas.

— Hmm — digo.

Por onde começo?

— Mandy é uma garota que está morando na... bem, ela está com a gente. Com minha mãe. Ela é meio... uma parente. Sabe? Como um parente bem, bem distante.

Laurel franze a testa.

— Achei que você não tinha família. Quero dizer, do lado do seu pai... Pensei que você e sua mãe eram a família inteira.

— Beeem distante.

— De outro país ou o quê? — Cinders pergunta.

— Nebraska — Dylan diz.

Cala a boca. Tento me comunicar com os olhos — sutilmente, assim Cinders não vai notar.

— Conta logo pra elas, Jill.

Agora Laurel está perdendo a paciência também.

— Contar o quê?

Eu balanço minha xícara para a garçonete. Não quero compartilhar toda a saga da bebê MacSweeney com eles. É embaraçoso. Parece a evidência de uma falha — da minha parte, em ser uma boa filha. E um sinal de que minha mãe está perdendo o juízo, sem conseguir lidar com seu luto.

— Bem...

Laurel levanta a mão.

— Sabe de uma coisa, Jill? Se não quiser nos contar, não conte. Tudo bem. Você pode continuar vivendo na Bolha da Jill e flutuar sobre nossas cabeças. Não tem problema.

Dylan cutuca meu pé com o dele debaixo da mesa.

— Posso pegar um pouco mais de café, por favor? — A garçonete está me ignorando totalmente de propósito. Levanto minha xícara de novo, inutilmente. Sento e coloco minhas mãos em volta da xícara, me concentrando numa fatia de cogumelo na beirada do prato do Dylan. — Tá bom. Mandy não é um parente. Mandy é uma estranha de 18 anos que está grávida de uma criança e ocupando nosso quarto de hóspedes.

— Eeee... — Dylan me incentiva.

— *E* minha mãe está adotando o bebê.

Cinders pisca.

— Isso é... inesperado.

— Ah, é.

— Ela não é uma total estranha — Dylan diz. — Quero dizer, ela está aqui já faz duas semanas. Vocês duas estão se conhecendo.

— E que piada tem sido isso.

— O que tem de errado com ela? — Laurel pergunta.

Antes que eu comece a fazer uma lista das Coisas Que Estão Erradas com a Mandy, Dylan interrompe.

— Não tem nada de errado. Ela só é diferente da gente.

Cinders diz: — Sua mãe não está um pouco velha pra criar um bebê?

— Sim! — Ei, talvez essa coisa de contar pra elas não seja tão ruim; finalmente estou recebendo alguma simpatia. Tudo sai de uma vez. — Acho que é um erro enorme. E minha mãe nem contratou um advogado... Não tem contrato, nada. Só um tosco acordo por e-mail! Meu pai não... — Eu me interrompo. Dylan olha pra mim.

Cinders está, de forma gratificante pra mim, chocada com a coisa toda, e pelo resto do almoço ela e Laurel fazem perguntas e expressam descrença, como, além de ter que lidar com a morte do meu pai, agora *isso*. É ótimo, na verdade, e revigorante, exceto quando Dylan fica defendendo Mandy e a minha mãe. Mas eram três contra um e uma hora ele acabou parando. Quando voltamos pra escola, eu estava cheia de certeza e a sensação de que, mais uma vez, faço parte de alguma coisa e estou certa.

❃

Carrego aquela energia durante o meu primeiro turno na Margins, onde está rolando uma empolgação porque, enquanto eu estava na escola, Ravi pegou seu homem.

Ron me conta as novidades.

— Um inofensivo homem de meia-idade de muletas entra na loja. Ele conversa comigo pra deixá-lo entrar com a mochila, certo? Porque como é que ele levaria as mercadorias até o caixa? Sou um idiota.

Então, Ravi ganhou a aposta com sua teoria sobre uma pessoa sorrateira se fingindo de inválida. Adivinho o resto: — Ele enche a mochila com livros de arte e outras coisas caras? Se alguém o parasse, ele poderia dizer: "Eu ia pagar. Sou só um coitado de muletas".

— Certo. E não é a primeira vez. Ah, não. Ravi tem seguido esse homem de loja em loja. O cara tem roubado de cada Margins na nossa região desde antes do Natal, mas ninguém conseguia pegá-lo no flagra. O cara é um depósito de mercadoria roubada. — Os policiais vieram, ele me conta; e teve toda uma cena.

— Cadê a Annalee? — pergunto.

— Ela levou Ravi pra comemorar. Volta daqui a pouco. — Ele olha para o relógio. — Na verdade, pensei que voltaria logo. Eles saíram faz quase duas horas. — Ron sorri. — Acha que tem alguma coisa rolando entre os dois?

— O quê? Não. — Digo isso como se a ideia em si fosse *nonsense*, mas pela próxima hora me vejo obcecada pensando no que Ravi e Annalee poderiam estar fazendo esse tempo todo, e nos comentários que ela fez quando o conheceu. Tento me lembrar de quantas vezes ele esteve na loja desde aquela noite. Cinco? Seis? O cara trabalha rápido. De qualquer modo, fomos *nós* que tivemos aquela experiência conjunta primeiro. Ok, aquela experiência envolveu um machucado no rosto de Ravi, e eu aparentemente tendo o ignorado por um ano inteiro nas aulas de Ciência da Computação da Sra. Schiff, mas o ponto é que temos uma história.

Quando Annalee finalmente aparece, Ravi vem logo atrás dela, e eles estão felizes, felizes, felizes. Estou presa no balcão de atendimento ao consumidor no meio da loja, vendo os dois felizes a certa distância. Annalee tem aquele olhar em seu rosto, aquela energia que fica quando você tem uma nova paixãozinha. O mesmo brilho que emana quando você recebe boas notícias, tem uma viagem divertida se aproximando, ou mesmo quando é só o final de semana chegando. Como se, apesar de toda a merda que é o dia a dia, a vida tivesse alguma compensação, afinal.

Não sei quando senti isso pela última vez. Duvido muito que eu tenha o brilho da Annalee quando estou com o Dylan. Com certeza não ultimamente; ficamos indo e voltando por tanto tempo. Será que me senti desse jeito por pelo menos uma hora quando voltamos? Não consigo me lembrar se eu já me senti assim *alguma vez*. Devo ter me sentido, antes.

Não sei.

Annalee vem até o balcão de atendimento ao consumidor.

— E aí, Jill. — Ela brinca com as chaves da loja que deixa penduradas em um cordão de couro preto em volta do pescoço. — Vou comprar um frapê para o Ravi. Volto em 15 minutos e depois você pode fazer seu intervalo, ok?

Quinze? Sei que o nosso barista não é o mais rápido do oeste, mas quanto tempo leva pra fazer um frapê?

— Claro.

E então eles vão até a área do café, rindo alto.

— Boa apreensão — digo. Muito alto. Mesmo Ron, lá no caixa, olha pra cima.

Ravi se vira e diz: — Obrigado, Jill. — E Annalee anda com um visível movimento dos quadris.

Você lembra se eu um dia fui assim? Quero gritar pra ele. *Como se eu tivesse alguma coisa pela qual ansiar?*

*

Ainda estou me apegando às reminiscências da reação de Laurel e Cinders à situação da Mandy quando chego em casa e acho minha mãe em seu escritório, trabalhando e ouvindo Neil Young, com uma xícara de chá ao lado do teclado. A luminária da escrivaninha lança um halo de luz em torno dela. É uma cena solitária. Eu não deveria entrar e fazer o que estou prestes a fazer. É o momento errado. Provavelmente não há um momento certo, o que no momento me parece razão suficiente pra continuar.

Chego perto, me inclino sobre as costas da cadeira dela.

— O que é isso? A mesma coisa em que você tem trabalhado o mês inteiro?

Ela tira os óculos da ponta do nariz e os coloca na cabeça.

— Sim. O estudo sobre a factibilidade para a empresa de transporte público. Eles querem estender o trilho leve, e estou tentando ajudá-los a pensar como fazer isso sem desagradar os moradores do corredor aqui. — Ela passa os dedos por um mapa num dos dois monitores que ela usa.

Às vezes eu esqueço que minha mãe tem essa vida totalmente outra, em que ela é ótima e competente e bem-paga pra dar consultoria a empresas de engenharia de tráfego e à cidade. Ela é tão esperta para as coisas de trabalho.

Então vejo, coladas no outro monitor, as imagens do ultrassom do bebê da Mandy. Tem duas: uma não parece muito, mas a outra é um close do rosto da bebê. Sua mão está perto da boca, seus pequenos olhos inchadindos fechados, a linha do nariz bem definida.

— Mãe... — eu digo, incapaz de tirar meus olhos das imagens dessa pessoa, essa pessoa que está prestes a entrar pra nossa família.

— Sim?

Deixa pra lá, Jill. Deixa pra lá.

— Nada, não. — Quase toco em seus ombros, quase me inclino e beijo sua cabeça. O que quero mais que tudo nesse momento é ter fé, como ela tem, de que tudo vai ficar bem.

— O quê, Jill? — Ela vira a cadeira; meus braços despencam. Ela toca a verruga em seu queixo. — Você ficou querendo dizer alguma coisa a semana toda. Percebo isso, e me deixa nervosa. Desembucha ou me deixa trabalhar.

Agarro meus dedos, bem apertado. Tenho que perguntar. — A Mandy disse alguma coisa sobre o pai da criança? Tipo, uma coisa que ele tenha assinado sobre os direitos parentais ou alguma coisa?

Instantaneamente, ela fica muito além de irritada.

— Por que está me perguntando isso?

Quase que instantaneamente, consigo encontrar aquela certeza que estava tão afiada e fresca no almoço hoje.

— Porque você nunca disse nada, e eu acharia que isso é importante. Deus. Desculpe por me preocupar.

Minha mãe fala lentamente.

— Jill. Tenho tentado envolver você nisso desde o começo. Você praticamente colocou as mãos nos ouvidos toda vez que eu toquei no assunto. Agora você tem perguntas? — Ela se vira de volta para o computador. — Pode confiar. Já tomei conta disso, e não deixe que isso incomode você de jeito nenhum.

As costas dela estão rígidas, e embora ela esteja movendo o mouse e colocando figuras no mapa, não engulo que ela esteja prestando qualquer atenção ao trabalho.

— Bem, isso me incomoda. Me incomoda muito. Desculpe por como fui antes. — Ela vira a cadeira de novo. Respiro fundo e continuo. — Não parecia real. Não acreditei que isso ia acontecer. Agora que a Mandy está aqui, só estou preocupada. E se daqui cinco anos, depois que estivermos apegadas a essa coisa, algum cara chega batendo na porta e diz: "É minha filha, me dá aqui".

Minha mãe pega a caneca de chá e olha pra dentro dela. Menos irritada. Mais contemplativa.

— Essa coisa? Você diz que não era real *antes*, mas ainda não vê o bebê como um ser humano que vai ficar nas nossas vidas pra... sempre. Já que você está tão preocupada com "essa coisa", vou te dizer: Mandy fez o que podia pra entrar em contato com o pai, mas não conseguiu. Foi difícil porque ela... — Minha mãe suspira, e sua voz vai de séria para um tipo sonoro de *que raio*. — Ela não sabia o sobrenome dele nem morava na mesma cidade. Ela só o viu uma vez.

— Foi uma transa de uma noite?

— Foi.

Depois daquela merda toda que a Mandy disse na semana passada de o bebê ter sido "feito com amor". *Amor!*

— Não queria que você tivesse esse argumento contra ela — minha mãe diz. — Ou contra o bebê. Então agora você sabe.

Agora sei.

— Eis outra revelação chocante, mãe: isso não me faz sentir melhor. Meu pai teria feito mais algumas perguntas. — Deixo escapar. Estupidamente. Maldosamente.

A cadeira dá meia-volta. Cliques no mouse. Colocando figuras — índices de tráfego, coordenadas de GPS.

— Bem, ele não está aqui agora, está?

Como se qualquer uma de nós precisasse ser lembrada disso. Tento soar menos acusadora dessa vez.

— Estou só dizendo que o cara pode aparecer...

— Eu *sei*, Jill. — Ela se vira de novo, e seu rosto tão parecido com o meu, não importa o que Mandy diga sobre nós não nos parecermos nada, está cheio de indignação, embora tão vivo. — O pai pode aparecer, Mandy pode mudar de ideia. O bebê pode nascer surdo ou cego. Posso morrer amanhã. Eu sei. Eu sei! Você acha que eu não sei que, depois do ano que tive, qualquer coisa pode acontecer? Não importa as precauções que você toma, quão inteligente você é, quanto você se prepare e planeje, qualquer coisa pode acontecer.

Meus olhos queimam. Não sei por que ela teve que dizer que poderia morrer amanhã. Por que teve que dizer essa parte?

Eu sentiria tanta falta dela. É uma coisa entalada na minha garganta, o quanto eu sentiria falta dela, quanto sinto a falta dela agora, quanto quero que sejamos capazes de encontrar uma à outra agora que não temos meu pai como uma ponte entre nós.

Quero dizer isso. *Sentiria sua falta.* Minhas cordas vocais estão paralisadas.

— Você quer excluir a vida, Jill, é a sua escolha. Afastar todo mundo. Recusar a mudar. — Ela ri um pouco e joga as mãos para o alto. — Você não costumava dar a mínima pra nada, mas isso era porque você era *corajosa*, não cínica. Você costumava ter tanta coragem. Seu pai e eu ficávamos a noite inteira acordados preocupados com os problemas em que você podia se meter por causa da sua coragem.

Ficavam? Eu tinha coragem?

Minha mãe continua.

— Não sei como você ficou com tanto medo.

Ela lança, sem pensar. Nos encaramos. Como ela pode falar isso? Ela sabe. Ela sabe! Engulo, finalmente encontrando minha voz.

— Não sei como não sabe.

O que quero dizer é *Me fala como*. Me fala como voltar a ser como eu era. Mas ela ainda está se defendendo.

— Tenho que acreditar... — Ela bate no peito. Sua voz muda. — Tenho que acreditar que algo surpreendentemente bom ainda pode acontecer.

Concordo acenando com a cabeça e vou para a sala, onde me sento na poltrona do meu pai e coloco meu pé no aparador, tentando entender minha mãe do jeito que ele a entendia.

"Sua mãe não dá ouvidos à razão", ele costumava dizer.

"Sua mãe faz o que ela faz, dane-se o resto", ele costumava dizer.

"Sua mãe é louca, só estou aproveitando a carona", ele costumava dizer.

O que quero dizer é que entendo. Entendo mais ou menos. Ela não está fazendo isso porque quer um bebê, embora eu ache que ela realmente queira. Ela está fazendo isso pra falar um grande foda-se para o destino, ou Deus, ou sorte, ou o que quer que tenha levado meu pai pra longe da gente. *Desafio você,* ela está dizendo. *Desafio você.*

Mandy

O que eu notei é que certas pessoas podem fazer você se sentir como se fosse apenas uma fração de si mesma. Por maior que esteja meu corpo agora, depois de conversar com a minha mãe ontem, minha alma ficou reduzida a quase nada. Ela poderia morar numa caixa de fósforos. Poderia escorrer entre as almofadas deste sofá de couro onde passo quase o tempo todo esperando — ou incubando — pelas próximas cinco semanas.

Coloco a mão no bolso do meu vestido e fecho os dedos em volta do relógio. Hoje, preciso dele comigo, por perto, pra me lembrar de que posso decidir o que quero. Nada está certo ainda. E não importa o que aconteça. Nunca vou ter que voltar pra minha mãe.

Queria que ela não me fizesse sentir desse jeito. É difícil saber *o que* eu deveria sentir em relação a ela. Ela me pariu, e, embora tenha vivido a maior parte da vida como alguém que não tinha uma filha, eu sempre tive comida, roupas e onde morar, por causa dela. Tenho os olhos iguais aos dela e as mãos pequenas. Mas ela nunca me quis. Se ela tivesse feito o que estou fazendo, em vez de ter ficado comigo, tudo na minha vida poderia ter sido diferente. Mas daí eu não seria eu. É impossível pensar em mim mesma como outra pessoa.

E sei que fazendo essa escolha, estou dando alguma coisa pra minha filha, mas também tirando alguma coisa. O que estou tirando dela sou eu mesma. Ela não vai poder olhar pra Robin e ver seus próprios olhos e suas mãos. Talvez em 18 anos, ela estará sentada aqui, neste exato sofá, tendo os mesmos pensamentos sobre mim, iguais aos que estou tendo sobre minha mãe. Não quero que seja assim, mas não sei como fazer não ser.

Quando minha mãe me falou que Kent estava colocando ela pra fora, pensei: "Que bom". Uma parte de mim que não gosto estava feliz com o que estava acontecendo com ela. Como se eu fosse o motivo de Kent deixar a gente morar lá, como se ele tivesse me escolhido em vez dela. Mesmo que eu nunca tenha desejado que ele quisesse isso. Mas dos dois, Kent foi quem me deu mais atenção, eu acho, e isso conta alguma coisa, não? Não sei. Não era uma atenção de cuidado. Não como deveria ser. O jeito que as coisas eram com o Kent é complicado, e tudo misturado na minha cabeça. Às vezes ele fazia coisas legais, como lembrar o tipo de música que eu gosto, me levar de carro pra escola se eu perdia a hora do ônibus. Às vezes.

Ele fingia que eu não estava grávida.

Contei pra ele antes de contar pra minha mãe, antes de a barriga aparecer. Era um sábado e ela tinha saído. Kent estava sentado na sala assistindo à TV, com o computador no colo. Talvez fazendo contas e coisas para o negócio dele, procurando qual caminhonete ele ia comprar, ou jogando pôquer *online*, não sei. Eu entrei e fiquei do lado da TV, o esperando dizer: "O que foi?", mas ele não disse, então me sentei na poltrona e assisti à TV por um tempo. Durante um comercial, ele me pediu pra pegar uma latinha de refrigerante pra ele, então fui pegar. Quando entreguei, ele não olhou pra cima ou sequer agradeceu. Eu conseguia ver o topo da cabeça dele, o pequeno ponto careca embaixo do cabelo castanho meio grisalho. Seu pescoço grosso, seus bíceps grandes.

— Tenho que contar uma coisa — eu disse.

— O que é?

Você devia prestar atenção enquanto te conto isso, pensei. *Você vai querer ver a minha cara.*

— Tô grávida.

As mãos dele pararam de se mexer no *laptop* por alguns segundos. Depois, começaram novamente.

— Não, não tá.

— Sim, tô.

Ele fechou o *laptop*, se levantou e pegou as chaves e o celular da mesinha de centro.

— Isso não tem nada a ver comigo. — E saiu. Depois, nunca mais conversamos sobre isso, e minha mãe nunca disse nada sobre isso na frente dele. Não sei se ele falou pra ela não falar com ele sobre isso ou se ela simplesmente decidiu não falar. Uma vez ou outra eu o peguei me olhando, olhando pra minha barriga, mas na maioria das vezes quando eu entrava na sala, ele saía. E nunca mais veio me procurar à noite de novo.

Às vezes, eu sentia falta.

É isso o que quero dizer quando falo que está tudo misturado. Eu o odiava, odiava aquilo. Mas depois que contei pra ele que eu estava grávida e ele me abandonou, e que contei pra minha mãe e ela ficou louca da vida, às vezes, eu deitava à noite na cama e me perguntava: "Importa pra qualquer um dos dois que eu exista? Eu existo?". Eu passava a mão no meu braço pra ter certeza de que eu ainda estava ali. Às vezes, ficava no meu quarto durante o jantar pra ver se um deles vinha me chamar. Minha mãe até vinha, mas não sempre, e Kent nunca. Outras vezes eu saía pra andar depois da escola e ficava fora até meus pés doerem a ponto de não conseguir mais continuar, e me perguntava se eles iam gritar comigo por ser tarde e deixá-los preocupados. Eles nunca fizeram nada. Dias, dias e dias podiam passar e tudo o que eles faziam era olhar como se eu fosse transparente. Tudo o que eu queria era saber que eles me viam. Que eu era vista por alguém. Aquela sensação de desaparecimento era o pior de tudo.

Uma noite, quando toquei meu braço, comecei a duvidar que eu estava realmente ali. Me belisquei. Passeis as unhas pelo meu pescoço até arranhar. Levantei e olhei no espelho. Não sabia se podia acreditar no que eu via, que eu estava lá, que eu era eu. Toquei o rosto no espelho. Coloquei meu rosto nele e respirei até que minha respiração ficou condensada no vidro. Mas ainda não tinha certeza. O único sinal claro de que eu existia era o protótipo de vida dentro de mim.

Foi essa noite que decidi ir embora.

❃

Me acostumei com o som dos passos da Robin na escada – *clip-clip-clip* – enquanto os da Jill são mais como *clomp-clomp-clomp*.

– Estou indo pra uma reunião com um cliente – disse Robin. – Precisa de alguma coisa? Posso dar uma passada no mercado na volta pra casa.

Me viro pra vê-la do sofá. A cabeça dela está abaixada, uma mão enfiada na bolsa enquanto para no fim da escada. Esta manhã quando tomamos café juntas, como sempre fazemos, ela vestia calças de ioga e um moletom. Agora está vestindo calça social com risca de giz, um top branco, e um blazer vinho. Uma mulher de carreira.

– Você está bonita.

– Obrigada, docinho. – Ela tira a mão da bolsa, com as chaves, e continua em direção à porta. – Me ligue se pensar em algo que precise.

O que eu preciso é não ficar sozinha, porque essa sensação de desaparecimento pode voltar.

– Talvez eu possa ir com você.

– Pra minha reunião? *Eu* não quero ir pra minha reunião.

Preciso me concentrar muito pra não implorar pra ela. "Por favor, por favor não me deixe aqui sozinha." Normalmente a TV é suficiente pra me manter longe de pensar demais no Kent e na minha mãe, mas hoje não estou tão forte, mesmo com o relógio.

– Quero dizer, me pergunto se tem algum lugar onde você possa me deixar – digo, me esforçando pra minha voz não fraquejar. – Como um shopping, ou um cinema, ou qualquer lugar?

Robin aperta alguma coisa no celular e olha pra ele. – Estou com pressa... – Então ela abaixa os braços e me olha. Ela me vê. – Claro. Você deve estar desesperada pra mudar de ambiente. Vamos lá, pegue suas coisas. Vou esquentar o carro.

*

Ela me deixa num grande shopping que tem uma parte externa e uma parte interna, e me diz para tomar cuidado ao andar e prestar atenção aos pontos com gelo caso eu decida ir para a parte externa. Também me avisa que tem algumas lojas fofas lá e que não é pra eu comer porcaria. Me deu 20 dólares e o cartão American Express.

— Compre um lanchinho se ficar com fome. E alguma coisa especial pra você.

Alguma coisa pra mim?

Ela vê a expressão no meu rosto e sorri.

— Só não exagere.

Passo um tempão olhando no mapa. As lojas aqui são uma mistura das mesmas lojas que temos em Council Bluffs e Omaha e de lugares que eu nunca ouvi falar. Tem dois Starbucks de tão grande que é. No mais perto, compro um chocolate quente e me sento pra descansar minhas costas e pernas, que já estão cansadas, e ver as pessoas passarem. Parece que a maioria é de esposas. É o que parecem pra mim — mulheres cujos maridos ganham um monte de dinheiro, então elas vão para o shopping, sozinhas ou com amigos, almoçam num restaurante, compram uma bolsa nova a cada seis meses e nunca ficam sem pintar o cabelo, com as raízes aparecendo.

É esse o tipo de mulher que minha mãe sempre quis ser. Todo homem que ela namorava ou morava junto supostamente seria aquele que poderia fazer isso acontecer. Kent era o tal, ela pensava, o último e certeiro. Empreiteiros podem ganhar um monte de dinheiro, contanto que trabalhem duro, façam um bom trabalho, não deixem seus clientes bravos por não aparecerem pra trabalhar, nem ultrapassem o orçamento. Contanto que não achem que todo ano têm que ter uma nova caminhonete que não conseguem pagar. Contanto que não joguem ou tenham que pagar suborno pra que não sejam denunciados por usarem e pagarem mal estrangeiros ilegais para o trabalho.

— Se importa se eu me sentar aqui?

É uma mulher grávida, com duas sacolas enormes e várias pequenas. Esse é o outro tipo de mulher aqui no shopping: mães. Ela está segurando um copo de café com uma cordinha de saquinho de chá balançando do lado de fora. A cadeira na minha frente é a única vazia no Starbucks inteiro.

— Claro que não.

— Obrigada. — Ela se senta depois de colocar as sacolas no chão. — Quanto tempo? Trinta semanas?

Olho pra ela.

— O quê?

— Estou chutando que você está de 30 semanas. É isso?

— Trinta e cinco.

Ela se inclina sobre a mesa pra dar uma olhada melhor na minha barriga.

— Vou acreditar. Seus olhos se espremem de um jeito amigável. Ela é bonita.

— Você é jovem. É seu primeiro?

— Sim.

— Terceiro — ela diz, dando tapinhas na sua barriga, depois sorrindo. — Não tenho certeza de onde eu estava com a cabeça.

Dou um gole no chocolate quente, que não está mais tão quente. Não me importo. É bom e doce e estou tendo uma conversa com alguém que não é Robin ou Jill.

— Você não gosta dos outros dois? — pergunto.

Os olhos delas arregalam.

— O quê? Deus, não. Não foi o que eu quis dizer. Eu os amo. Claro! Mas ficar grávida... — Ela balança a cabeça. — Não é?

— É.

Ela espera, sorrindo. Ninguém precisa me dizer que não sou boa em papear. Na escola eu não tinha amigos. Tinha duas garotas com quem eu almoçava a maioria dos dias: Lucia Reynolds e DebAnn Forsyth-Miller. Não éramos amigas. Éramos pessoas pra almoçar juntas. Lucia sempre tinha o fone no ouvido. Não acho que ela ouvia música tanto quanto as outras pessoas achavam, porque mesmo que ela agisse como se não ouvisse nada, se

DebAnn ou eu falássemos sobre alguma coisa e Lucia tivesse uma opinião, de repente ela podia nos ouvir. DebAnn vestia um longo e peludo casaco bege – todo dia, mesmo quando estava quente, e ela o usava desde o nono ano. Se você trombasse nela no corredor, ela nem ia notar.

Lucia usava os fones e DebAnn, o casaco. Eu tinha alguma coisa também. Não sei o que era, mas me tornava tão invisível quanto elas, tanto na escola quanto em casa. Até que a barriga começou a aparecer.

Sinto falta da escola. Não sou uma desistente – pelo menos não do jeito que minha mãe faz parecer. Me formaria em junho próximo, finalmente, depois de ter perdido o sétimo ano quando eu deveria estar cursando, o que foi culpa da minha mãe. O namorado dela naquele ano era um motorista de caminhão. Leo. Era temporário – ele tinha um plano de dirigir o caminhão por um ano, economizar cada centavo e depois começar um negócio. O negócio seria vender peças e coisas pequenas pra caminhões, como televisões, cafeteiras e liquidificadores, tudo funcionando com baterias de 12 volts. Para o plano funcionar, ele não podia ter despesas com moradia durante um ano. Então fomos com ele e moramos na cabine do caminhão. Depois das primeiras centenas de quilômetros, Leo e minha mãe começaram a brigar muito. A cabine era pequena. Às vezes ficávamos uma semana sem tomar banho. E eu perdi o sétimo ano inteiro.

Quando fiz os testes pra ver se eu conseguia ir direto para o primeiro ano do ensino médio, não fui muito bem. Minha mãe disse que eu fui mal de propósito pra fazê-la se sentir culpada por causa do Leo, que terminou com a gente e nunca começou seu negócio.

A mulher na minha frente agora parece como o tipo que teve um monte de amigos no sétimo ano.

– Então deve estar empolgada – ela diz, enfiando e tirando o saquinho de chá. O cabelo dela é castanho e enrolado com bobe, e dá pra dizer que as roupas não são baratas, mesmo que sejam simples. Imagino a gente se encontrando aqui uma vez por semana.

– Estou dando este – digo.

Ela para com o saquinho de chá. Ele pinga, suspenso sobre a água quente. Depois volta a mergulhá-lo de novo.

— Bom pra você, acho. Particularmente, eu não conseguiria fazer isso.

— Conseguiria, sim. Se soubesse que é a melhor coisa a se fazer.

Seus olhos se espremem de novo, de um jeito diferente desta vez.

— Espere só. Quando passar pelo inferno que é dar a luz ao seu bebê e, depois que acabar, você finalmente estiver com ele — espere, menino ou menina? Você sabe?

— Menina. — A pele de Christopher. Meus olhos.

— Quando você finalmente estiver com *ela* nos seus braços e ouvir aquele choro indefeso, você vai saber que dá a sua vida pela dela e não deixaria ninguém arrancá-la nem das suas mãos geladas e mortas. Você vai ver.

Ela chacoalha um sachê de adoçante entre os dedos. Seu rosto é macio e sem preocupação, como se ela estivesse só tendo uma conversa amigável.

— Onde estão eles agora? — pergunto.

— Hã?

— Se você é tão apegada aos seus filhos, onde estão eles agora?

Ela para de chacoalhar o sachê. A boca enrijece.

— Um está na escolinha e o outro está com a babá. — Ela rasga o sachê e o despeja no chá. — Você obviamente não está me entendendo.

Fico em pé e deixo minha bolsa acidentalmente derrubar meu copo. O que restou do meu chocolate quente se espalha pela pequena mesa e ela não consegue evitar que um pouco dele escorra pela beirada da mesa e caia em seu colo.

— Merda! — ela diz, pegando guardanapos.

— Espero que você não use esse linguajar na frente dos seus filhos.

*

Lá fora está frio, mas com sol. Está gostoso, e ando pra cima e pra baixo nas ruas na parte externa do shopping e me pergunto: se você não cresce pra ser uma esposa ou uma mãe, o que é você? Uma pessoa sozinha, sempre querendo ser uma coisa ou a outra, ou ambas? Minha mãe nunca foi uma esposa, e era isso o que ela queria mais que qualquer coisa. Ela não queria ser mãe, e não era. Onde isso a levou? Um marido faz de você uma esposa, e um filho faz de você uma mãe. Robin, ela tem tudo e é tudo, porque teve Mac e tem Jill e também um trabalho. E se não tiver ninguém pra fazer de você alguma coisa?

Um monte de vezes quando olho para o mundo e todo mundo nele, sinto como se eles todos soubessem de algo que não sei. Não sou burra; consigo enxergar como funciona. Mas é como pular corda dupla no estilo holandês. Na escola eu assistia as cordas voarem e via menina após menina pular e acertar ou ficar presa nas cordas e rir. Eu ficava lá com minhas mãos prontas e meu corpo indo pra frente e pra trás, tentando pegar o ritmo e o momento certo, e a Sra. Trimble, a professora de educação física, dizia: "Vamos lá, Mandy, todo mundo está esperando", e eu não conseguia. Não conseguia descobrir como entrar.

É assim que a vida parece pra mim. Todo mundo está fazendo; todo mundo sabe como. Viver e ser quem são e achar um lugar, achar um momento. Eu ainda estou esperando.

Jill

— Você precisa parar de ficar obcecada com ela.

Dylan e eu estamos de volta no lugar da sopa vietnamita. Faz apenas duas semanas desde o dia em que me escondi no carro dele.

— Ter preocupação real não é obsessão. Ela está morando na nossa casa. Carregando a criança que minha mãe quer. Minha irmã. É uma grande coisa. — Uma bola grande de molho de pimenta despenca para dentro do meu caldo da embalagem que eu estava apertando — forte demais, ao que parece. A conversa com a minha mãe ontem à noite ainda me incomoda tanto, mas não contei sobre ela para o Dylan. Talvez ele concorde com ela, diga que estou muito fechada para a vida, que sou uma covarde. O que não é uma coisa que eu precise ouvir; não é como se eu soubesse o que fazer com isso.

— Vai ficar tudo bem. Sua mãe é pedra.

— Minha mãe *não* é pedra, Dyl. — Destemida e indestrutível não são a mesma coisa. Ele deveria tê-la visto no dia do aniversário. Ele deveria ver o jeito que ela ainda olha para a poltrona do meu pai. — Tem esse cara no trabalho... — Assim que essa frase sai da minha boca, congelo, inesperadamente tímida pra dizer o nome do Ravi.

Dylan enfia *noodles* em sua boca com os palitinhos e arregala os olhos pra mim, movendo a cabeça como quem diz *Continue...*

— Só esse cara irritante do controle de perdas.

— Controle de perdas?

— Prevenção a roubo. Roubo por funcionários ou clientes ou o que for. Posso terminar?

— Continue.

— Então, esse cara irritante, esse fulano do controle de perdas da empresa que, por alguma razão, está sempre passando lá pela nossa loja. Ele se acha completamente um superespião. Quero dizer, ele pegou um ladrão grande, mas ele leva tudo isso a sério. — Estou falando pra dentro da minha tigela de caldo, empurrando os brotos de feijão e as folhas de menta para o lado, e meu rosto fica quente. — É ridículo.

Não sei por que estou falando que ele é irritante. Dylan não é o tipo ciumento, então não há necessidade de transformar Ravi numa não ameaça falando e falando, e também não tem razão pra não falar que Ravi foi da nossa escola, assinou meu anuário quando eu estava no primeiro ano, e disse para apostar que nos veríamos de novo. Na verdade, é uma ótima história. Só que eu não quero contar. Parece pessoal, tão minha.

Dylan rouba uma das minhas tirinhas de carne. — Qualquer pessoa que leve qualquer coisa a sério é ridícula pra você.

As palavras da minha mãe voltam: "Cínica, sem coragem".

— Ele veste esses ternos estúpidos.

— Ah, não. *Ternos* não.

Dylan ficou discutindo comigo o dia inteiro. Essa manhã eu apenas sugeri que ele estacionasse no outro lado do estacionamento da escola, longe de onde ele geralmente estaciona, porque o sol tinha derretido o gelo daquele lado, e ele disse: — Não, obrigado — e estacionou na sua vaga preferida e cheia de gelo. Depois, na aula de literatura inglesa, fiz um comentário sobre Anne Brontë ser mais interessante do que Emily e por que os colegiais do país inteiro tinham que ler *Jane Eyre*, de qualquer jeito, quando havia outros Brontë. E Dylan disse, na frente da classe, que *Jane Eyre* é maravilhosa e por que as pessoas todas deveriam lê-la. Como se ele tivesse lido qualquer Anne ou Charlotte. Agora ele está defendendo Ravi, um estranho.

— Não importa. Sim, ele é um irritante usuário de terno, mas ele *é* bom no que faz, e pensei que eu talvez pudesse contratá-lo. Como, tipo, um detetive particular.

Dylan abaixa os palitinhos e espreme os olhos pra mim.

— Pra investigar o quê?

— O que você acha? Mandy.

Ele faz uma igrejinha com as mãos e as aponta para mim.

— E você espera alcançar... o quê, exatamente? Irritar a sua mãe e fazer a Mandy se sentir um lixo?

— Elas não precisam saber. Se Mandy não fez nada de errado, não vai ter importância.

— Mas e se você *realmente* descobrir alguma coisa, Jill? Alguma coisa que você sinta que deve contar pra sua mãe. — Ele espera. Pacientemente. Pode esperar pra sempre enquanto me deixa cozinhar no meu próprio molho e pensar nas implicações das minhas palavras e ações. Tinha me esqueci do quão bom ele é nisso.

— Toda pessoa no mundo usa um advogado ou assistente social ou tem um contrato ou *alguma coisa* antes de dar o bebê... Por que Mandy não?

— Talvez nem toda pessoa no mundo faça isso. Você não sabe. Pessoas tomam uma infinidade de decisões que não seguem regras, e elas têm seus motivos.

Coloco meus palitinhos na beirada da tigela. Um rola para fora, para cima da mesa e depois cai da mesa para o chão. A senhora lendo o jornal na caixa registradora franze a sobrancelha pra gente.

— Sua mãe é esperta, Jill — Dylan continua. — Confie um pouco nela.

— Você não a conhece como eu conheço. Ela mergulhou nisso totalmente. Ela não sabe o suficiente sobre a Mandy. Ela... — Eu pressiono lágrimas com a palma das mãos, até ver bolinhas e riscos. Minha mãe está certa: estou com medo. Estou com medo de alguma coisa dar errado. Se eu ficar de olho na Mandy, talvez eu possa evitar isso. Nem tudo tem de ser deixado para o destino. — Sou a única pessoa que sobrou pra tomar conta dela, Dylan. Eu. Fico tentando pensar no que meu pai faria, mas não sei, não sei.

Sinto a ponta dos dedos de Dylan no meu cotovelo e descubro os olhos, piscando algumas vezes.

— Acho que vai funcionar — ele diz.

— Você acha?

— É. Tenho uma sensação.

— Vixe, como posso discutir com isso? Isso vai aliviar minha consciência completamente. — Puxo meus cotovelos e pego a carteira. — Devo uma da última vez.

— Me prometa que você não vai contratar esse cara do trabalho, ou qualquer um, pra investigar Mandy pelas costas da sua mãe. Se você está tão preocupada, converse com sua mãe e deixe que ela mesma decida.

Coloco a conta na minha frente.

— Quanto é?

— Jill. Diga que sim. Diga que não vai fazer nada de estúpido.

— Ok. — Coloco dinheiro vivo na mesa. — Não vou fazer nada estúpido.

❋

Como se ele tivesse ouvido todos os meus comentários sobre ser um usuário de ternos implacável, Ravi não está vestindo um hoje à noite. Em vez disso, está de calça *jeans* escura e uma camiseta amarela clara, com um cardigã preto. O amarelo destaca sua pele escura, e um pensamento flutua pela minha mente antes que eu possa detê-lo: aposto que seu pescoço cheira a biscoito de canela, o tipo que minha professora do quarto ano costumava distribuir no intervalo.

É a coisa mais estranha, o jeito que meus sentidos pregam estranhas peças quando estou perto dele. Penso em comidas assadas, penso na infância. Sinto como se tivesse vendo o mundo — ou vislumbres dele — pelos olhos da sorridente segundanista Jill, a corajosa Jill, a Jill empolgada com a vida e com as possibilidades. Mas porque não sou ela, porque sou eu e porque a ideia de estar empolgada com a vida é, vamos encarar, um pouquinho assustadora à luz do que a vida tem me dado no passado recente, eu o cumprimento com: *Como é que você está sempre aqui?*, em vez de *Oi, tudo bem?*

— Tem outras *cinco* lojas na nossa região, sabe.

Ele gira um display de cartões, pegando um e abrindo.

— Hã-hã.

Uma cliente — uma das nossas costumeiras, uma senhora de meia--idade com óculos gigantes — vem até a caixa registradora com um livro desse autor que lança um livro novo todo mês, e ela é sempre a primeira a comprar um exemplar. Se não temos o livro *na* data do lançamento, ela nos ameaça.

— Você sabe que não é ele mesmo que escreve — digo, passando o livro pelo desmagnetizador e pegando uma sacola sob o balcão.

— O quê?

Bato de leve no nome do autor na capa da frente.

— Ele não escreve todos.

Ela pega o livro e o vira. A contracapa inteira é uma foto do autor, repousando a cabeça na mão e tentando sorrir diabolicamente.

— Claro que escreve.

Ela está apaixonada por ele. Não devia destruir as ilusões dela desse jeito, mas não consigo evitar.

— Ele faz um esboço deles. Ele tem um pessoal que coloca os detalhes. — Estou morrendo de vontade de contar isso pra ela desde que fiquei sabendo a respeito através de uns representantes de vendas da editora.

Ela passa o cartão de crédito na máquina, sua pulseira com pingentes de gatinhos batendo na máquina de cartão.

— Como você sabe?

Ravi está por perto, ainda olhando os cartões.

— Li no *New York Times* — digo. — Não é nenhum segredo. — Eu sempre quis dizer "Li no *New York Times*" pra alguém sobre alguma coisa. Soa bem, seja verdade ou não.

— Você leu, é? — Ela dá uma olhada significativa para o meu *piercing* na sobrancelha e na minha mecha de cabelo azul.

Escorrego o livro pra dentro da sacola, jogo um marcador de livro pra dentro e sorrio.

— Tenha uma boa noite.

Ravi coloca um cartão sobre o balcão. É um cartão de aniversário com um desenho de um bonitinho peixinho dourado nadando em direção a um bolo. Eu o passo pelo leitor e coloco o código de desconto pra funcionário.

— Não devemos fazer compras durante o expediente — eu o lembro.

— Não estou em horário de expediente.

— Sacola?

— Não, obrigado.

Ele paga, depois pega uma caneta da minha caneca e escreve no cartão.

— Você pode ir um pouco pra lá no balcão? Não quero que os clientes pensem que tem uma fila.

— A loja está vazia. — Ravi olha pra mim e levanta uma sobrancelha. Uma. A outra desce. Ao mesmo tempo, um canto de sua boca sobe. É perfeito, o tipo de coisa que se pratica no espelho porque você viu alguém fazendo isso e é tão legal que você fica morrendo de vontade de fazer também. Tenho que me esforçar ao máximo pra evitar um sorriso. Porque sorrir poderia ser... ruim?

— De quem é o aniversário? — Tento ver o que ele está escrevendo, sem ser muito óbvia. Só consigo ver as palavras *semana divertida*.

— Uma amiga. — Ele puxa o cartão pra mais perto de si; olho para o outro lado.

Annalee vem do fundo da loja. Ravi, ouvindo o inconfundível som de sua longa saia sibilando, se vira. Eles sorriem uma para o outro.

— Pronto? — Annalee pergunta.

— Sim!

Pra mim, Annalee diz: — Vou adiantar o meu intervalo para o jantar. Vamos só descer no McGrath's. Ron está aqui, e Polly está tomando conta do café — Ela vem pra trás do balcão pra pegar seu casaco. — Me ligue se acontecer alguma coisa.

— Talvez *você* devesse ligar pra *mim* se alguma coisa "acontecer" — eu murmuro.

— O quê?

— Nada.

Ravi desliza o cartão pra dentro do envelope e escreve *Annalee* com floreio. Quando ele coloca a caneta de volta na caneca, nossos olhos se encontram. Eles estão saindo pra um encontro. De aniversário. Tento levantar uma sobrancelha pra ele exatamente como ele fez pra mim. Não tenho ideia se funcionou, mas ele desviou o olhar antes.

— A empresa tem uma política — digo.

Annalee me ouve, me acotovelando pra pegar a bolsa abaixo da caixa registradora.

— Mas você não vai contar. Quer que a gente traga alguma coisa pra você?

— Estou bem — digo, tão alegre quanto consigo. — Feliz aniversário.

Admito: enquanto os vejo sair, sinto um pouco de ciúme.

Sou eu quem atingiu Ravi no queixo. *Sou eu* quem precisa da ajuda dele com a Mandy. *Sou eu* cujo anuário ele assinou, a inteligente e divertida que ele desejou ter tido uma chance de conhecer. É difícil não pensar nele como meu. Pelo menos, mais meu do que de Annalee.

❋

Durante o fechamento, enquanto Annalee faz a contagem do dinheiro nos cofres, faço uma ligação no meu celular da seção infantil. O cartão de visitas de Ravi está no bolso do meu avental, onde esteve desde a noite que ele veio pra se desculpar. Fiquei segurando e passando meus dedos pelos cantos, imaginando o que dizer. Como é tarde, espero que caia na caixa-postal, mas ele atende no segundo toque.

— Ravi Desai.

— Achei que não estivesse trabalhando. E o que aconteceu com R. J.?

— Jill?

Ele diz rápido. Reconheceu minha voz.

— É. Ah, desculpe por incomodar você tão tarde. Eu... Não é exatamente relacionado ao trabalho. — Me inclino para os dois lados pra ver o corredor e a frente da loja. Annalee está imprimindo o relatório da caixa registradora, e o barulho da impressora é alto. — Podemos nos encontrar alguma hora nesta semana?

Falamos um atropelando o outro.

Eu: — Preciso dos seus conhecimentos...

Ele: — Se isso é sobre...

Sobre o quê?

— O quê?

— Não posso falar agora — digo. — Você acha que poderia me encontrar amanhã às quatro? No Dazbog? Aquele no Congress Park?

— Claro. — Ele nem hesita.

— Te vejo lá, então — digo e desligo o telefone antes que ele consiga dizer qualquer outra coisa e antes de eu perceber que eu deveria ter dito “obrigada”.

Pego uma cópia do livro infantil *Pat the Bunny* do chão e limpo a capa antes de colocar de volta na prateleira. Giro o display dos Little Golden Books. Limpo o que espero que seja uma mancha de chocolate do mural do Frog and Toad. Termino o meu trabalho e dirijo pra casa, cantando junto com o rádio.

Embora o motivo de querer vê-lo seja sério, mesmo que ele tenha acabado de sair com Annalee, mesmo que eu esteja com Dylan, mesmo que eu seja aparentemente uma covarde que tem medo de tudo e, mais do que tudo, de mudar, encontrar Ravi pra um café parece a primeira coisa em eras que eu tenho vontade de fazer. É quase como se eu tivesse um encontro com meu antigo eu.

Mandy

Jill e Robin brigam por minha causa.

Robin me encontrou na parte norte do shopping, dentro, como ela disse que me encontraria. Eu a vi antes que ela me visse, e tentei olhar pra ela como se ela fosse uma estranha. Eu acharia que ela é uma esposa, ou uma mãe? Tudo o que eu conseguia ver era Robin, que poderia ser qualquer coisa que ela quisesse sendo completamente o que ela é.

Ela me viu e veio até mim, sorrindo e desabotoando o blazer. — Está esquentando. Você comprou alguma coisa? — ela perguntou. — Onde estão suas sacolas?

— Comprei isso. — Puxei uma sacolinha de dentro da minha bolsa e mostrei pra ela a echarpe azul-clara que eu tinha comprado, com linhas prateadas correndo por ela toda. — Foi 12 dólares.

Robin a segurou na minha frente. — É mesmo a sua cor. Tão linda perto da sua pele.

— É? Minha mãe sempre disse que eu não deveria vestir muito azul-claro. — Eu dobrei meu lábio inferior pra dentro da minha boca e o mordi. Normalmente eu não falo da minha mãe na frente da Robin e da Jill. É melhor não mencionar minha família. A Robin me fez umas perguntas em janeiro, quando a gente estava trocando e-mails sobre nossos planos. Eu respondi todas, mas não tem motivo pra trazê-las de volta.

Robin ficou surpresa também. Consigo dizer isso pelo jeito que ela passou a echarpe pelas mãos algumas vezes, me olhando, até que ela disse: — Acho que combina com você perfeitamente — como se a opinião da minha mãe não existisse. — Isso é tudo o que você comprou?

— Você disse pra eu não exagerar.

— E você não exagerou. — Ela colocou um braço em volta de mim e me levou de volta em direção ao centro do shopping e a mais lojas. — Agora estou dizendo que podemos exagerar um pouquinho. Levemente exageradas. Lembro-me de quando estava grávida da Jill e me sentia um hipopótamo, e muito desconfortável. Tem uma loja pra mamães em algum lugar por aqui...

— Tudo bem. Já tenho tudo de que preciso.

— Eu sei. Às vezes você tem que ter algo de que não precisa, mas que você quer. Vai ser divertido. Jill não me deixa mais fazer compras com ela.

Eu realmente não queria roupas novas nem precisava delas. Prefiro ficar usando vestidos até voltar ao meu tamanho normal. Vou precisar de roupas pra minha nova vida, e pensei que se eu não gastasse muito do dinheiro dela agora, ela talvez me ajudasse depois. Não quero gastar nada do dinheiro do relógio em roupas. Mas eu queria deixá-la feliz. Então fizemos compras, saímos pra um almoço tarde, voltamos pra casa e cochilamos. Depois, Robin me fez experimentar todas as roupas de novo e andar pela casa em visuais diferentes.

Admito: foi divertido pra mim também.

É outra coisa, como crepes e ler aos sábados, que é tão diferente de como as coisas eram. Robin nunca diz nada sobre esperar que eu goste de tudo o que ela está fazendo por mim e que eu poderia mostrar um pouquinho de gratidão fazendo alguma coisa por ela uma vez ou outra, em troca. Kent diria isso. Kent disse isso, as duas ou três vezes que ele comprou roupas pra mim. Quando ele me fez andar pela casa com as roupas que ele comprou, não foi porque ele estava feliz por me ver feliz.

Robin fez pipoca para o jantar, assistimos à TV, e, durante um comercial, eu olhei pra ela e sorri. Estava quase dizendo "obrigada, obrigada", e queria que ela soubesse como é estar na casa dela e que, se eu achasse que poderia dar esse tipo de vida para o meu bebê, eu ficaria com ele. Mas não queria que ela interpretasse mal, e eu estava tentando pensar em algum outro jeito de dizer o que eu queria quando Jill chegou do trabalho.

Ela teve que afastar a bolsa da Robin do caminho com seu pé pra passar pela entrada. "O que aconteceu aqui?" Tem sacolas e papel em todo lugar, e milho de pipoca.

— Mandy teve uma transformação. — Robin diminuiu o volume da TV. — Mostre pra Jill seu novo visual, Mandy.

Me levantei com muito esforço até ficar em pé pra mostrar a ela: a longa cardigã azul-marinho que Robin escolheu, com filas de botões roxos na frente. Custou mais do que eu já gastei em uma viagem, que dirá em uma peça de roupa. Embaixo, se veste com *legging* preta com uma faixa especial na cintura para dar suporte ao bebê. O conjunto todo é quente e macio; o material não parece nada com qualquer coisa que eu já tenha vestido. Robin diz que é porque é fibra natural. Minha mãe sempre disse que materiais que não precisam ser passados são melhores. "Se eu quisesse passar metade da minha vida esperando minhas roupas secarem ao ar, eu teria ficado na fazenda." — Mas eu acho que esta roupa é melhor.

— Você usou minha chapinha? — Jill perguntou.

Minha mão foi para o meu cabelo. Me esqueci que usei. Quando me olhei no espelho com meu cabelo assim, mal me reconheci. Meu rosto não estava tão escondido.

— Pegamos emprestado, sim — Robin disse. — Foi ideia minha.

Jill tropeçou em outra sacola, se segurando pra não cair, mas não antes de praguejar. — Mãe? Posso falar com você lá em cima por um minuto?

Foi aí que eu percebi que ia ter problema.

Robin colocou a tigela de pipoca no chão e se levantou. Minha mãe nunca faria isso. Ela diria "Qualquer coisa que você queira falar pra mim pode dizer na frente do Kent". Ou "Não estou a fim de me levantar, Mandy. Estou cansada, e não quero receber ordens da minha filha". Mas Robin, ela viu o olhar no rosto da Jill, ouviu o tom da voz dela e a seguiu escada acima, me passando o controle remoto no caminho.

— Já volto, doçura. Você pode mudar de canal.

Não mudei. E também deixei o volume baixo.

E agora estou aqui embaixo, ouvindo, enquanto começo a colocar algumas das minhas coisas novas de volta nas sacolas. Esse é o tipo de coisa que espero acontecer quando parece que as coisas podem ficar bem: alguém vai ficar louco da vida; alguém vai ficar louco da vida *comigo*. Não dá pra receber nada de bom sem pagar por isso. Ando silenciosamente de meias para o pé da escada. Ouço vozes, mas não o que elas dizem. Ouço mais a Jill porque ela fala mais alto, mas abafado. Logo uma porta bate, e eu andei como uma pata de volta pra sala, para o sofá.

Ouço os passos da Robin na escada; então ela está na sala comigo e tem aquele olhar que uma pessoa tem quando brigou com alguém. Cansado, desapontado.

— Talvez você não devesse ter comprado todas essas coisas pra mim. Custou muito. — Pego uma camisa cinza, que Robin chamou de túnica grafite, da almofada perto de mim e a dobro num quadrado perfeito. Tem lágrimas querendo sair, mesmo que eu saiba que não é pra chorar na frente das pessoas. Foi um dia bom. Quase perfeito. Agora estou pagando por ele.

Robin chega mais perto e coloca a mão no meu cabelo macio antes de sentar do meu lado.

— Não quero que se preocupe com isso. Temos bastante dinheiro. — Ela pega a túnica dobrada e coloca no topo do monte que eu fiz.

Queria que o Christopher pudesse me ver nesse segundo. O jeito que Robin tocou no meu cabelo. O jeito que me encaixo. Tiro uma foto mental e mando pra ele na minha cabeça. Um momento no tempo que me sinto amada pra colocar junto com outro momento que senti isso, aquele que ele me deu.

— O que foi, então? — pergunto. — Por que a Jill está tão brava?

— Ah. Jill não está brava. Bem, ela está. Ou acha que está. — Robin olha pra poltrona, a do Mac, aquela em que nunca senta, depois pra mim, e seus olhos estão cheios de lágrimas, e ela nem mesmo tenta parar. — Ela não está brava de verdade. Ela está triste.

Querido Alex,

Acho que agora você já deve ter voltado pra casa e ter recebido minhas cartas. Dessa vez estou enviando junto um envelope selado com meu endereço. Sei que às vezes você tem a ideia de escrever pra alguém ou ligar, mas dá muito trabalho procurar um endereço ou um número de telefone, especialmente nesses dias que fazemos tudo pelo computador. Eu tenho um endereço de e-mail que não uso muito. Alguém que eu conhecia, o nome dele era Kent, ficava no computador o tempo todo, praticamente viciado nele. Não quero perder coisas importantes porque não consegui checar no computador. Também, acho que cartas escritas a mão são mais pessoais. Minha mão está nesta caneta escrevendo neste papel, e quando você receber este papel, vai saber que eu toquei nele, e você vai tocar nele, e isso é uma ligação.

Bem, não quero soar tão séria. Com certeza estar aqui e diferente da minha antiga vida lá em Omaha! Eu te contei que eu era uma assistente administrativa? Era só durante 12 horas por semana, para a empresa de construção do namorado da minha mãe. Um pouco de arquivamento e atendendo o telefone e coisas do tipo. Quando eu sair daqui, posso procurar por esse tipo de trabalho de novo.

Na minha última carta, sei que eu disse que meu futuro é um espaço em branco. Não queria que você pensasse que sou burra, que não pensei sobre tudo. Tenho algum dinheiro. Ou vou ter. Nunca teria saído de Omaha sem um plano, inclusive um plano para o caso de eu decidir que dar meu bebê é errado. Não que eu vá desistir, mas sempre se precisa de um plano. Um dos namorados da minha mãe, não o da empresa de construção, gostava de dizer frases motivacionais. "Falhar em planejar é planejar falhar." E coisas do tipo.

Então você pode usar o envelope que está aqui pra escrever pra mim. Tudo o que precisa é de uma folha de papel e uma caneta ou lápis. Aposto que você tem isso por aí.

Sinceramente,
Mandy (do trem)

Jill

Na quarta-feira, Dylan quis almoçar com uns caras da aula de geometria que estão começando uma banda — a Postulados da Substituição. Eles pediram pra ele tocar o baixo.

— Mas você não sabe tocar baixo.

— E?

Estamos na frente do meu armário, onde estou procurando um cachecol que eu sei que estava aqui em algum momento desse inverno. Dylan está atrás de mim, sua mão no meu quadril. Me inclino pra ele.

— Você vai mesmo preferir ver um bando de caras mastigar com a boca aberta do que ficar comigo? Podíamos ir de carro pra sua casa.

— Boa tentativa, MacSweeney. — Ele beija meu pescoço e move a mão do meu quadril para a região menos sexy do meu ombro.

Finalmente acho o cachecol embaixo de pilhas de livros e papéis, e enfio tudo de volta pra dentro pra fechar a porta, mal conseguindo, e me viro para o Dylan.

— Preciso mesmo conversar. Não dá pra curtir com a sua banda outra hora?

Ele tira a mão de mim e coloca o capuz do casaco.

— Adoro quando você menospreza meus interesses.

— Você não toca baixo! E você não vai acreditar no que a Mandy fez ontem. Minha mãe...

— Jill? — Ele segura meus braços, olha nos meus olhos. — Vou almoçar agora. Você pode me contar isso depois da escola.

— Mas...

— Lembra de quando começamos a sair e você tinha essas coisas chamadas amigos? E às vezes você fazia coisas com eles em vez de comigo, e nós dois sobrevivemos?

Soa mesmo vagamente familiar.

Ele solta os braços e continua.

— Você voltou com a Laurel e a Cinders. Almoce com elas.

Não quero comer com a Laurel e com a Cinders. Sei que elas vão entender e concordar que a situação com a Mandy é uma insanidade total, mas na verdade não quero me sentar com elas e ficar falando mal da Mandy. Só falei disso para o Dylan porque ultimamente não tenho certeza do que mais conversar com ele. É isso ou sobre meu pai. Que é a pessoa com quem realmente quero conversar agora. Então devo deixar Dylan ir também.

— Ok. — Recuo pra que ele fique livre de mim. — Divirta-se.

❋

Tento fazer minha lição de casa na biblioteca durante o almoço. Minha mente continua desviando para o meu plano de tomar um café com Ravi. Quando fizemos esse plano ontem à noite, fiquei tão feliz. Tanto. Ótimo. Então no segundo que eu passei pela porta de casa e vi Mandy e todas as sacolas pelo chão, fiquei pra baixo de novo. Está tudo tão fora do controle. A vida, quero dizer. O jeito que ela voa em todas essas direções diferentes sem nossa permissão.

Ainda assim, faz tanto tempo desde a última vez que eu saí com alguém novo, a perspectiva disso mantém meu dia passando. Coisas novas. Em vez de fazer o dever de casa, abro um documento novo no meu *laptop* e tento fazer uma lista de cada coisa nova que fiz desde que meu pai morreu pra que eu possa provar pra minha mãe, pra mim mesma, que não estou com medo. Que eu tenho coragem. Que não estou afastando a vida, as mudanças e tudo o mais.

Só que não consigo pensar em nada. Abro minha agenda e reviso os últimos dez meses e meio que procuro sinais de que eu tive uma vida. Eis o que encontro: coisas de escola que importam automaticamente a todos os alunos, notas sobre quando trocar o óleo, e lembretes sobre o aniversário da minha mãe e do Dylan. É tudo. E não acho que comprei um presente pra eles. Vejo que não me dei o trabalho de colocar a data de chegada da Mandy ou a do parto; faço isso agora. Também coloco meu encontro pra um café com Ravi na data de hoje.

Clico e rolo para o futuro.

Formatura, troca de óleo e de pneu. Não é de surpreender por que estou tão animada com um estúpido café.

E que vou sair de casa depois de me formar, ou assim fico falando para as pessoas e pra mim mesma. Isso é alguma coisa. Isso é ousado e novo. Digito *Sair de casa* em um dia aleatório de julho. Viu, não tenho medo de mudar, ou da vida. Em *detalhes do evento*, coloco *Ver o mundo. Como meu pai*. As palavras são ficção. Não tenho planos concretos pra ver o mundo e não sei como vou tê-los sem o conselho dele, e quando me imagino saindo de casa, não sinto como uma ousada aventura. Parece mais uma fuga. Porque tudo o que consigo ver é a parte em que saio, não a parte em que chego.

Mas se eu não sair, e já que não me inscrevi em nenhuma faculdade, então seriamente não vou ter nada pra ansiar e talvez nunca chegue a qualquer lugar.

Coloco minha cabeça cansada na carteira de madeira falsa da cabine de estudo. Tem cheiro de álcool-gel pra mãos. A escola ficou obcecada com essa coisa. Meu pai dizia que germes fazem bem, germes tornam você mais forte, germes ajudam na evolução, e como você não notou que é essa obsessão por lavar as mãos que está deixando as pessoas doentes?

Consigo ouvir a voz dele dentro da minha cabeça. Sei o que ele diria não só sobre misofobia, mas também sobre Dylan estar numa banda

("Dylan é um bom garoto, mas se juntar a uma banda é pedir pra ficar viciado em heroína"), e sobre minhas habilidades malucas de autodefesa contra Ravi ("Você deveria tê-lo chutado na cabeça enquanto ele estava no chão... O que ele é, afinal, paquistanês?"), sobre o corte de cabelo da minha mãe ("Nunca gostei de cabelo curto em mulher, mas sua mãe está bonita pra caramba"), e sobre a camiseta da bibliotecária da escola ARTE NÃO TE MACHUCA ("Sou todo a favor da liberdade de expressão, mas será que ela já viu um filme do Steven Seagal?").

O que eu não sei, o que preciso saber, é o que ele diria do meu futuro. Viagem. Ficar com Dylan ou não. Faculdade. Mandy e esse bebê e ele se tornando parte de nós — parte do meu pai de certo modo também. Como vou me sair como irmã. Que cara ele faria ao ver a imagem do ultrassom.

A única voz que ouço dentro da minha cabeça sobre qualquer dessas coisas é a minha, perguntando:

O quê, Jill? O que é? O que você quer?

Não sei.

❀

Estou dez minutos adiantada para o Dazbog, e não quero que Ravi tome como um sinal de que estou tão ansiosa pra vê-lo. É que Dylan esqueceu que tinha uma detenção[2] a cumprir depois da escola, então ele teve que furar comigo — de novo — e quando cheguei em casa, Mandy estava desfilando em uma de suas roupas novas e com o cabelo liso, parando em cada janela pra olhar pra fora como se estivesse esperando por alguém que fosse salvá-la.

— Como foi a escola? — ela me perguntou. Bem, ela meio que perguntou pra janela da cozinha enquanto eu fazia um sanduíche de queijo. Soou totalmente como a minha mãe.

---

[2] Nas escolas públicas americanas, quem desrespeita as regras impostas é obrigado a cumprir a chamada "detenção", que é uma forma de punição na qual os alunos são obrigados a ficar no colégio após o período das aulas, fazendo deveres extras e perdendo as atividades pós-aula. (N.E.)

— Bem. — Ótimo. Fantástico.

Então ela hesitantemente fechou metade da cortina com uma mão e esfregou a barriga com outra. Tudo o que ela faz é assim. Hesitante. Fraco. Sem personalidade.

— Acho que perdi.

— Perdeu o quê? — perguntei, mais por impaciência por ela ser tão letárgica, do que por me importar em saber.

— Escola.

Mandy na escola. Ora, isso é uma imagem.

— Então deve ter esquecido como é um saco. — Fechei o pão sobre o queijo e mordi.

— Talvez se eu tivesse terminado, eu... — Ela parou aí e se virou de volta pra janela.

— Você não terminou? — Nova notícia pra mim. Imagino que minha mãe saiba, ou é uma coisa a mais que ela não quer me contar em seus esforços contínuos e inúteis pra me manter longe de ter uma má impressão de Mandy.

— Não foi escolha minha.

Certo, pensei. Porque você é tão desamparada. Ainda assim você é esperta o suficiente pra fazer minha mãe com PhD comer na sua mão e comprar um novo guarda-roupa pra você.

Terminei meu sanduíche no meu quarto enquanto me preparava pra encontrar Ravi. Não tinha a intenção de mudar de roupa como se isso fosse uma coisa especial, mas vi meu suéter roxo pendurado na minha poltrona e pensei *Por que não?* Me sinto bem nele.

Ele entra, sete minutos adiantado, o que é quase tão ruim quanto dez. Está vestindo a calça social, mas em vez de uma camisa e gravata com um paletó, está com um suéter lilás de gola em V e um colete branco empolado. Bem pretensioso. Uma onda de alívio passa por mim, e percebo que estava preocupada se ele ia se esquecer ou dar o cano. Ou aparecer com Annalee ou chegar atrasado ou outra coisa estranha qualquer.

— Ravi — chamo da minha mesa perto da janela, onde estou sentada com meu café com leite.

— Estamos combinando — ele diz quando se aproxima de mim, apontando para o meu suéter.

— Na verdade, não — murmuro. — Roxo e lilás...

— São da mesma família de cores.

Deixo passar.

— O que você quer? — pergunto, olhando para o quadro de menu.

— Você me convidou.

— Não. Quero dizer, o que você quer *beber*. Eu pago.

— Eu pago — ele diz.

— Não, eu pago.

— Não deixo garotas pagarem minha bebida.

— Bem, então você é idiota. Eu disse que eu pago. — Agora estou em pé, puxando o braço dele pra baixo pra que ele se sente. Talvez eu tenha puxado um pouco forte demais. Ele cai na cadeira, esfregando o braço. — Pra agradecer pelo seu tempo — acrescento.

Ele olha pra mim como se eu fosse uma louca.

— Obrigado. Um café. Por favor.

Eu realmente preciso começar a agir normalmente perto dele.

Quando volto para a mesa com a bebida dele, sou toda negócios. Pensei em começar com Mandy, e então talvez possamos conversar sobre outras coisas depois que eu já tenha relaxado um pouco e parado de chamá-lo de estúpido e de machucar seu braço.

— Ok. Então. Acho que vou começar pelo começo. E sinta-se livre pra dizer...

— Espere.

— O quê?

Tem esse olhar perscrutador de novo, como se eu soubesse de alguma coisa, quando, na verdade, não sei nada.

— Não me faça perguntar, por que já está ficando constrangedor.

O anuário!

— Clube de tênis. Eu li.

— E?

E eu tenho tentado imaginar você, tentado me lembrar da aula da professora Schiff e onde você estava, e quem eu era, e se eu era legal, e corajosa, e parecia ter alguma coisa pela qual ansiar.

— Minha memória é muito ruim.

— Ah. — Ravi balança a cabeça para o seu café. — Mas não é meio engraçado? Mundo pequeno e tudo o mais? Que dois anos depois você meteria o cotovelo na minha cara, o que nos traria a exatamente aqui pra esta cafeteria?

— É. — Deus. Minha mãe está tão certa. Estou com medo de tudo. Ravi está me oferecendo uma porta escancarada pra uma conversa de verdade, então é claro que eu mudo de assunto antes que isso possa acontecer. — De qualquer modo, sinta-se livre pra dizer não e que isso não é seu tipo de coisa. Só estou perguntando, e é uma ideia meio crua ainda, e se você não quiser se meter nisso, tudo bem, e não vou ficar chateada com você.

— Então... isso não é sobre o que eu escrevi no anuário? Ou qualquer coisa do tipo?

— Ah. Não.

— Certo. — Ele mudou de marcha de novo, do jeito que ele costuma fazer, de volta para sua persona profissional.

— Talvez queira tomar nota.

Do bolso do colete ele tira seu caderninho de notas com uma espiral no topo, aquele que eu sabia que ele teria, e uma caneta, que ele aciona com confiança.

— Vai.

Conto tudo o que eu sei sobre Mandy: por que ela está com a gente, de onde ela vem, como minha mãe a encontrou ou ela encontrou a minha mãe, e por que estou preocupada.

— Não é que minha mãe seja estúpida ou ingênua ou qualquer coisa. E ela quer mesmo um bebê. Ela e meu pai costumavam conversar sobre isso... serem pais adotivos ou coisa assim, desde que eles conseguiram espaço na casa e eram ainda relativamente jovens e saudáveis e podiam custear. Eles são o tipo de pessoa que acham que é seu dever retribuir à sociedade, se puderem. Você não pensaria que meu pai era assim se olhasse pra ele — ou *conversasse* com ele —, mas sob a superfície de Cara Durão de Direita, ele tinha um coração mole e...

— Espere — Ravi me interrompe, segurando sua caneta no ar.

— Desculpe. Estou saindo do assunto.

— Não, só... seu pai. Tinha?

Eu percebo que me esqueci de mencionar que meu pai, uma figura proeminente nessa história, está morto.

A primeira coisa que penso é que não digo isso em voz alta há muito tempo. Mas enquanto encaro Ravi, que é profissional o tempo todo, caneta posicionada pra escrever o que quer que eu diga em seguida, isso me atinge: eu nunca disse isso, ponto-final. Nunca tive que dizer. Todo mundo simplesmente sabe. Quando eu contei para o Dylan, eu disse: "Ele sofreu um acidente. Um acidente terrível", e Dylan disse: "E-le... quero dizer, ele está vivo, certo?", e respondi: "Não". Então todo o restante das pessoas ficou sabendo.

Eis a oportunidade de novo. Pra uma conversa de verdade, uma ligação de verdade, algo novo e algo velho. Ravi me conhecia antes, o que torna isso meio seguro e familiar. E também não me conhecia, o que torna isso ainda mais seguro. Se isso der errado, se machucar demais, se eu for do jeito que eu sou e acabar o afastando pra longe de mim, não é uma perda grande.

Também, é um exercício. Algum dia estarei em algum lugar e vou conhecer pessoas que se tornarão amigas, e se eu quiser que elas saibam coisas sobre mim, isso é uma coisa muito importante que eu vou ter que dizer.

Assim que eu começo a formar as palavras na minha mente, me sinto despedaçando. Tudo o que consigo fazer é manter os olhos nos dele e meus lábios selados.

Ele vira pra uma página nova de sua caderneta. Desliza-a pela pequena mesa até mim. Depois a caneta.

— Sei que não se lembra de mim — ele diz com suavidade. — Mas, por mais patético que isso soe, na minha mente sempre fomos amigos. Quero dizer, assinamos o anuário um do outro. Amigos fazem isso. Então finja que somos.

Peguei a caneta. Um amigo podia ser útil, mesmo que não fosse de verdade.

Fecho os olhos e tomo fôlego profundamente.

Em todas as conversas que eu tive ou evitei ter com Dylan e com meus amigos, com minha mãe, nos cantos escuros do meu coração machucado, nunca fiquei com tanto medo.

Meu pai morreu, escrevo. *Há quase um ano. Acidente de carro.* Minha mão está tremendo; meus olhos doem e se enchem. Acrescento: *Não foi culpa dele* antes de empurrar a caderneta e a caneta de volta pela mesa, passando uma mão pelas minhas bochechas.

Enquanto ele lê, meu impulso é esticar o braço, pegar a caderneta, correr pra fora, jogá-la no lixo, enterrá-la na neve, atirá-la embaixo das rodas de um carro passando — alguma coisa, alguma coisa pra que eu possa voltar 15 segundos no passado quando essa parte de mim ainda se mantinha fechada e particular. Então eu olho para o rosto de Ravi de novo, e o normalmente branco, branco, branco de seus olhos estão cor-de-rosa. Isso causa uma perturbação maior à minha habilidade de controlar o fluxo das minhas próprias lágrimas. Vejo a mim mesma quando olho pra ele agora: ele está refletindo a minha tristeza, meu coração partido, de volta pra mim.

Ele pega a caneta, escreve e desliza a caderneta na minha direção. Você acharia que era uma coisa épica pelo jeito que tocou meu coração. Não é.

Sinto muito mesmo, Jill.

Quatro pequenas palavras.

Coloco uma mão sobre a caderneta pra cobri-la. Coloco a outra sobre a minha boca, dizendo através dos dedos: — Já volto.

No banheiro, afasto as lágrimas. Ainda segurando a caderneta. Não são somente as palavras de Ravi. Foram seus olhos, como pude ver neles que ele estava sentindo de verdade a minha dor, quase chorando. Aquilo me tocou como nada me tocou antes e não sei por quê. Não que o Dylan não tenha chorado. Mas ele *conheceu* meu pai; ele tinha perdido alguma coisa também. Tem sido assim com todo o mundo — minha mãe, meus amigos, amigos da família. Ravi está triste por nenhuma outra razão além de saber que estou triste. Triste por mim. Por *mim*. Eu, que sou o tipo de pessoa que não consegue se lembrar de um cara obviamente legal que pensava em mim como uma amiga. É completamente sincero o que ele escreveu. E não é piegas. Absolutamente.

Arranco a folha em que escrevemos e a coloco no meu bolso. Esfrego o meu rosto com o áspero papel-toalha até que a vermelhidão fica espalhada por ele todo, não apenas em volta dos meus olhos.

Quando consigo voltar e me sentar, Ravi pergunta: — Você está bem?

— Sim. — Entrego a ele a caderneta, sem nossa página.

Diga "obrigada", Jill. Diga "obrigada".

— Obrigada.

E ele é perfeito. Ele não diz "Tem certeza de que está bem?", ou "Sinto muito mesmo, estou sendo sincero", ou "Quer que eu diga pra Annalee que você precisa de folga esta noite?", ou qualquer coisa do tipo. Ele ouve o tom da minha voz e volta a seu tom todo profissional de novo, caneta no papel, pronto para a ação. — Do que você precisa?

Preciso de um amigo. Um novo amigo, que não tenha sofrido danos da minha parte que estão além do que pode ser consertado. Uma pequena pancada no rosto; podemos superar isso.

— Quero descobrir tudo o que for possível sobre a Mandy.

Mandy

Estou esperando minha torrada. O pão que a Robin gosta que eu coma é seco e duro; se eu não passar manteiga nele quando ainda está quente e acaba de sair da torradeira, ele se transforma num papelão. Então tenho que ficar aqui com meu prato, a manteiga e a faca prontas. Sinceramente, não acho que pão branco vá machucar o bebê, mas faço isso pela Robin. Temos outra consulta com a médica amanhã — duas semanas desde a última — e quero estar melhor dessa vez, quero ir bem e não atrair nenhum olhar estranho da Dra. Yee.

Sinto que faria qualquer coisa pela Robin.

Mas meus sentimentos estão sempre confusos. Às vezes acho que talvez eu dê meu bebê e talvez não. Outras vezes tenho muita certeza. Uma coisa que eu sei é que precisava do relógio no meu bolso e do espaço pra pensar sem a voz da minha mãe no meu ouvido e seu rosto na minha frente, me falando sem parar as mesmas coisas sobre como nenhum homem ia me querer se eu tivesse um bebê ou se soubesse que tive um bebê, mesmo se eu o tivesse dado. Além do mais, ela dizia que era só olhar para ela. Levou muito tempo pra encontrar alguém como o Kent, porque nenhum homem como ele, em seu juízo perfeito, quer tomar conta do filho de outro homem. Têm muitas outras mulheres lá fora, mulheres sem filhos.

"É por isso que eu tenho que fazer as coisas que eu faço, Amanda. É por isso que tenho que fazer todas as coisas que faço, e ficar com homens casados e alguns dos malucos com quem andei, porque esse aluguel não vai se pagar sozinho. Me dou valor. Me mantenho pra cima. Sou diferente dessas mulheres que só querem ter suas carreiras, cuidar delas mesmas e estar com homens que serão seus 'parceiros'."

Ela não precisava de um "parceiro", dizia. "Se quisesse um parceiro, estaria numa corrida de três pernas[3]". Ela precisava de um homem. E eu também. Como conseguiria um, se estivesse arrastando um bebê por aí? Especialmente um bebê índio.

Eu disse: "Mas você trabalha. Não é como se não precisasse trabalhar".

Ela disse: "Obrigada por me manter informada".

Minha mãe disse que não sei nada sobre como o mundo real funciona. Disse que o que ela faz no trabalho não é nem mesmo um terço, nem mesmo um quarto, do que ela precisa fazer pra manter seu estilo de vida, e se eu achava que podíamos tomar conta de nós mesmas sem o Kent, eu estava convidada a tentar. Será que eu queria depender de assistência social? Será que eu queria morar em casas oferecidas pelo estado? Será que eu queria ser como todas as outras vacas que compram comida vencida e tratar minhas DSTs em um hospital público?

Ela disse: "Porque é esse o trilho que seu trem está seguindo, Mandy. Sem Kent, esse é o cenário".

No começo, o e-mail que eu mandei pra Robin no Ano-Novo foi mais pra poder me livrar da conversa da minha mãe tempo suficiente pra respirar. Não pensei muito sobre dar o bebê, como fazer isso levaria a evidência da única coisa verdadeira e bonita que já me aconteceu. Se é isso que esse bebê vai acabar sendo. Ou poderia ser evidência de alguma outra coisa, outra pessoa, e não quero pensar nisso.

Agora que estou aqui, é diferente. Estou mudando. É como quando senti meu corpo mudando nos primeiros meses de gravidez, só que desta vez o que está mudando é alguma coisa ainda mais profunda em mim. Robin é especial. Esta casa é especial. Tenho cada vez mais certeza disso o tempo todo. Mesmo Jill, que me odeia, tem alguma coisa que ela nem sabe que tem, e posso dizer que vai deixar uma marca no mundo. E é provavelmente por causa da

[3] A corrida de três pernas é um tipo de gincana em que duas pessoas correm juntas, com o pé esquerdo de uma amarrado ao pé direito da outra. (N.E.)

Robin, que pode criar outra filha que deixaria uma marca. Que importaria. Mesmo se a única pessoa pra quem ela importasse fosse a Robin, já seria demais. O engraçado é que estar aqui também me faz pensar que talvez eu possa fazer isso. Talvez eu possa ser uma mãe.

A campainha toca ao mesmo tempo que minha torrada pula. Ignoro a campainha, passo manteiga no meu pão, coloco uma camada de geleia sem açúcar com a qual estou me acostumando, e me sento à mesa da cozinha pra comer.

— Olá? — uma voz grita. Uma voz de homem de dentro da casa, e primeiro eu congelo, assustada, até que a voz repete — Olá? — e eu reconheço que é a voz do Dylan.

— Na cozinha.

— Ah, oi, Mandy. — Ele para na porta da cozinha, com as mãos nos bolsos do casaco. — Acabei entrando. Elas deixam uma chave na caixa de correio... Você provavelmente sabe disso. Espero que não se importe. Não achei que tinha alguém em casa.

— Tudo bem. Jill está no trabalho.

— É, eu sei. Deixei meu livro de história aqui outro dia, e hoje à noite me prometi fazer todo o dever de casa. Então... eu só... — ele tira uma das mãos do bolso e aponta pra cima — vou dar um pulo lá em cima e pegar.

— Tá. — Ele não está usando delineador hoje, mas algumas unhas estão pintadas de roxo escuro.

Ele para no pé da escada. Consigo ver metade do seu corpo pela porta.
— Precisa de alguma coisa daqui de cima? Tenho certeza que escadas não são divertidas pra você a essa altura.

— Não, obrigada.

— Ei — ele diz, se inclinando pra trás e se segurando no corrimão. — Você está bonita. Gosto do seu cabelo assim.

— Obrigada. — Eu sorrio. Ele é realmente mais legal que a Jill. Como eles se dão bem, eu não sei. — Você quer uma torrada?

— Hum, claro.

Enquanto ele está lá em cima, coloco duas fatias pra ele e checo meu reflexo na torradeira. Ele dizendo que gosta do meu cabelo, que estou bonita... Esses foram os primeiros elogios que recebi de um homem — ou alguém perto de ser um homem — em meses. E além de Christopher, garotos da minha idade geralmente não me notam. Não de um jeito bom. Eles até dizem alguma coisa sobre meu corpo ou o que gostariam de fazer com ele, mas isso é mais um insulto do que um elogio, se você pensar bem.

— Achei — Dylan diz, descendo a escada com o livro. Ele para do outro lado da porta da cozinha, como se estivesse com medo de entrar.

— Senta. Sua torrada está quase pronta.

Ele entra, tira o casaco e o coloca nas costas de uma das cadeiras antes de sentar. Coloco um prato pra ele e, depois que a torrada está pronta, passo manteiga e geleia do jeito que eu gosto e preparo um copo com leite.

— Obrigado, mãe — ele diz, sorrindo, enquanto eu coloco tudo na mesa.

Mãe.

— Gosto de fazer coisas para as pessoas.

— Desculpe, não quis soar como... Aqui, sente-se também. — Ele usa um pé pra empurrar uma das cadeiras. — Como estão indo as coisas? E aí dentro? — Ele aponta pra minha barriga. — É a coisa mais legal. Um ser humano totalmente novo bem dentro de você. Deve se sentir como Deus ou algo assim.

Ele é doce. Sincero. Como a última vez em que estávamos só nós dois conversando, me sinto confortável. — Não — digo. — Não penso isso assim. É normal. Mulheres ficam grávidas todos os dias.

— É um bom ponto. — Ele terminou sua primeira fatia de torrada em três mordidas.

— Você quer mais?

— Não, obrigado. Está perfeito.

Me levanto pra amarrar o saco de pão, assim o pão não resseca mais do que já é ressecado.

— Tudo fica com gosto melhor quando alguém prepara pra gente.

— Verdade. — Ele espana as migalhas na sua camisa. — Então... a Jill está sendo mais legal com você?

O pão, o leite, a geleia, vai tudo de volta pra geladeira. Tenho que responder com cuidado.

— Robin diz que ela está assim porque sente falta do Mac.

Dylan solta uma grande bufada, inclina a cabeça pra olhar para o teto. — Deus, sim. Tanto. — Ele volta a cabeça pra frente. — Não leve para o lado pessoal. Ela tratou todo mundo muito mal por um tempo também.

— Tratou? Mas você é o namorado dela.

— Pois é. — Agora ele está relaxado na cadeira, levantando as mãos e enfiando nos bolsos da calça jeans. — Não sei como é perder um pai. Tento não julgar. Tento só estar lá pra apoiá-la, mas ela nem sempre me quer perto, e não sei quando ela quer e quando não, então isso fica... que seja.

— Não sei como é perder um pai também. A não ser que, antes de mais nada, você leve em consideração o fato de nunca ter tido um pai.

Ele fica em silêncio e eu o sinto me olhar enquanto passo a esponja no balcão, onde a faca com geleia deixou um ponto grudento.

— Minha mãe ficou grávida de mim de um homem casado — digo. — Ela contou e ele deu um monte de dinheiro pra ela ir embora e nunca mais voltar.

O dinheiro acabou. Uma vez ela foi atrás dele pra pedir mais. Me levou junto. Eu tinha quatro ou cinco anos, e me lembro, ou acho que me lembro. Talvez eu só me lembre de ela me contando sobre isso tantas vezes. Caminhamos do ponto de ônibus até a casa dele, e minha mãe me disse: — É uma mansão, Amanda. Você vai ver. E quando ele olhar pra você, ela vai ser sua também. Nossa.

A voz de Dylan me chama de volta.

— Uau.

Só que na mansão, que era apenas uma casa grande, o homem que atendeu a porta nunca tinha ouvido falar do meu pai.

— Desde quando eu... me desenvolvi — conto para o Dylan, envergonhada — ela sempre me disse pra não ficar grávida, pois é a pior coisa que pode acontecer, já que eu tinha minha vida inteira à minha frente. Me falou pra eu não estragar tudo com um bebê, do jeito que ela estragou a dela, comigo.

Dylan faz um barulho, ar saindo dos pulmões.

— Sua *mãe* disse isso pra você? Tipo, na sua cara?

Enxaguo a esponja, espremo para tirar o excesso de água, coloco do lado da torneira pra secar. Quando me viro pra responder pra ele: — Sim, ela disse isso na minha cara e não foi uma vez só — ele está se inclinando sobre os cotovelos, descansando o rosto em seus punhos, me observando. Olhando como se não conseguisse acreditar que uma pessoa na face da Terra pudesse dizer uma coisa como aquela pra sua própria filha. Ninguém nunca olhou pra mim desse jeito antes, não como se tivesse piedade, mas como se sentisse muito por eu ter sido magoada.

Agora eu sei o que as pessoas querem dizer quando elas falam que têm um nó na garganta.

— Eu deveria ir me deitar agora. Robin quer que eu descanse tudo o que preciso descansar.

Ele se levanta.

— Ok. Obrigado pela torrada.

— Não se esqueça do livro de história.

— Certo — ele diz, e o pega. Veste o casaco, e eu o levo até a porta. Ele coloca uma touca verde e olha pra mim. Tem um sentimento entre a gente. Não como o tipo de sentimento que eu tive com Christopher. Não romântico. Não eletrizante. É mais como o tipo de sentimento que eu tenho pela Robin.

Ele abre os braços.

— Abraço?

Eu o encaro. E se a Jill entrasse agora? Ou Robin? Será que eu seria expulsa? Ele não espera até que eu diga sim. Ele se inclina e coloca os braços em volta de mim. Não é longo e, por causa da minha barriga, não é tão próximo. Quando ele termina, quero dizer alguma coisa, mas não tenho certeza do quê.

— Ela abriu mão de muita coisa — é o que sai. — Minha mãe.

— Ainda assim — ele diz, com um movimento negativo da cabeça.— Quero dizer, ela *ganhou* muito também.

Não consigo pensar no que minha mãe ganhou que faria valer a pena tudo que ela teve de abrir mão. Quando olho pra ele, me perguntando, percebo que ele quer dizer eu.

Jill

Ternura. Quando meu pai e eu costumávamos falar um a outro para experimentar um pouco de ternura, queríamos dizer "*Acalme-se*, seja suave, pare de tentar estar certo, dê à pessoa o benefício da dúvida pra variar". Nunca conversávamos sobre como é estar do lado que está recebendo isso. Como ela o deixa com outro tipo de sensibilidade — ferido, machucado. Em certos casos, ela pode deixá-lo desnorteado e cambaleante, uma pessoa que rasteja no escuro, com medo de que alguém vá acender a luz e encontrá-lo, e então acontece e de algum modo não é tão assustador afinal e de outro modo, bem, puta merda.

Ontem à noite, depois de ver Ravi, trabalhei até fechar a loja porque não conseguia continuar sentindo o que estava sentindo e também fazer meu trabalho. Graças a Deus que Mandy e minha mãe estavam em seus quartos quando cheguei em casa. Tomei um NyQuil e dormi de roupa. É difícil levantar e ir pra escola e ser eu, ser Jill MacSweeney, do mesmo jeito que eu era ontem. Eu me sinto exposta, como se Ravi tivesse encontrado uma porta destrancada dentro de mim e agora qualquer coisa pudesse entrar.

Então, eu compenso. E talvez eu exagere. Preciso de uma armadura extra, faço a maquiagem mais pesada nos olhos. *Jeans* pretos, botas pretas, moletom com capuz preto — me encapuzo. Bracelete de couro.

Todos os meus anéis. Cabelo alisado e com pomada para pontas perfeitas. Quando Dylan aparece pra me pegar, entro no carro e seguro minha mochila no colo.

— Uau — ele diz. — Esse *look* é pedra!

Indestrutível.

— É.

— Tudo bem?

— Tá.

— Tem certeza?

Me olho no espelho retrovisor. Óculos escuros.

— Sim. Tô bem. Vamos lá.

No caminho, ele me conta a história sobre a Mandy e sua terrível mãe e a torrada. Sei que deveria prestar atenção. Só que meu cérebro está ocupado com tudo o que Ravi deixou destrancado.

— ... e o que ela vai fazer depois que o bebê nascer?— Dylan está perguntando enquanto entramos no estacionamento da escola.

Ah, isso. Mandy. Qualquer coisa, quem se importa.

— Não sei.

— O ponto de uma adoção aberta não é que ela vai continuar tendo contato com a criança e coisas assim?

— Acho que sim.

Ele estaciona na vaga.

— Então você perdeu o interesse.

— Não — digo, impaciente.

— Dois dias atrás você estava planejando botar um detetive atrás dela, Jill. — Ele desliga a ignição; saímos. — Não me diga que você na verdade me ouviu e conversou com sua mãe sobre isso.

— Ha. Eu aperto as cordinhas do meu capuz, ajeito meus óculos escuros, e dou uma olhada no estacionamento. Me sinto como se pudesse entrar numa briga nesse momento. Sinto como se pudesse rasgar um pneu. — Tô cansada de ficar pensando nisso tudo.

Dylan não nota que estou inclinada à destruição e de jeito algum interessada em Mandy no momento. — Depois de conversar com ela ontem... Cara. Sinto muito por ela — ele diz. — Sério. Ela pode estar doando o bebê pra que ele tenha uma mãe, mas ela meio que precisa de uma pra ela.

Chuto um pedaço de gelo da roda do carro do Dylan com minha bota, e depois chuto de novo e ele desliza pelo estacionamento e se parte.

— Uma o quê?

— Uma mãe. Ela é quem precisa de uma mãe.

*

Da escola, ligo para o trabalho e digo que estou doente. Nunca faço isso a menos que eu realmente esteja doente, o que é raro. Annalee me pergunta se eu quero a noite de amanhã de folga também, porque Polly está querendo fazer mais horas nessa semana pra pagar o conserto do carro. Tudo bem. Quando Dylan me deixa em casa, minto pra ele também, e digo que estou doente e vou direto pra cama e que ele deveria ir embora e não me dar um beijo de boa-noite ou algo assim porque ele poderia pegar isso. Isso, minha doença-fantasma.

Minha mãe me deixou um bilhete no balcão da cozinha — ela e Mandy foram ao médico.

A coleção de CDs do meu pai está organizada pelo primeiro nome do artista. Nada demais. É fácil encontrar Otis bem entre Neil Young e Paul McCartney. Não ligo o aparelho de som desde muito antes da morte da meu pai. Ele se recusava a entrar na onda de downloads de música e armazenamento digital; reconstruir sua coleção de vinil no formato de CD era o mais longe que ele queria ir. Ele nunca ripou nada para o seu computador ou ouviu num tocador de MP3. "Álbuns devem ser ouvidos inteiros", ele dizia, não fatiados e separados como aperitivos numa refeição. Álbuns são a refeição. Para ele, tudo era o aparelho de som com suas caixas gigantes, uma de cada lado da lareira. Entre as quais eu agora estou deitada, no chão, com o controle remoto na mão.

Os trompetes começam, depois o pequeno dedilhar de uma guitarra. Isso é tudo o que era necessário; já era. Otis, uma caixa de lenços e eu. Esgotada.

❋

Previsivelmente, considerando que eu coloquei o volume o mais alto possível sem distorção, não ouço minha mãe e Mandy chegarem. Elas me pegaram ouvindo *Try a Little Tenderness* pela vigésima primeira vez, rodeada por lenços usados, ainda em meus óculos escuros e com meu capuz. Não amo o fato de minha mãe me ver assim, mas é definitivamente a última coisa que eu queria fazer na frente da Mandy. Me levanto com dificuldade, desligo o aparelho de som, amontoo os lenços sujos, e os jogo na lareira.

Qualquer pessoa normal olharia para o outro lado e inventaria alguma coisa pra se desculpar. Mandy, sendo Mandy, fica parada como uma corça diante do farol e presta atenção como se estivesse assistindo a um de seus programas.

Quero dizer a ela pra ir embora e nos deixar em paz. Mas não dá pra ouvir Otis por uma hora seguida e depois gritar com alguém. E definitivamente não dá pra fazer isso com sua mãe começando a chorar também, e vindo em sua direção de braços abertos.

❋

Ravi liga depois do jantar. Estou no meu quarto, tentando fazer o meu melhor pra me concentrar no dever de casa. Embora eu tenha ignorado as mensagens do Dylan durante toda a noite, me lanço ao telefone quando vejo que é Ravi. "Ei, oi, onde você está, quando podemos conversar de novo?", e essa vontade me assusta, porque, então, eu penso "Não, Jill.

Você vai escoicear. Talvez não agora, mas você vai, porque sempre faz isso, e depois ele vai odiar você".

Corajosamente, atendo.

— É a Jill.

— Jill. Ravi.

Estamos ambos interpretando grandes papéis: profissionais, colegas de trabalho.

— Oi.

— Como está se sentindo? — E temo que ele queira dizer *sentindo* sentimentos, sobre os quais estou muito exausta pra falar. Então ele esclarece: — Eu estava na loja agora a pouco, e Annalee me disse que você está doente.

— Ah é. Não muito mal. Meio congestionada. — De horas chorando.

— Parece mesmo. Então você provavelmente não quer me encontrar pra saber de uns resultados da minha pesquisa sobre a sua situação. — Ele fala como se nosso telefone pudesse estar grampeado, em sua voz de Ravi adulto, a que o faz soar como um tio distante e desinteressado. É reconfortante, de certo modo, saber que só porque tivemos um momento ontem não quer dizer que toda conversa tem que se transformar numa emotiva operação de canal no dente. Talvez eu não vá estragar isso afinal.

— Você já tem resultados? — pergunto.

— Bem, nada específico. Podemos falar sobre isso agora, ou se você tiver um *chat* com vídeo...

Ele está fingindo que só quer me contar sobre os "resultados" da minha "situação"; finjo que acredito nele. Quando o que parece é que queremos nos ver.

Mas eu odeio chat com vídeo. É tão difícil de colocar a tela do laptop num ângulo bom, e as cores são estranhas; não preciso que Ravi me veja toda bege e inchada.

— Não, podemos nos encontrar. Isso pode chocar você, mas... na verdade, não estou doente.

— Ah.

— Não conta pra Annalee.

É estranho dizer o nome dela, e Ravi responde: — Eu não contaria — um pouco rápido demais.

Combinamos de nos encontrar no Dazbog, e me recomponho pra que, quando eu descer a escada pra contar pra minha mãe que estou saindo, ela possa ver que estou bem, absolutamente bem e ninguém precisa se preocupar comigo, apesar do fato de que apenas algumas horas antes eu estava num amontoado de tristeza no chão.

Minha mãe não está convencida. — Aonde você está indo? — Ela e Mandy estão na mesa da cozinha, o laptop aberto e um *notepad* do lado.

— Encontrar um amigo num café.

— Por que você não fica? Foi um dia longo, e está nevando muito. — Leia-se nas entrelinhas, de volta ao longo dia. — Você pode nos ajudar a escolher qual curso de parto fazer.

— Divertido. Mas não.

— Você pode fazer o curso com a gente — Mandy diz. Ela está sorrindo, vestida com um de seus novos figurinos, feliz como uma morsa. — No caso de acontecer alguma coisa e Robin não poder ir.

— Eu *estarei* lá — minha mãe insiste. — Claro, isso não significa que você não poderá estar lá também, Jill.

Mesmo num mundo em que eu aceite que o bebê da Mandy vá ficar nas nossas vidas pra sempre, não consigo formar uma imagem de mim num quarto de hospital com ela e minha mãe, gritando instruções pra respiração e buscando gelo ou qualquer coisa que seja necessário em um cenário de parto. Tento ser educada.

— Muito obrigada, mesmo. Não contem com isso.

Ainda assim, tenho uma pontada de ciúme, vendo as duas ali, aconchegadas, procurando *sites* sobre parto como se estivessem planejando um casamento ou algo parecido. *A escolha é sua, Jill.* Como minha mãe diz, ela está tentando me incluir desde o início, mas eu não quero. Em vez disso, estou prestes a ir discutir sobre a Mandy como se ela fosse uma criminosa. Exceto pelo fato de que esse não é o *real* motivo pelo qual estou saindo numa noite fria pra ver Ravi.

Minha mãe se levanta pra me dar um beijo.

— Tudo bem. Não volte tarde. Uma hora, depois pra casa e pra cama, ok? Como você não está trabalhando, pode dormir um pouco mais.

❋

Fiquei preocupada se, quando o visse, eu ficaria nervosa, entrasse em pânico sobre ontem, começasse a chorar de novo, ou quisesse me virar e correr. Mas quando entro e o vejo já numa mesa, o que sinto é alívio. Quase alegria. Quero falar sem pensar *Obrigada por ser meu amigo*, o que seria estranho e maluco, e não se pareceria nada comigo. Quando chego à mesa, ocorre um momento estranho em que ele fica em pé e, tipo, devemos nos abraçar? Então não nos abraçamos, e sentamos. Ravi está sem terno de novo, veste um *jeans* e um suéter com um furo de traça perto da gola, tão real, normal, 19 anos. Esta noite ele nem está usando óculos, como está na foto do anuário.

Eu o observo enquanto abre o que ele chama de "dossiê Mandy" e o folheia com mãos elegantes. *Não vamos falar sobre a Mandy*, eu quero dizer. *Vamos falar do clube de tênis, de Otis Redding, filmes e livros. Vamos andar na neve, afundar até os joelhos nela, ficar gelados e voltar pra tomar café quente.* Esse é o tipo de coisa que se faz com amigos novos que se quer conhecer melhor. Estou me lembrando de como isso funciona. Como a vida não precisa ser só ansiedade sobre o que deu errado ou poderia dar errado, e reclamações sobre o mundo ao seu redor. Como uma pessoa com quem você se empolga pode te lembrar de que há coisas acontecendo além da sua rotina de troca de óleo e dever de casa. Coisas que importam. Coisas que você anseia.

Então eu digo: — O que conseguiu?

— Baseado no que me contou, identifiquei um número de bandeirinhas vermelhas.

Bandeirinhas vermelhas. O oposto da coisa pela qual ansiar. — Que tipo de bandeiras vermelhas?

— É um começo baseado em generalidades. Cada bandeira vermelha poderia ser explicada, potencialmente. Estamos procurando por um conjunto de circunstâncias. Simplesmente... organizando informações.

— Certo.

Ravi dá um gole em seu café e tira os olhos de seu dossiê pra olhar nos meus olhos.

— Como eu disse, tudo isso pode ser nada.

— Ok. Então me conta.

— Você disse que Mandy mentiu sobre a data do parto? — ele pergunta.

— O bebê vai nascer depois do que ela tinha dito pra minha mãe. Mas minha mãe acha que é só porque a Mandy tinha um médico ruim.

Ravi bate com a caneta no papel.

— Você também disse que tudo aconteceu muito rápido, no começo do ano. Como que instantaneamente.

— Sim. Mandy viu o *post* da minha mãe num estranho quadro de adoção não oficial e mandou um e-mail pra ela, dizendo basicamente "ei, você é perfeita, pode ficar com meu bebê". Estranho, certo? Pra uma decisão tão grande.

Ele faz um barulho de "hmmm" e um movimento reservado do ombro.

— Você não acha que é totalmente maluco?

Ravi passa a mão por suas notas. Seus dedos são longos e graciosos, de aparência gentil, dignos de confiança.

— Você nunca teve uma intuição sobre alguma coisa? Como sua mãe teve com a Mandy? Alguma coisa que você *sabe* categoricamente, não importando se faz sentido ou não?

Não, penso. Normalmente minha mãe é quem faz as coisas por impulso e por instinto. Normalmente eu tenho total controle das minhas ações e emoções.

— Na verdade, não — digo, embora eu talvez esteja começando a entender isso.

O celular dele faz um bipe, e eu quase pulo pra fora do meu corpo. Ele checa, ignorante da minha reação, e digita alguma coisa antes de colocá-lo de volta no bolso da jaqueta.

— Então vamos dizer, pelo bem do argumento, que tanto Mandy quanto sua mãe tiveram esse conhecimento instintivo, esse senso de destino sobre o bebê.

— Ok. Mas e quanto ao dinheiro? Quando meu pai morreu, minha mãe recebeu uma bela quantia do seguro. Será que a Mandy teria descoberto isso?

— É possível. Ela pediu dinheiro?

— Não sei. Tenho essa sensação de que tem um monte de coisa que minha mãe não me conta. E minha mãe é tão... — Eu quase digo "burra", mas minha mãe não é burra. Não é isso. *Crédula* é o que ela é. E de algum modo eu acabei vendo credulidade como burrice. — Quero dizer, tenho certeza que todos os custos com médico são uma fortuna, e minha mãe está desembolsando uma grana para as coisas do bebê da Mandy. E outro dia, ela deu seu cartão de crédito pra Mandy e a deixou sozinha no shopping por quase três horas. Tivemos uma briga enorme por causa disso.

Nem sei se eu fiquei brava com aquilo. Acho que eu meio que desejei ser eu fazendo compras com minha mãe.

Ravi toma nota.

— E o que aconteceu? A Mandy usou pra alguma coisa que ela não deveria?

— Não. Quero dizer, talvez? Ela comprou um tanto de roupas, mas minha mãe fez parecer que foi tudo ideia dela, não da Mandy. Como se ela tivesse praticamente forçado Mandy a comprar aquilo tudo. Mas quem sabe? Duvido que minha mãe tenha parado pra pensar no que disse, mesmo depois.

— Veja se consegue descobrir. — Ele olha para o relógio e fecha o dossiê. — Claro, o que é mais problemático é o que me contou sobre a

Mandy não querer advogados, assistentes sociais ou agências envolvidas. Bem aí está sua maior bandeira vermelha.

Ele já está se aprontando pra sair?

— E o maior desastre em potencial.

— Não tem possibilidade de recurso pra sua mãe se Mandy decidir sumir.

— Eu sei. É um pesadelo.

O celular dele faz um bipe de novo. De algum modo sei que é Annalee. Ele ignora dessa vez.

— Você acha que eu poderia conhecer a Mandy? Conversar com ela? Sutilmente, quero dizer. Sem ela saber que estou tentando descobrir coisas.

— Ah. Você poderia, não sei, ir pra minha casa pra jantar ou algo assim? — Em algum lugar distante, bem distante, da minha memória, eu devo, em algum momento, ter sabido como convidar um amigo pra minha casa.

Ele se levanta, junta suas coisas.

— Melhor se eu puder conhecê-la num ambiente mais neutro, meio que casualmente.

— É. — Aponto para a xícara dele. — Você não terminou.

Ravi olha pra mim com aquela metade de um sorriso. Ele cutuca meu ombro com seu cotovelo.

— Da próxima vez eu fico mais.

Alguma coisa dentro de mim se abre mais. Outra porta. Uma janela. Eu quase consigo ouvir as dobradiças rangendo. Pisco pra empurrar as lágrimas de volta pra dentro.

— Sem seu terno, você quase poderia ser uma pessoa normal de 19 anos.

— Eu sou uma pessoa normal de 19 anos.

— Isso é o que você diz.

Ele dá um sorriso alegre.

— Até logo, Jill.

— Tchau, Ravi.

O observo sair; a neve flutua e gira à luz da rua conforme ele se apressa para o carro. Por longos minutos depois que ele sai, eu olho para a vaga onde seu carro estava estacionado, investigando e cutucando esse sentimento, ao mesmo tempo familiar e estranho. Esperançoso, auspicioso. Depois que eu consegui roçar e queimar uma enorme fiada de acres em torno de mim, só para o caso de alguém querer se aproximar, Ravi forjou seu caminho, e eu o deixei. *Como ele fez isso?*, me pergunto. *Como eu fiz?*

Mandy

Quando a Jill chega em casa depois da escola na sexta-feira, a primeira coisa que ouço depois da porta fechando é ela chamando meu nome. Geralmente estou bem ali na sala. Hoje estou triste, o tipo de tristeza que me faz querer ficar sozinha... me esconder. Até agora não tenho passado muito tempo neste quarto, meu quarto, além do tempo que passo dormindo. Não é que eu não goste dele. É clássico e confortável, como o resto da casa. As paredes são de uma cor laranja-claro — a cor do pôr do sol em cartões-postais — com vigas creme e a mesma madeira escura no chão da maior parte da casa. Tem um tapete feito de blocos de cores diferentes e tudo na cama é branquíssimo. Nunca dormi numa cama tão confortável. Na primeira noite, tentei entrar embaixo dessa coberta grossa, e Robin disse não, é um forro para a cama; você dorme sobre ele, não embaixo dele.

Alegre. O quarto todo é alegre.

O que sinto é que não pertenço a ele. Quando estou aqui, parece muito um lar, e não quero dizer como um lar parecia lá em Council Bluffs, na casa do Kent. Quero dizer um lar *lar*. Uma ideia de lar que você leva com você sua vida inteira, só que não conhece até que esteja lá. Sei que não posso ficar, e é por isso que não gosto de passar muito tempo aqui, me sentindo em casa do jeito que estou aprendendo que se deve sentir. A cada dia sinto mais, e a cada dia a tristeza de saber que isso vai acabar fica pior e hoje está pior do que nunca.

— Mandy? — Jill está do lado de fora da minha porta agora. Geralmente quando ela diz meu nome, é com uma combinação de interrogação e exclamação e é seguido de uma reclamação ou pedido. Como: "Mandy! Será que pode não usar meu secador sem pedir?", ou "Mandy! Você colocou a pasta de amendoim de volta na geladeira? Fica na geladeira, você sabe. Não é do tipo cheio de açúcar e a porcaria da gordura trans".

Ela é realmente ligada à sua pasta de amendoim.

Desta vez ela está dizendo meu nome de um jeito quase amigável, com um tipo gentil de interrogação.

Leva um tempo até eu chegar na porta; na hora que eu abro, meio que espero que ela tenha desistido. Ela ainda está lá, o mais perto de sorrir pra mim que eu já vi.

— Oi.

— Ei. Você está fazendo alguma coisa agora?

Talvez ela vá me pedir um favor ou me falar que eu fiz alguma coisa errada e preciso consertar.

— Mais ou menos.

Ela olha pra dentro do quarto.

— Sério? O quê?

— Devo descansar.

Tem uma longa pausa. Jill coloca as mãos nos bolsos do moletom e balança a cabeça devagar, depois respira bem fundo.

— Estou de folga do trabalho hoje. É sexta-feira. Minha mãe está numa reunião e Dylan tem um ensaio idiota com a banda, o que é uma piada, já que ele não toca nenhum instrumento ou canta, mas de qualquer modo eu imaginei que você deve estar ficando meio maluca por aqui e talvez quisesse sair pra tomar um café.

Parece uma tramoia. Por que ela ia querer passar tempo comigo de repente?

— Não devo tomar café.

— Você pode tomar sem cafeína. Ou chá, ou um *steamer*.

— O que é um *steamer*?

— É... Mandy, ok. — Ela começa a rir, chacoalhando a cabeça como se não pudesse acreditar que eu fiz essa pergunta, e tira as mãos dos bolsos e as levanta e faz aspas com as mãos. — "Sair pra um café" não necessariamente envolve literalmente beber uma bebida quente e cafeinada. É só algo pra se fazer. Você pode tomar água. Pode tomar um refrigerante. Pode comer um *brownie*, um *bagel*, um *muffin*, um sanduíche, um *pretzel* ou uma fatia de bolo. Que seja.

Talvez Robin tenha conversado com ela e dito que ela tem de ser legal comigo.

— Você não precisa — digo. — Sei que você não me quer por aqui. Não vai ser por muito tempo. Não precisa ser legal.

Uma certa expressão aterrissa em seu rosto. Uma que eu nunca vi antes, talvez um pouco ontem quando chegamos em casa e a encontramos chorando, mas ela estava com óculos de sol, então era difícil de dizer. A expressão não é dura, não está tentando esconder que ela não se importa ou está separada de mim e de Robin. Acho que estou vendo a Jill verdadeira.

— Minha mãe nem sabe disso — ela diz, e eu acredito. Então a expressão dela volta para a usual. — Foi totalmente ideia minha. Quero dizer, você está aqui há quase três semanas, e você e eu mal nos conhecemos. Vamos lá.

Não ia ligar de sair pra me distrair dessa tristeza um pouquinho.

— Posso ir vestida assim? Está bom o suficiente? — Estou usando minha nova *legging* preta e um tipo de meio vestido, meio suéter.

— É Denver — Jill diz. — Você pode usar um bom jeans pra ir à ópera.

— Não fiz meu cabelo ou maquiagem.

— Você está linda.

Toco meu cabelo. Minha mãe nunca sairia de casa assim.

— Você só está falando por falar?

Jill coloca suas mãos nos meus ombros e me encara. É um pouco assustador.

— Você está bonita, ok? Juro.

Na cafeteria, Jill pede um café com leite pra ela e um *steamer* com caramelo pra mim, depois ela explica o que é, e também compra um grande pedaço de bolo de chocolate pra dividir comigo.

— Não vou contar pra minha mãe sobre todo esse açúcar — ela diz. — De qualquer modo, é sexta-feira. Sextas não contam.

Sentamos numa mesa perto da grande janela da frente.

— Gosto de observar as pessoas — Jill diz.

— Eu também.

Uma neve leve está caindo, mas não está muito frio. Dá pra começar a imaginar que a primavera vai chegar logo. A neve é bonita, o jeito que os flocos pequenos caem flutuando e parecem desaparecer momentos antes de chegarem ao chão. Tem música tocando, um tipo de música que nunca ouvi que não é muito dançante nem muito rock. É calma; é gostosa.

— É um bom bairro — digo. Estamos numa parte da cidade que eu não tinha visto ainda. Acho que a maior parte de Denver é feita de partes que nunca vi antes. Me pergunto o que mais nesta cidade eu poderia descobrir. Será que me encaixo aqui, consigo fazer parte dela? Se eu tivesse ido a um lugar assim sem a Jill, me pergunto se poderia me sentir à vontade.

— É legal. Um monte de cafeterias pra pessoas brancas educadas e *hipsters*.

— Como onde você mora.

— Não, onde a gente mora é mais... Ok, é. Mas tem mais óculos de aro fino por quarteirão aqui.

Ela parece nervosa. Estou preocupada sobre ela se arrepender de sair comigo. Sobre o que devemos conversar?

— Dói? — pergunto. — O *piercing* na sobrancelha.

— Um pouco. Esse tipo de coisa sempre dói.

— Por que você tem, então?

— Porque... — ela toca o *piercing* com o dedo indicador, colocando a mão sobre o lado do seu rosto, e vira a cabeça pra olhar pela janela. Do jeito que a luz da rua bate em seu rosto dá pra ver como ela é bonita, e quão bonita ela ficaria sem o cabelo tingido e o delineador escuro. Ela vira de volta. — Sabe de uma coisa? Vou fazer uma tatuagem. Isso vai *doer* de verdade.

— Minha mãe sempre disse que só putas e soldados têm tatuagens.

Jill joga a cabeça pra trás e tosse uma risada.

— Obrigada.

— Só estou dizendo o que minha mãe diz. Não acho isso.

— Que idade ela tem, uns 80?

Jill pega um bocadão de bolo.

— Com opiniões assim, não acho que ouviria qualquer coisa que vem da boca da sua mãe.

A bebê chuta, e chuta forte, como se ela estivesse nervosa. Tão forte que me inclino, toco minha barriga e fico ofegante. Jill engole o pedaço de bolo e pergunta: — Você tá bem?

— Acho que sim. Eu... — O bebê chuta de novo.

Jill se levanta e vem para o meu lado da mesa.

— Sério, tem certeza? Porque se você estiver perto de entrar em trabalho de parto, vamos ligar pra minha mãe agora.

— Não, ela só está chutando. Aqui, sinta. — Pego a mão da Jill. Nunca nos tocamos antes. A pele dela é gelada, seca e áspera em volta das cutículas. Coloco a mão dela no meu estômago com firmeza.

— Ah meu Deus — Jill diz. Seu rosto tem aquela expressão verdadeira de novo. — É o pé dela?

— Talvez. Ou o cotovelo ou joelho.

Jill ri e olha pra mim, com os olhos brilhando. — Ela está, tipo, rodando a banca aí dentro.

— É. Essa é a hora ativa do dia. Geralmente você está no trabalho.

— Isso é... uau. — Ela está debruçada do meu lado, sentindo tudo o que está acontecendo dentro de mim.

A porta da cafeteria abre, deixando uma rajada de vento frio entrar. Um homem alto e jovem, entra, vestido com uma parca de esqui e uma touca de lã roxa. Sua pele é quase da cor da do Christopher, mas um pouquinho mais escura. Eu o noto antes de Jill notar, porque ela ainda está com as mãos em cima da minha barriga. Ele olha pra nós, pra Jill, mesmo, e os lábios dele abrem um sorriso e seus olhos ficam suaves.

— Jill — ele diz.

— Ei — Jill se levanta. — Eu conheço você.

— Sim, me conhece.

— Essa é Mandy — ela diz, como se eu fosse alguém. — Mandy, esse é... ah, droga, me esqueci totalmente do seu nome.

— Clark — ele diz pra Jill. — Faz um tempo. — Ele estende seu longo braço pra baixo e através da mesa, oferecendo sua mão pra mim. — Mandy, prazer em conhecê-la.

— Sua mão está fria — digo, apertando-a.

— Bem, está nevando muito.

Todos rimos.

— Vá pegar um café e sente com a gente. — Jill puxa uma cadeira pra nossa mesa, e Clark vai até o balcão pra pedir. Ele é o oposto do Dylan — alto, elegante, adulto.

— Você saía com ele? — pergunto pra Jill.

— O quê? — Ela olha por cima dos ombros para Clark e baixa a voz. — O que faz você achar isso?

— O jeito que ele olhou pra você quando entrou.

Ela fura o bolo com o garfo, olhos pra baixo. — Acho que eu lembraria o nome dele se tivéssemos saído, Mandy. Não sou tão puta assim, mesmo que eu queira uma tatuagem.

Clark dá longos passos na nossa direção e se senta. Ele tira a touca e passa os dedos por seu arrumado cabelo preto. Naturalmente preto, não tingido como o do Dylan. — Então — ele diz pra mim— vai ter um filho, hein?

— Que observação astuta, Clark — Jill diz, enfatizando o nome dele de um jeito engraçado.

— Sim. Em quase quatro semanas. A mãe da Jill vai adotar isso.

Jill olha pra mim.

— Ela. Não isso. Você sempre sai por aí contando o plano pra estranhos?

— Ela. Não é um segredo — digo para o Clark. — Não fico envergonhada. Sei que estou fazendo a escolha certa.

— Sério? — Jill pergunta. — Você nunca teve um momento de dúvida?

Sim, eu penso. Claro. Quanto mais perto chega, mais momentos de dúvida eu tenho. Mas são somente emoções, não realidade. Minha mãe tomava decisões baseadas em emoções. Medo, geralmente. De ficar sozinha, de não ter um bom lugar pra morar, ou de que esse seria o último homem que ia querê-la. Ela não pensava muito nas coisas nem olhava para o caminho. Ela não enxergava que o que ela sentia estava certo hoje, mas podia não ser aquilo que ela esperava, e que tudo podia dar errado.

— Não — digo. — Você conhece a mãe da Jill? — pergunto para o Clark.

Ele balança a cabeça.

— Ainda não.

— Quando conhecer, vai entender como eu sei o que sei.

Clark olha pra Jill.

— É um bom elogio pra sua mãe.

— É — Jill diz. — É, sim.

Nós conversamos e observamos pessoas. O que eu noto é quão diferente Jill é com o Clark aqui. Ela não está com medo. Ela não parece estar tão brava com todo o mundo, como se odiasse a vida. E Clark me faz perguntas sobre mim e o bebê e meus planos para o futuro. Conversando de verdade. Respondo sem dar muita informação. Gosto disso, do mesmo jeito que gostei de conversar com Dylan. Só que Clark é um pouco diferente. E qualquer um pode ver que ele gosta da Jill. Ele fica olhando pra ela esperando reações, perguntando se ela quer mais café, e se sentando mais perto dela do que precisa. Isso me faz pensar em como Christopher olhava pra mim, e como talvez um dia, quando não estiver mais grávida e eu saiba quem vou ser, alguém possa olhar pra mim daquele jeito de novo.

É bom terminar o dia com uma sensação de possibilidade em vez de tristeza.

Jill

O café da manhã de sábado na nossa lanchonete favorita é a primeira oportunidade em dias que Dylan e eu tivemos pra conversar de verdade, e você pensaria que eu tinha um monte de coisa pra falar, que eu ia querer contar pra ele sobre ontem à noite. Ok, não a parte de como me senti quando Ravi entrou pela porta quase no mesmo segundo que eu senti o bebê chutar, mas o restante. Como eu realmente tive um momento legal com a Mandy.

Dylan mal respira, jogado no banco e segurando o copo de café no nível do nariz, baixando o copo de vez em quando pra tomar um gole.

— Você tá um lixo — digo finalmente.

— Obrigado.

— Até que horas você ficou acordado?

— Ahn... a noite inteira.

— Parece que o ensaio da banda leva mais tempo já que nenhum de vocês sabe tocar ou cantar ou compor. — Eu deveria saber que começar a conversa desse jeito não estabeleceria um bom tom. A garçonete entrega meus ovos mexidos gregos.

— Não sabia que você estava numa banda — ela diz para o Dylan. Ela costuma nos servir, Babette, que não é tão jovem, mas tem piercing e tatuagem no corpo todo, e uma obsessão pelo cenário musical local. —

Qual é o nome da banda? Onde vocês tocam? Você também está nela? — ela me pergunta.

— Não — respondo, rindo um pouquinho. Mais do ridículo da ideia de que ela teria ouvido falar deles do que da ideia de eu fazer parte de uma banda.

— A Rebelião das Batatas — Dylan diz.

Babette ri. — Adorei.

— O que aconteceu com Postulados ou coisa assim?

— Nova direção.

— Certo — digo, espalhando geleia na minha torrada. Depois que Babette sai, espeto algumas das batatas caseiras com meu garfo e as balanço na cara do Dylan. — Se revolte contra isso, trouxa.

Ele não reage. — E o que você fez ontem à noite?

— Eu saí com a Mandy pra um café. Dei pra ela o momento da vida dela.

Os olhos do Dylan se espremem.

— Ah, você saiu com ela então. Engraçado, porque a última vez que conversamos, acho que me lembro do quanto você odiava a Mandy e achava que ela estava prestes a arruinar a vida da sua mãe.

— Nunca disse que a odiava. — Acho que não. — De qualquer modo, talvez eu tenha mudado de ideia. Talvez eu esteja dando uma chance pra ela.

— Você mudou de ideia. Entendo.

— Eu senti o bebê. Eu... — Ele me encara; pego outro bocado de batatas. Meu amigo Ravi estava lá. Eu senti a vida. Não só na Mandy mas em mim. — Nos divertimos, só isso.

Ele se endireita no assento.

— Tenho certeza que esse novo interesse na Mandy não tem nada a ver com o que você estava me dizendo outro dia sobre aquele cara no trabalho ajudar você a desmascará-la. Tenho certeza que você não está, tipo, conduzindo ela pra alguma armadilha macabra que está armando só pra provar que está certa.

Essa é a Jill em que ele acredita. A Jill com quem ele tem lidado. A Jill que eu instantaneamente me torno agora. E, quero dizer, ele está certo. *Foi* por isso que eu saí com a Mandy. Mas quando cheguei em casa, não me importava mais com qualquer dessas coisas. Fui dormir pensando que meu pai provavelmente adoraria Mandy tanto quanto minha mãe adora. Dylan toma meu silêncio como sinal de culpa, o que está só meio certo.

— Ela é uma garota legal, Jill. Sabe? Dê um tempo pra ela.

Coloco molho de pimenta nos meus ovos.

— Você sequer sabe alguma coisa da vida dela? E pelo que ela tem passado? Ele está me dando uma bronca sincera, bem grande, como se ele e Mandy fossem melhores amigos. — A mãe dela é uma vaca.

Paro de mastigar. — O que você sabe sobre isso?

— Conversei com a Mandy quando fui até sua casa pra pegar meu livro de história. O assunto apareceu. Falei pra você.

— Não, não falou. — Ele falou?

— Falei! Claro que falei! — Ele abaixa o garfo. — Você não me ouve. Sério, Jill, não quero transformar isso em grande coisa, mas parece que você não me ouve desde...

Nossos olhares se encontram.

— Só tô dizendo — ele continua — que, por exemplo, você podia pensar em mim de vez em quando. Além de pensar só em si mesma.

No clássico estilo Jill, eu me viro contra ele na minha dor.

— Isso é por causa da banda? Desculpe, mas o tempo todo que eu conheço você, nunca expressou uma única palavra de interesse em estar numa banda, então é difícil de levar isso a sério.

— Você não tem que levar isso a sério. Não leve a sério. É diversão. É algo divertido e novo pra fazer e sair da rotina.

— Da rotina? Obrigada.

— Da Rotina, com R maiúsculo. Não a rotina de *você*, ou de você e eu. A Rotina da vida. Estamos todos nisso desde o dia em que nascemos. É bom se misturar um pouco.

Empurro meu prato.

— Muito filosófico da sua parte.

Ele amassa seu guardanapo e o joga na mesa. Por um par de segundos, tenho quase certeza de que ele vai se levantar e sair, e me sinto pronta. Quase quero isso, quase consigo vê-lo saindo, e com ele a Jill de quem estou enjoada, e então eu poderia começar de novo. Ele não se move, entretanto, o que não deveria me surpreender. Saídas dramáticas não são típicas do Dylan. Ele se inclina pra trás no assento e aperta a ponte do nariz entre os olhos, espremendo os olhos.

— Senti sua falta, Jill. Enquanto você estava passando por suas coisas. Como um louco senti sua falta, e quando você se escondeu no meu carro naquele dia, fiquei tão doido de felicidade, mesmo tendo fingido que não estava. Mas agora me lembro que nem sempre nos demos tão bem.

Então ele notou.

— Isso não é parte do charme Jill-Dylan? — digo baixinho.

Dylan concorda com a cabeça, um aceno mentiroso, os olhos fixos no seu copo de café.

❃

O barista do Dazbog diz oi quando entro, e aponta para o Ravi na mesa ao lado da janela. — Ele tá ali. Somos oficialmente fregueses regulares. É nosso lugar. E é a primeira vez que tenho isso com alguém que não é o Dylan.

— *Clark*? — pergunto, me juntando a ele. — Sério? Por que todo garoto no mundo é obcecado pelo Super-Homem? — Não temos muito tempo antes do meu turno. Tem uma cafeteria mais perto do trabalho, claro, e uma *no* trabalho, mas temos esse acordo não declarado de que é melhor não ter esses encontros muito perto da Margins. Muito perto da Annalee. Ela é absolutamente a maior parte do não declarado.

— Super-Homem? — Ele desce a mão pela gravata. É uma que eu não tinha visto ainda — uma listrada de rosa e azul-marinho. Sem óculos. Esse Ravi me faz sentir diferente do Ravi de jeans, suéter e óculos. Um pouco no limite.

— Clark — digo. — Clark Kent? Conhecido como Homem de Aço?

— Ah. Estava pensando em William Clark. Como em Lewis e Clark. — Ele fica me olhando. — Os exploradores.

— Sim, conheço, mas é... — Então pego alguma coisa em seus olhos e em torno de sua boca. Ravi fez uma piada. — Você não estava pensando em Lewis e Clark.

— Não, não estava.

— Você estava pensando no Super-Homem.

— Totalmente pensando no Super-Homem — ele diz com um conclusivo aceno de cabeça.

— Bem, espero que goste, porque você está preso a isso durante essa coisa toda com a Mandy. A propósito, café gelado não é café. Só pra você saber.

Ele chacoalha o gelo pra mim. — Vou arquivar essa informação sob a letra *J, Jill está errada.*

Estamos flertando. Nada sério, só do jeito que amigos fazem. Sempre fui boa nisso, desde o oitavo ano, quando descobri meu senso de humor e como usá-lo. Talvez seja isso que Ravi viu e o fez escrever que eu parecia inteligente e divertida, que ele desejava que tivéssemos conversado mais. Hoje em dia é mais plausível que eu esvazie uma sala ou ouça alguém dizer "ai" depois que eu fiz uma "piada". Quero voltar a ser o que eu era. É melhor; é energizante e não me deixa sentindo como uma babaca.

Estou pensando sobre meu retorno quando Ravi diz: — Ei — E sei que, seja o que for, não vai ser sobre a Mandy e não vai ser flerte. Sem mais piadas.

— Ei o quê?

Ele abre a boca.

— Não me pergunte como estou — solto. — Por favor. — Quero ficar me sentindo bem. Só porque as luzes estão acesas não significa que eu tenho que olhar.

Ele fecha a boca.

Afasto uma migalha da nossa mesa, alguma coisa deixada pelo freguês anterior, e fico passando a mão mesmo depois que ela caiu. — Desculpe, Ravi — digo, incapaz de olhar pra ele.

— Deixe-me fazer uma pergunta diferente, então.

— Ok.

— Você lembra que eu disse que sempre pensei em você como uma amiga, e talvez você pudesse fingir que somos?

Respondo positivamente com a cabeça. Nunca vou me esquecer disso.

— Você... — Ele está amassando o invólucro do seu canudo em uma bolinha com todos os dedos. — Quero dizer, sei que isso começou porque você só queria ajuda com a Mandy. Mas acho que seria bom, ou o que estou dizendo que quero saber... Desculpe. — Ele deixa o invólucro em paz. — Isso é fingir?

Coloco minhas mãos nos bolsos do casaco e chacoalho a cabeça.

— Não.

— Então... se não estamos só fingindo, e realmente somos amigos, posso perguntar como você está. Certo?

— Acho que é como funciona. Tecnicamente.

— Achei que sim. — Ele cruza os braços sobre a mesa. — Jill?

— Sim, Ravi? — Olho pra ele e faço um esforço pra sorrir, tentando achar o humor no momento, mas me sentindo exposta como uma chaga, como se alguém tivesse tirado uma grande migalha de mim agora, e grito de dor.

— Como você está?

Fecho meus olhos. Me faço pensar sobre isso antes de responder. — Estou ok. Quero dizer, você sabe. Não sei. Meio estranha. — Dou risada. Não deveria estar rindo.

— Estranha como?

— Estranha como se o ano passado inteiro tivesse sido um erro. Ou um sonho. O jeito como lido com isso. Como... se eu tivesse estragado todo o "processo de luto" ou coisa assim. E não posso voltar e fazer tudo certo.

Meus olhos, agora abertos, mantêm o contato com os dele.

— Não acho que tem um jeito certo de fazer isso. Já é difícil o suficiente seu pai ter morrido. Não se critique por como você tem lidado com isso.

Eu pisco. — Ok.

— Você está indo muito bem — ele diz.

— Estou?

— Está dando o seu melhor.

Estou mesmo. Por pior que seja, estou mesmo, mesmo. E o amo por dizer isso.

— Você quer falar sobre a Mandy? — Ravi puxa sua caderneta.

— Pode ser. — Me ajeito no assento, me concentro. — O que você acha? Ela não é normal, certo?

— Ela parece mesmo bem estranha — ele concorda. — E jovem. Que idade você disse que ela tem?

— Dezoito.

— Ela parece mais nova.

— Eu sei. Só imaginei que isso era parte de ser da terra do milho, e por ser miúda, e não ser muito inteligente. Já estou me sentindo mal por ontem à noite — confesso. — Mentir sobre quem você é e tudo o mais. Ela realmente se divertiu, sabe? Ficou falando sobre isso no caminho pra casa, quão limpa era a cafeteria e como você era legal e tudo o mais. E quando eu senti o bebê... — *e olhei pra cima e vi você, tudo parecia possível de novo.*

— Não precisa fazer isso. Podemos esquecer tudo.

— Mas e quanto às bandeiras vermelhas?

— Todas elas podem ser explicadas. — Ele baixa a caneta, fecha a caderneta. —Só quero ajudar você. Se quiser que eu tente investigar mais sobre a Mandy, faço isso. Se não quiser, não faço.

Brinco com o papelão que envolve meu copo de café. Nem sei mais o que quero, se eu comecei isso pra proteger minha mãe ou porque não tinha outro lugar pra pôr minha raiva, ou se foi tudo uma desculpa pra aproximar Ravi de mim, e se foi isso, por que não consigo admitir?

— Você vai até a loja hoje? — pergunto. Tem uma frustração na minha voz, que surpreende a ambos.

— Estou no horário de trabalho, e tenho que seguir uma rotina num par de outras lojas. Mas provavelmente vou dar uma passada.

— Pra ver Annalee. — Isso sai por sua livre e espontânea vontade, é o que parece. Não é o que eu queria dizer. Não é o caminho que eu queria seguir.

— Pra trabalhar — ele diz, folheando algumas páginas de sua caderneta, uma coisa pra ele olhar. — Pra combater o mal.

— E ver Annalee. — *Deus. Cala a boca, Jill. Se você não quer ser essa pessoa, então pare de ser essa merda.* — Ela não é meio velha pra você?

Ravi encolhe os ombros. — Ela é sete anos mais velha.

Por que ele não diz que isso não importa porque eles não estão saindo? Por que ele não está flertando novamente e fazendo um comentário sobre a diferença de dois anos entre *nós*? É isso o que eu quero que ele diga, percebo. É esse o caminho que eu quero que essa conversa siga.

— Velha. Você só tem 19 anos. — Tento sorrir, tento fazer isso ser jocoso.

Ele pausa, e posso perceber que ele está tentando com toda a sua força ler meu tom e entender certo. É estranho. Viramos uma esquina ruim; quero pegar tudo isso de volta.

— Nós dois gostamos de *Doctor Who* — ele diz. Tenho certeza que ele achou que era a resposta mais segura.

O que ele está prestes a descobrir é que ninguém está seguro comigo quando estou louca da vida comigo mesma.

— Quero dizer, tudo bem se a sua ambição é trabalhar na Margins pelo resto da vida, sair com funcionários e morar com os pais. Grande objetivo.

Encaramos um ao outro, ambos chocados. Ravi parece ferido, e eu me machuquei também. Depois desse grande momento de confiança e ligação e nós dois sendo amigos, eu tinha que ir e fazer o que eu faço.

— Então, ahn — ele diz, quieto e consciente, o jeito que imagino que ele era na aula da professora Schiff. — Pense um pouco, e me fale o que quer fazer. — Mais alto, mais confiante, ele acrescenta: — Sobre a Mandy, foi o que quis dizer. Você vai achar a resposta, Jill. É uma garota inteligente. — Ele se levanta, apontando para o meu copo. — Terminou?

— Sim.

Ele o pega junto com o restante do lixo.

— Até. — E sai.

É. Sou superinteligente.

Mandy

Estou do lado de fora do quarto da Jill com uma xícara de café. O café é pra ela. Robin me mostrou como fazer do jeito que ela gosta: meio a meio e um pouco de açúcar mascavo.

— Ela também gosta quando coloco um pouco de canela no moedor junto com os grãos, mas estamos sem. — Robin puxou o robe em volta do seu corpo e disse: — Me fale de novo por que você está levando café pra Jill. Não a deixe mandar em você.

— Não estou deixando. Mas é sábado de manhã, e ela não desceu ainda. Talvez ela gostasse de tomar café na cama. Tenho que ir lá em cima de qualquer modo.

A verdade é que em uma das três vezes que eu me levantei pra fazer xixi à noite, ouvi um som saindo do quarto da Jill. Um sussurro. Primeiro pensei que Dylan estava lá com ela, mas quando eu parei pra ouvir o mais que eu consegui, percebi o que era. Choro. O tipo de choro que toma o seu corpo inteiro e faz sua cabeça doer e suas costelas machucarem. Você acha até que vai vomitar. Tenta enterrar o rosto no cobertor ou no travesseiro pra evitar ser ouvida, mas quando faz isso não consegue respirar, e começa a engasgar. Então descobre a cabeça e toma fôlego, depois tenta esconder o rosto de novo, rápido. Foi esse o som que ouvi.

Esvaziei meus próprios pulmões por um segundo, a ouvindo. Meu corpo se lembrou o que era chorar assim. Voltei pra cama e me imaginei no meu quarto em Council Bluffs, seis meses atrás, tomando fôlego e enrolando camadas de cobertores nos punhos. Ninguém no mundo deveria se sentir assim. Nem mesmo Jill.

Faz uma semana desde que saímos juntas e ela sentiu o bebê. Ela quase me ignorou desde então. É como se nunca tivesse acontecido. Tento não ficar magoada. É difícil.

— Jill? — pergunto, batendo de leve na porta.

— Vá embora, Mandy.

— Trouxe café.

Não tem resposta.

— Pra você — acrescento. — Sua mãe me mostrou como fazer.

Depois de alguns segundos a porta abre um pouquinho, e o braço da Jill se estende pra fora. Puxo a caneca pra fora do alcance dele. Ela abre a porta um pouco mais e olha pra fora.

— Você vai me deixar beber ou não? — Os olhos dela estão inchados. Tem uma espinha perto do canto da boca. Ela está vestindo as roupas habituais, como se tivesse dormido nelas.

— Posso entrar?

— Mandy — ela diz, apertando os olhos bem fechados. Percebo que ela está tentando não explodir comigo. Quero dizer a coisa certa que vai fazer ela me ver como alguém que se sente mal por ela de modo sincero. Porque é assim que eu sou.

— Ouvi você chorando ontem à noite.

Ela abre os olhos.

— Não quero falar sobre isso.

— Nem eu. Pensei que isso ajudasse. — Estendo a caneca. — Só isso.

Ela a pega.

— Por que você quer entrar?

Porque estou me sentindo sozinha, penso. Por que alguém ia querer ficar perto de outra pessoa?

— Pensei que talvez você estivesse se sentindo sozinha — digo.

Jill toca sua boca. Os olhos desviam.

— Na verdade, não. Mas tudo bem — Ela abre a porta inteira e sobe na cama. Olho para o pufe. Sem alguém para me ajudar, não acho que consigo sentar nele, que dirá levantar.

— Aqui — Jill diz, se esticando pra colocar um canto do cobertor na beirada da cama. — Se encoste na parede. Coloque os pés embaixo.

Faço o que ela diz e a observo beber o café.

— Como está?

— Bem bom.

— Estamos sem canela.

Ela me olha por cima da borda da caneca.

— Quero dizer, *você* está sem — digo. Meus pés sob o cobertor procuram o ponto mais quente e acidentalmente se esfregam contra o pé dela. — Desculpe — digo, puxando o meu de volta.

— Não se preocupe. — Jill se ajeita e senta com as pernas cruzadas. — Então, o que vai fazer hoje?

— O mesmo de sempre. — Sorrio. — Nada.

— O que você estaria fazendo hoje se estivesse em Omaha, ou Iowa, ou, sei lá?

— Mesma coisa.

— Quero dizer, tipo, se você não estivesse grávida. Digamos que você está na sua casa e isso — ela move a mão na direção da minha barriga — nunca tivesse acontecido. Como era sua vida antes? Quero dizer, você tinha um emprego ou morava com os pais ou o quê?

Jill nunca me fez esse monte de perguntas, nunca se interessou tanto por minha vida. Provavelmente porque ela não quer falar sobre si mesma ou talvez porque seja triste para ela. Talvez se eu falar sobre mim, ela fale sobre ela.

— Eu morava com a minha mãe e o namorado dela. Às vezes eu trabalhava na empresa dele, ajudando com as contas ou inserindo coisas no computador. — Kent gostava quando eu ia ao escritório e me sentava à mesa da recepção. Clientes da construtora gostavam de ver uma garota bonita, ele dizia. Metade do tempo ele se esquecia de me pagar, mas me levava pra almoçar. Se a gente encontrava alguém que ele conhecia, sempre dizia: "Esta é a Mandy". Ele nunca explicava que minha mãe era namorada dele.

— E pra se divertir? Quero dizer, sair com amigos e coisas assim.

Cutuco a borda do edredom.

— Minhas duas melhores amigas, DebAnn e Lucia... às vezes saíamos juntas. — Me imagino indo pro cinema com elas, sentando com DebAnn e o seu casaco no assento do lado e Lucia com seus fones no ouvido, olhando direto pra frente. DebAnn e eu passamos o sábado juntas uma vez, quando dei vinte dólares pra ela tirar fotos de mim com sua câmera digital, assim eu tinha alguma coisa pra mandar pra Robin.

— Você tem amigos? — pergunto para a Jill. Só quero mover o assunto pra longe de mim.

Jill ri.

— Deus, Mandy.

— Desculpe, não quis... É que nunca vi ninguém aqui. E todas essas pessoas que assinaram seu anuário.

— Quando você viu meu anuário?

Dou um tapinha no cobertor sobre a minha barriga.

— Acho que talvez sua mãe tenha me mostrado.

— A resposta sobre amigos é: não muitos. Tem o Dylan e as pessoas do trabalho. Eu costumava ter uns bons amigos e um monte do que se chamaria de conhecidos amigáveis. Esses conhecidos amigáveis desapareceram quando minha vida ficou trágica, e os bons meio que se cansaram de serem maltratados. — Ela olha pra caneca. — Então, não é só com você que sou uma idiota. Tenho certeza que isso faz você se sentir toneladas melhor.

— Faz. — Talvez não toneladas. Mas um pouco.

— Nós apaziguamos algumas coisas, acho, mas... não sei se qualquer um de nós ainda gosta do outro.

— E o Clark?

— Quem? Ah. — Jill balança a cabeça positivamente. — É, tem o Clark.

O rosto dela fica complicado, e talvez ela já esteja cheia de mim. — Bom, tô com fome. — Tiro os pés de debaixo das cobertas. — Acho que vou descer pra comer.

— Espera. — Jill fica ereta. — Posso perguntar uma coisa?

Olho pra ela, esperando.

— Como é que você não fez um aborto?

Ela provavelmente ficou querendo me perguntar isso desde o primeiro dia na estação de trem. Essa é a pergunta que eu sinto, e senti, toda vez que ela olhava pra mim com aquela mistura de raiva e nojo. Por que não fiz um aborto. Por que não faço essa barriga, e a mim mesma, desaparecer.

— Quase fiz. Minha mãe queria que eu fizesse.

Ela me levou ao médico pra fazer. Planejamos por semanas. Não discuti porque discutir com minha mãe nunca muda nada. Então, na manhã daquele dia, depois que o Kent saiu pra trabalhar, fingindo que não sabia onde estávamos indo, entramos no carro da minha mãe e fechei a porta e olhei para o nosso prédio, no nosso condomínio, com seu amplo número de conveniências. Sabia que quando chegasse em casa depois daquilo, tudo voltaria ao jeito que sempre foi. Eu, DebAnn e Lucia sozinhas na nossa mesa. Kent me exibindo no trabalho como seu eu fosse sua namorada e talvez começando a voltar no meu quarto à noite. Minha mãe sem me enxergar. Seria como se a feira, o campo de milho e Christopher nunca tivessem acontecido. Eu teria a memória e nada mais, e então, no final, a memória nem seria real. Eu sabia disso porque é assim que minha memória das coisas que aconteceram com Kent funcionou. Tempo suficiente passaria e eu ia pensar "Isso aconteceu mesmo? Sonhei isso? Sou louca?".

Então, quando chegamos ao médico, contei pra ele que eu queria ter o bebê. Minha mãe gritou comigo. O médico disse pra ela se acalmar, que a decisão era minha, não tinha nada que qualquer um dos dois pudesse fazer se eu tinha certeza do que queria.

Não gritei de volta com a minha mãe. Quando fico brava ou com medo ou triste, não grito. Fico quieta. Já vi como ela é, como ela ficava com Kent, comigo e com outras pessoas, como se alguém na farmácia entrasse na frente dela e fizesse uma pergunta muito longa, ou se alguém no ônibus acidentalmente trombasse nela. Vi minha mãe a vida inteira, o jeito que as pessoas reagem a ela. Na verdade não ajuda a conseguir o que se quer, gritar e ser desse jeito. Só faz com que as pessoas pensem mal de você.

Às vezes é mais poderoso não dizer nada e se manter firme.

Depois que eu disse para o médico que eu ia ter o bebê e, sim, eu tinha certeza, não tinha mais nada pra dizer e deixei que gritassem.

— Por que você não foi até o final com o aborto? — Jill perguntou.

Eu me encolho e toco minha barriga. *Queria que minha vida mudasse.*

— Achei que pudesse salvar essa vida — penso, a sentindo rolar contra a minha mão. *E talvez a minha.*

As sobrancelhas de Jill sobem.

— Bem, está mudando, tudo certo.

— Eu sei.

— Mais uma pergunta — Jill diz.

— Sim?

— Eu me pergunto se... quero dizer, você acha que ela e eu vamos nos dar bem? — Ela se dobra pra bater um dedo bem de leve na minha barriga. — Você acha que ela vai gostar de mim? Um pouquinho?

— Provavelmente — digo.

Jill deita de volta, seu pescoço dobrado no que parece um ângulo desconfortável com o travesseiro.

— Só provavelmente?

— No final, sim. Gostar de alguém leva tempo, é do jeito que é com algumas pessoas.

— Ok — ela diz. — Vou tentar ser paciente.

Jill

No domingo, me levantei depois do meio-dia, e se eu não estivesse faminta, colocaria minha cabeça de volta pra baixo das cobertas e ficaria aqui na minha espiral da morte pela autodestruição. Não tenho certeza se apertei o botão certo; vamos ver quão longe eu chego.

Meu celular mostra quatro ligações perdidas e 11 mensagens do Dylan nas últimas 48 horas, e duas ligações e uma mensagem do Ravi no mesmo período. Ele mal foi até a loja na última semana desde o nosso último café. Estou com medo de ouvir a mensagem de voz que ele deixou ou de ler as outras mensagens. Posso imaginar: "Decidi que não podemos ser amigos, porque percebi que quem quer que eu achei que você fosse no segundo ano, você não é". A mensagem de texto seria: "Só queria que você soubesse que me demiti na Margins pra que nunca mais tenha que ver você".

Tenho certeza que as do Dylan são gentis, preocupadas e práticas, como se perguntando se vamos pra escola juntos amanhã. Desde nosso encontro na lanchonete no último sábado, temos sido extremamente educados um com o outro, superdesanimados e tediosos.

Jogo meu celular piscante pra dentro da gaveta da escrivaninha e desço a escada.

Minha mãe está na mesa, trabalhando no seu laptop.

— Ela mora — ela diz pra ninguém.

— Onde está Mandy?

— A convenci a caminhar um pouco. Está adorável lá fora, a propósito. Ela saiu faz uns dois minutos; aposto que você consegue alcançá-la se colocar rápido os sapatos.

— Tentando se livrar de mim? — Abro a geladeira e encontro metade de uma batata assada, sobre a qual derramo um pouco de queijo derretido antes de colocar no micro-ondas.

Ainda movendo o mouse e clicando, minha mãe pergunta: — E essa sonolência toda, Jill?

— Tô usando drogas.

Ela dá uma risadinha.

— Não está.— Ela fecha o laptop e toca a verruga, me observando preparar meu almoço. Depois de uma hesitação, ela diz: — Estou preocupada com você.

É difícil pra ela dizer isso, consigo perceber. Isso a amedronta. Porque esse ponto é quando a típica Jill-pós-morte-do-pai diria: "Bom, não fique", ou "Não é problema seu", e sairia fuzilando, a deixando sem saber como reagir.

Coloco sal e pimenta na minha batata, mexendo e remexendo. Os lampejos de um eu melhor — com Ravi e Mandy uma semana atrás, quando senti o bebê rolando, nadando e dançando... com Mandy ontem de manhã quando ela me levou café e me ocorreu que ser digna de um amor de irmã seria uma coisa boa — têm sido só isso: lampejos. Não consigo segurá-la, essa Jill melhor. Não consigo mantê-la.

Meu pai era meu espelho, e sem ele não consigo me ver.

O conteúdo da minha tigela fica embaçado.

— É. Tive uma semana difícil.

Meu constante diálogo interior sobre o fracasso que sou tem me distraído. Tranquei as chaves dentro do carro uma vez, e deixei os faróis ligados em outra, o que descarregou a bateria. Errei meu horário de trabalho na quarta-feira e recebi uma ligação de Annalee em pânico enquanto eu estava a uns 25 quilômetros comprando um novo par de tênis. Ontem depois da minha conversa com a Mandy, eu desci a escada, comi cereal, e guardei o leite no armário em vez de na geladeira. Minha mãe o achou mais tarde enquanto fazia um lanche.

Ela se levanta agora, e exatamente no momento em que estou pensando: *ótimo, minha própria mãe não suporta minha companhia*, ela diz: — Senta. Eu já volto.

Quando ela volta, tem um grande álbum de fotos nas mãos e sei exatamente o que é. Ela empurra o laptop para o lado pra dar espaço, e coloca o álbum na mesa. Tirando uma camada de poeira da capa cinza com um guardanapo, ela observa: — Você costumava olhar isso o tempo todo.

Não é um exagero. Eu, provavelmente, o folheava a cada duas semanas, imaginando a mim mesma no lugar dele, independente, livre e no Peru, Argentina, Holanda, Marrocos, me tornando adulta.

— Mãe, não consigo.

A primeira página é um mapa da América do Sul. Ela abre nessa página e vira o álbum um pouco de lado pra que ambas possamos vê-lo bem.

— Consegue sim.

Sei o que está em cada página desse álbum. Passagens usadas de avião e de trem. Mais mapas. Cartões-postais. Páginas de seu diário com suas notas sobre diferentes estágios da viagem. Recibos e uma nota do dinheiro de cada país que ele visitou. Não tem um monte de fotos do meu pai, já que ele estava viajando sozinho, mas tem algumas: ele em pé do lado de uma lhama, num jogo de futebol, atrás de uma banca numa colorida feira na rua.

— Ele ia amar ajudar você a planejar uma viagem — minha mãe diz.

Não me mexi desde que ela trouxe o álbum.

— Talvez isso te dê algumas ideias. — Ela tira as mãos dele e discretamente puxa o laptop de volta. Ela finge que continua trabalhando enquanto como.

Quando termino, puxo o álbum mais pra perto e começo a virar as páginas.

*

Mais tarde, estou acordada no quarto, tentando fazer o meu tão negligenciado dever de casa, a porta do meu quarto está fechada. Ouço alguém na escada e, baseada na lentidão dos passos, eu diria que é a Mandy. Sei com certeza quando a água no banheiro começa a cair. Ela toma esses longos banhos — mornos, não quentes, porque aparentemente banhos quentes são uma proibição para grávidas, de acordo com minha mãe. Pessoalmente, não gosto de ficar por aí me sentindo suja, mas Mandy afirma que isso a ajuda pensar. Sobre o quê, tenho curiosidade. Ultimamente me pergunto bastante sobre o que ela está pensando ou sentindo, e tenho mais um zilhão de perguntas sobre a vida dela antes de ela chegar aqui. Se metade das coisas que ela *diz* é sem noção, quem sabe o que se passa em sua cabeça, ou por tudo o que ela tem passado.

O telefone da casa toca. E toca, e toca. Abro a porta.

— Mãe?

Nenhuma resposta. O telefone continua tocando. Desço a escada e ouço minha mãe entrar pela porta dos fundos.

— Jill! Por favor, atenda! Minhas mãos estão ocupadas.

— A secretária eletrônica não pode atender? — grito de volta.

— Poderia, mas obviamente não está atendendo!

Quando atendo o telefone, perto da poltrona do meu pai, estou irritada e sem fôlego e metade do meu "Alô?" fica perdido num espirro.

— Amanda — a voz diz — cadê o relógio?

Abro minha boca pra responder *Mano, número errado*, mas percebo que Amanda é a Mandy, e essa pessoa, que soa muito como uma mãe, acha que sou ela.

— Amanda — ela repete. — É você?

— Mm-hã — digo.

— Kent veio aqui hoje espumando de raiva, dizendo que eu roubei o relógio dele.

Esperando que ela continue falando, mantenho minha boca fechada e sou logo recompensada.

— Você tinha se safado dessa, realmente tinha. Até que ligou. Você achou que eu não ia pegar o número no identificador de chamadas e anotá-lo? Posso encontrar você se eu tiver que fazer isso. Ou contar para o Kent onde você está. Não foi muito esperto, Mandy. Mas é isso que espero de você.

Uau. Ela nem está falando de *mim*, mas ainda assim faz meu estômago doer. Quanto mais quieta eu fico, mais estridente ela fica.

— Você não tem nada pra dizer em sua defesa? Kent acha que eu peguei o relógio! Ele praticamente fez uma busca no meu apartamento tentando encontrar, e me acusou de fazer isso por ciúme. De você! Foi sorte o Phil não estar aqui...

Minha mãe entra na sala, uma cebola numa mão e um olhar de interrogação no rosto. Eu caminho com o aparelho sem fio, levantando um dedo, enquanto a mãe da Mandy esbraveja.

— Amanda Kalinowski, você traga de volta esse relógio aqui até o final da semana ou vou ser um problema pra você. Tô falando sério. — Até sua pausa é brava. — Não tem nada pra dizer?

— Não — digo, e desligo. Meu coração pula enquanto coloco o telefone de volta no suporte. Faço o meu melhor pra esconder os sintomas de estresse quando olho pra minha mãe, que pergunta: — Quem era?

— Ninguém. Quero dizer, uma chamada eletrônica. — Uso uma voz de político falso. "Oi! Aqui é John Q. Babaca e sou seu blá-blá-blá no congresso!" — Você sabe como gosto de conversar com robôs.

Ela balança a cabeça e volta para a cozinha, e eu diminuo o volume da secretária até o mínimo. A última coisa que minha mãe precisa é receber uma mensagem ameaçadora do passado da Mandy. O que meu pai faria? Ele falaria direto com a Mandy. Ele diria "Ok, qual é o problema com esse relógio, e o que a gente tem que fazer pra louca da sua mãe deixar a gente em paz?" Ele não deixaria isso sair do controle.

Fortalecida pela hora que eu passei olhando o álbum de fotos e pela minha determinação em ser a pessoa corajosa que minha mãe diz que eu era, subo a escada e entro discretamente no quarto da Mandy enquanto ela ainda está na banheira, e começo a procurar. Esse relógio deve ser grande coisa. E claro que deve haver uma boa chance de ela não tê-lo pegado, que esse tal do Kent o tenha colocado em algum outro lugar, que outra pessoa o tenha pegado, ou qualquer outra coisa, mas quando penso nisso: se eu estivesse na situação de Mandy, estou certa como o diabo de que eu ia querer ter mais do que uns trocados no bolso, tendo feito o que ela fez. Garantia. Então talvez ela não esteja tão fora da realidade quanto eu pensei.

As gavetas da cômoda estão meio vazias. Tudo o que está lá dentro são as roupas que ela e minha mãe compraram outro dia. O que ela fez com todos aqueles vestidos floridos e cardigãs de poliéster? Embaixo da cama, acho a mala dela e penso naquele dia na estação de trem — quase um mês atrás, agora. Quão imediatamente não gostei dela. Imediatamente a rotulei, e a risquei fora mesmo antes de ela aparecer. Não há nada na mala ou na pequena mochila. Totalmente limpa.

Sento na cama e olho em volta, tentando pensar como a Mandy. Não é fácil.

Então, ela entra, enrolada em uma enorme toalha amarela, as pontas do cabelo pingando nos ombros.

— Oi — digo.

— Não estou com a sua chapinha.

— Feche a porta.

Ela a fecha.

Tento canalizar meu pai. Como ele seria firme, mas não assustador.

— Qual é o lance com o relógio?

Ela amarra a toalha mais firme em volta do corpo, e seus olhos passam pela sala, aterrissando numa pilha de livros no criado-mudo.

— Que relógio?

O livro no topo é um que minha mãe sempre deixou nesse quarto, pra visitas. É uma antologia de poemas. Sob ele tem um guia pra visitantes de Denver, também um item-padrão. E na base da pilha tem uma Bíblia. Ora, sei que minha mãe não teria uma Bíblia por aí. Tem uma Bíblia da família numa das estantes na sala de estar que meu pai pegou quando meu avô morreu, mas até onde sei isso é tudo de texto religioso que existe na casa dos MacSweeney. Nunca vi Mandy ler nada mais grosso do que a revista *People*, quanto mais a Bíblia, mas lá está ela, ao lado da cama.

Vou na direção dos outros dois livros e os pego. São leves, mais leves do que deveriam ser.

— Não! — Mandy diz, apertando a toalha e olhando para a porta.

— Mandy, fica calma. — Coloco a Bíblia no meu colo. — Estou do seu lado, ok?

Isso sai sem pensar nem um pouco, e sei que é repentina e absolutamente verdade, um senso inesperado de lealdade baseado não na lógica, mas no instinto. Intuição.

Ela se aproxima e se senta ao meu lado, cheirando a lavanda e talco de bebê. — Você contou pra sua mãe?

— Não.

Abro a Bíblia, e tem um buraco do tamanho e na forma de um maço de baralhos cortado nas páginas. Dentro do buraco, exatamente sob as primeiras duas linhas de um salmo, está um pequeno saquinho. Eu o tiro, o abro, e encontro uma etiqueta com um endereço que foi rasgada de um envelope ou de uma revista ou algo assim, com o nome ALEX PEÑA.

Algumas notas bem dobradas de vinte dólares — não sei quantas.

Uma chave, como de uma casa, não de um carro.

Um colar de aparência barata feito de miçangas azul-claras.

Uma identidade do estado do Iowa.

Um relógio de ouro de aparência cara.

— É de verdade? — Tem que ser, ou de outro modo a mãe dela não estaria tão histérica. Eu o pego e seguro.

— Kent sempre disse que era.

— Sua mãe acabou de ligar aqui. Eles sabem que o relógio sumiu.

Mandy pisca, pega o relógio e o segura. — Ele nunca usou. O único motivo de se importar com isso é o pôquer. Ele penhora e compra de volta, penhora e compra de volta o tempo todo.

— Você tem que devolver isso.

— Mas preciso dele.

— Mandy, me deixa te falar uma coisa sobre dinheiro. Isso nunca foi um problema nessa família, ok? Então não se preocupe com isso. Minha mãe vai fazer a coisa certa se você precisar de ajuda. Ela sempre faz.

Enquanto Mandy olha para o relógio, pego sua identidade. Amanda Madison Kalinowski. Em sua foto, seus olhos assustados encaram de trás de seu longo cabelo. Gasto um monte de tempo checando sua altura, peso e endereço e me perguntando por que ela não está sorrindo. Ela parece meio chocada. O que chama a minha atenção é sua data de nascimento. Não porque tenha qualquer coisa estranha sobre sua idade — ela confere — mas porque seu aniversário é 18 de março. Esta quinta-feira.

— Ei — digo. — Você...

— Jill? — a voz da minha mãe soa do meio da escada.

Agarro o relógio da mão da Mandy, o enfio e tudo o mais de volta na Bíblia, e coloco a Bíblia debaixo da pilha de livros. Quando minha mãe bate na porta, tenho três porções do cabelo da Mandy nas mãos, fingindo que estou fazendo uma trança.

— Sim? — respondo.

Minha mãe abre a porta, parecendo tão surpresa quanto eu me sinto por estar aqui.

— Oh. Jill, você sabe onde está a tigela pra sopa? A grande que seu pai usava para o *chilli*?

Solto o cabelo da Mandy e me levanto.

— Vou descer e ajudar você a procurar.

Mandy

Você tem que ir muito ao médico quando está grávida. Vamos uma vez por semana agora, e depois de um mês e três consultas, a Dra. Yee ainda não gosta de mim. Não acho que ela acredita em qualquer coisa que eu diga, mesmo que agora a maioria do que falo seja verdade.

— O que você comeu no café da manhã, Mandy? — Ela faz um furinho no meu dedo pra verificar o açúcar no meu sangue, furando com agulha rápido e sem avisar muito, como se não fosse alguma coisa que machuca.

— *Muffin* inglês de trigo integral — Robin diz — com um ovo e umas salsichas de soja. Chá de ervas. Suco de laranja, mas não muito.

É verdade. Foi isso o que eu comi, e como eu sabia que ia ao médico, não comi os bombons de amendoim orgânico, que eu geralmente como de sobremesa do café da manhã. O medidor apita. — Poderia estar melhor, mas não está ruim — a Dra. Yee diz.

Ela verifica minha pressão. — Ok. Poderia estar melhor.

Estou sob estresse. Claro que poderia estar melhor.

Ela me mede e usa o aparelho manual que monitora as batidas do coração do bebê. Isso tem um nome — ela me disse da última vez, mas me esqueci. Espero, então, ela dizer "poderia estar melhor" de novo, mas ela dá um tapinha no meu braço e sorri.

— Tudo está onde deveria estar. — Robin sorri. Então a Dra. Yee me fala pra colocar a roupa e que quando ela voltar, quer conversar com nós duas. Meu coração bate um pouco mais rápido do que o normal; pelo tom da voz da Dra. Yee, é como se eu fosse ter problemas. Robin está feliz, checando o celular toda hora porque tem uma reunião pra ir depois disso. Enquanto abotoo o cardigã macio e novo, ela olha nos meus olhos e sorri mais.

— É empolgante, não é? Quão perto nós estamos.

— É. — Sentar com a Jill na cama dela no sábado de manhã, o abraço do Dylan na semana anterior, conhecer Clark, o amigo da Jill, fazer compras com a Robin, o jeito que Jill prometeu não contar sobre o relógio e disse que estava do meu lado e me ajudaria a mandá-lo de volta com o seguro correto e tudo o mais. É verdade; estamos todos ficando mais perto a cada dia, e tanta coisa aconteceu.

— Só três ou quatro semanas agora — Robin acrescenta.

Então entendo. Ela está falando sobre quão perto estamos da chegada do bebê. Quão perto da data do parto. Não quão perto estamos entre si, não como somos praticamente uma família. A Dra. Yee volta.

— Fique confortável — ela diz pra mim, apontando pra uma cadeira que eu poderia pegar do outro lado da mesa de exame, onde estou sentando agora.

— Estou confortável.

A Dra. Yee se senta na cadeira e se coloca num ângulo pra que possa olhar pra mim e pra Robin ao mesmo tempo.

— Queria conversar com vocês sobre o dia do parto. — A voz dela é séria, seu olhar é direto.

— Bom — Robin diz, acenando com a cabeça. — Eu também. Já faz um tempo. Tenho certeza que as coisas mudaram desde que tive a Jill.

— Ah, vamos falar sobre isso também. O que quero dizer é... — Ela olha para a parede acima da minha cabeça. — Você já pensou em quem vai ficar na sala de parto? Você já pensou sobre o período que se segue ao nascimento, as horas e os dias depois?

— Não — Robin diz. — Bem, claro que vamos pensar em algo.

— O que quero dizer é — a Dra. Yee diz de novo, descruzando e cruzando as pernas. — Sei que vocês acham que sua situação é especial, mas já passei por algumas adoções logo após o nascimento do bebê. — Agora ela está falando só pra Robin, como se eu não estivesse ali. — Você já pensou em coisas como se vai permitir que a Mandy carregue a bebê logo depois do nascimento, ou se quer que a bebê seja entregue direto a você? Se você quer deixar a Mandy amamentá-lo por um período?

Permitir que eu carregue a bebê?

— O que estou perguntando é — a Dra. Yee continua, ainda só para a Robin — você já decidiu quando, exatamente, a bebê se torna sua? Quando *você* se torna a mãe dela?

Robin olha pra mim. Seus olhos descem até minha barriga, depois sobem para o meu rosto.

— Bem. Nós... tem uma conversa, eu sei, a ser feita, mas... o que a maioria das pessoas faz?

A Dra. Yee se inclina no encosto da cadeira e me inclui de novo. — Cada situação é única. Já vi mães de nascimento e pais adotivos escolherem uma gama de opções. Normalmente há uma assistente social por perto, ajudando a tomar essas decisões e a mantê-las. Sei que vocês não planejaram ir por esse caminho, mas o hospital tem algumas assistentes sociais em seu quadro, e se vocês quiserem...

— Não — digo.

— Talvez devamos pensar nisso, Mandy — Robin diz. Sua voz está titubeante. — Só uma consulta pra falar sobre isso.

— Não. — Ela não pode fazer isso comigo agora, quando tudo está indo tão bem e Jill finalmente gosta de mim e tudo o mais. Não consigo olhar pra ela. — Você prometeu.

— Não temos que fazer o que eles dizem. Ainda estamos no controle de tudo.

A Dra. Yee se levanta.

— Vocês pensem. Só queria trazer esse assunto enquanto ainda há tempo de pensar nas opções. — Ela sorri, como se essa fosse uma consulta normal, como se nada tivesse acontecido aqui que alguém fosse se preocupar. — Até a próxima semana!

❃

No carro, Robin muda de estação a cada minuto e não conversa. Ela quer, posso perceber, mas não vai. Olho pra fora da janela. É um dia bonito — céu azul, a neve derretida. Pessoas andando com cachorros, segurando copos de café, trabalhando no jardim em frente à belas casas antigas. Como uma cena de tevê.

A Dra. Yee conversou com a Robin como se fosse decisão dela. Quando sou eu quem está fazendo tudo isso acontecer.

Robin e a Dra. Yee, estão do mesmo lado. Tudo funciona pra pessoas como elas. Elas vivem uma vida em que as coisas saem de acordo com o plano. Tiveram boa infância, faculdade e depois uma carreira. Aposto que todas seguiram suas vidas de acordo com as regras do sistema e o sistema deu a elas um A+ e disse: — Aqui está sua vida perfeita. — Elas não sabem como é para o resto de nós que não tem um sistema, não conhece o sistema, ou é forçado a viver com pessoas que quebram todas as regras, todas elas, sobre o que é ser um adulto responsável, sobre construir o caminho para o seu filho um dia estar num uniforme de médico ou ser requisitado em reuniões que decidem as coisas por uma cidade inteira.

Sei que o marido da Robin morreu, e que isso não faz parte de uma vida perfeita. Mas todo mundo morre uma hora. Isso acontece de qualquer jeito.

Jill, ela está do lado delas também. É parte da vida delas. Ela pode estar do meu lado sobre manter o segredo do relógio escondido da Robin, mas isso é só porque ela ama sua mãe e sabe que isso a chatearia, e você protege as pessoas que ama. É assim que deveria ser. E é fácil pra ela dizer que dinheiro nunca foi um problema e que Robin sempre faz a coisa certa. E se discordarmos sobre a coisa certa? A pessoa com dinheiro, casa e um bom emprego é quem vai decidir.

Conforme dirigimos pelo bairro da Robin — que, até 15 minutos atrás, eu começava a pensar como meu bairro —, as casas vão ficando mais bonitas e as árvores ficam mais altas que as casas, esticando seus galhos para proteger as famílias lá dentro. Os carros descendo as ruas não são enferrujados ou barulhentos. Os motoristas param nos sinais. As pessoas mantêm cheios seus alimentadores de pássaros pra que pequenos pardais e outros pássaros possam sobreviver no inverno. Todas as pessoas aqui têm tudo que precisam, e, acima de tudo, elas têm a maior parte do que querem. E ainda assim querem mais.

O que eu sei é:

Sou a única que sempre esteve do meu lado.

E esse bebê é meu. Meu bebê. Meu.

Quando a Jill chega em casa da escola, pergunto se posso usar seu laptop enquanto ela estiver no trabalho à noite. Depois de hesitar um pouco, ela concorda, se eu deixá-la deslogar do e-mail e todo o resto antes.

Robin e eu comemos o resto da sopa na frente da TV e não conversamos sobre o que a Dra. Yee disse que deveríamos conversar. Nem sobre qualquer outra coisa. Geralmente pelo menos conversamos sobre seu dia no trabalho e meu dia em casa. Hoje à noite é a primeira noite que não falamos nada.

Depois do jantar vou para o meu quarto e uso o laptop da Jill pra dar uma olhada na internet. Relógios como os de Kent são vendidos por quase 8 mil dólares. Não é uma fortuna, sei disso, mas é mais do eu já tive de uma vez só, e seria o suficiente pra começar. Pra ter um pequeno começo de vida. Eu não teria que morar num bairro como esse ou ter um carro como o da Robin, ou mesmo ter um carro. Só um pequeno apartamento. Um berço.

Fraldas. Alguns brinquedos e coisas assim, e então enquanto durassem os 8 mil dólares eu teria tempo pra pensar sobre quando ele acabasse.

Procuro diferentes cidades — lugares que não seriam muito longe daqui, já que não tenho muito tempo pra me estabelecer, mas longe o suficiente pra ninguém me encontrar. A cada poucos minutos a tela do computador fica tão embaçada que eu tenho que usar um lenço pra limpar meus olhos e assoar meu nariz. Isso não é o que eu queria ou planejei e tem uma parte de mim se perguntando: "O que você tá fazendo, Mandy?" — Outra parte responde que eu só queria fazer isso se pudesse tomar todas as decisões. Não tem uma única coisa importante na minha vida que eu pude escolher. Christopher e a bebê, que é parte do que aconteceu com Christopher. Talvez. E fiz essa escolha porque tenho motivos. Pensei que Robin entendia. Ela prometeu que faria isso do meu jeito; ela prometeu o tempo todo.

Está bem aqui no meu e-mail, na conta que eu criei só pra conversar com a Robin, a que eu usava na biblioteca. Salvei tudo, inclusive o *post* dela no *site* "O amor Cresce" que me fez escrever pra ela:

VOCÊ TEM UM CORAÇÃO QUE PRECISA DE UM LAR?
EU TENHO UM LAR PRECISANDO DE UM CORAÇÃO.
Oi. Eu nunca fiz nada disso antes. Por onde devo começar...
Sou uma mulher de 52 anos, com uma profissão, morando numa área urbana de Intermountain West. Sou uma profissional de sucesso na minha área, tenho minha própria casa em um bom bairro e próxima a um bom distrito escolar, e tenho economias para aposentadoria mais do que suficientes.
Isso tudo soa tão formal. Eu deveria ir direto ao ponto em vez de jogar a bomba no final de tudo: meu marido por quase 25 anos morreu de repente em abril.

E ela disse que mesmo ainda estando de luto, se sentia esperançosa em relação ao futuro.

Nunca vou me casar de novo, mas não estou pronta pra deixar de amar. Ele e eu conversamos por anos sobre adotar um bebê, mas por bobagem nunca colocamos a bola em campo, e é por isso que estou aqui neste *site*.

Ela escreveu sobre a filha, que estava se formando e sairia de casa logo, mas não disse o nome da Jill. Ela disse que amor é uma coisa que você constrói, e se não tiver ninguém lá pra receber, ele fica incompleto. Ela disse que é como uma corrente elétrica sem uma tomada. Ninguém absorve amor como uma criança.

E você vai descobrir, seus filhos são seu coração. Deixe-me dar ao seu coração um lar, se é isso que você está procurando.

Eu me lembro de ter lido isso em 28 de dezembro na biblioteca, onde comecei a procurar informação sobre adoção. Na maioria dos *posts* que eu encontrei, mulheres e casais estavam praticamente implorando, desesperados, com longas histórias sobre quantos anos eles tinham tentado ter um bebê até que finalmente desistiram e decidiram adotar, ou Deus disse pra eles adotarem. Tinha um monte de gente religiosa. Tinha um monte de gente tentando parecer perfeita. Um monte de gente colocava fotos, e toda vez que eu via uma foto de um desses homens, um desses pais em potencial, eu me preocupava: e se eles fossem o tipo de pessoa do Kent? Sei que a maioria não é, mas alguns são.

Um monte desses *sites* era de agências e toda a comunicação acontecia com um intermediário. O amor cresce era diferente. Só pessoas que postavam coisas vagas em público e depois tudo o que era específico acontecia por e-mail. Vi o *post* no dia 28 e pensei sobre ele por uns dias, e então na véspera do Ano-Novo, enquanto Kent e minha mãe estavam fora, fui até o computador do Kent pra escrever pra Robin. Normalmente, eu esperaria até poder usar o computador da biblioteca, mas não queria que ninguém chegasse até ela antes de mim. Então escrevi pra ela e apaguei todo o histórico pra Kent não ver. Na próxima vez que eu chequei na biblioteca, Robin tinha respondido, e fizemos nossas promessas. Acreditei nela. Até hoje, quando ela e a Dra. Yee ficaram falando sobre eu "ter permissão" pra fazer coisas como carregar a bebê, e quando a Robin disse que talvez devêssemos procurar uma assistente social.

Não acredito que ela fez isso.

Ela deveria saber que crianças não são esponjas só de amor.

Elas absorvem o que quer que recebam.

Minha vida inteira foi uma grande promessa quebrada.

Não sei por que achei que isso poderia ser diferente.

Jill

Na terça-feira à noite, não só *não* ouvi as mensagens do Ravi, mas as apaguei. A mensagem de texto só dizia: "Recebeu minhas mensagens?". Qualquer coisa que eu dissesse a mim mesma sobre não ser uma grande perda, se eu zoasse com ele, era claramente uma mentira deslavada; caso contrário, eu não estaria com tanto medo de saber o que ele pensa de mim.

Annalee está de mau humor, fechando a gaveta do caixa com mais força do que é necessário, repreendendo Ron na única vez que ele não está no balcão quando alguém quer alguma coisa, e avançando pela loja com sua longa saia fazendo o chiado que soa como "Estou ocupada demais pra ajudar você" — que consigo ouvir a seis corredores de distância. Quando finalmente a pego num momento estático, organizando compulsivamente uma pilha de lembretes, pergunto: — O Ravi... O R.J.... vai estar por aqui hoje à noite?

— Como é que vou saber? — Ela sai de perto dos lembretes com a saia chiando e vai pra uma gôndola adjacente, onde continua sua organização desnecessária. — Ele não trabalha *aqui*. Ele trabalha na *área*. Ele pode estar em qualquer uma das lojas, ou em nenhuma delas.

— Ok.

— Não sou a chefe dele.

— Ok.

— Se você precisa que ele venha aqui por algum motivo, converse com a empresa.

— Ok, mas... — Pego o olhar de Ron do balcão de atendimento ao cliente, e ele balança a cabeça bem pouquinho e limpa a garganta, o que eu interpreto como um aviso de perigo. — Certo — digo a Annalee. — Obrigada.

Ela resmunga alguma coisa, que não peço pra repetir, e sai em direção ao café. Não precisa ser gênio pra perceber que alguma coisa deu errado entre ela e o Ravi.

Contava com que ele aparecesse hoje à noite; ver a expressão do rosto dele quando ele vir a minha expressão vai me dizer mais do que qualquer mensagem de voz diria. Quero me desculpar. Quero falar pra ele que não é que eu *queira* desconfiar de toda coisa boa e afastá-la antes que possa me machucar. Quero confiar no mundo de novo. Confiar na amizade.

O que é exigir muito de mim mesma, eu sei, considerando que não tenho exibido muita habilidade nesse campo. Então, se não conseguir fazer tudo isso, posso pelo menos atualizá-lo em relação à Mandy.

Tentei convencê-la a me entregar o relógio ontem à noite pra que eu pudesse cuidar disso hoje, mas ela disse que queria escrever uma carta pra sua mãe e que precisava de algum tempo pra pensar.

"Bem, pense rápido", eu disse. "Sua mãe não parece o tipo paciente". Então Mandy disse: "Não parece?". Eu ri, pensando que ela estava sendo irônica, mas então me lembrei de que Mandy e ironia combinam feito mostarda e chocolate, e eu disse: "Não, ela não parece".

Durante os últimos dois dias, tenho tentado imaginar como seriam as conversas entre meu pai e Mandy, os olhares que ele e eu trocaríamos sobre algumas das ideias malucas dela. Acho que primeiro ele pensaria: "Que raios?", e depois quase imediatamente isso se tornaria afeição e aceitação. Talvez eu possa chegar lá, afinal. Ouvir a mãe dela no telefone já apertou outro botãozinho em mim. Aquele que me faz querer ligar pra essa mulher e dizer: "Ei, sua vaca, fique longe da minha família".

Prometi à Mandy que eu manteria a situação do relógio em segredo da minha mãe. Mandy não quer que minha mãe ache que ela é uma ladra, uma pessoa ruim, ou um problema. Tentei falar pra Mandy que minha mãe entenderia, mas ela me implorou até que eu prometi. Entendo a necessidade desesperada de não desapontar as pessoas.

E estou planejando uma festa de aniversário pra Mandy. Contei para o Dylan na escola hoje que o aniversário dela é esta semana e que quero fazer alguma coisa, uma surpresa.

— Meio em cima da hora — ele disse. Ficamos mais *amigáveis* comparado ao modo educado e receoso que nos tratamos na semana passada, mas ainda não muito namorado/namorada.

— Eu sei — eu disse. — Mas tem que ser no dia do aniversário dela. Do contrário, é ridículo. Também, podemos transformar num chá de bebê, ou algo assim. Um chá de bebê de aniversário. Em cima da hora é bom; não vamos ter tempo de ficar nervosos e agir de modo suspeito.

Não contei a ele sobre o relógio. Ele teria uma opinião sobre isso e seria de que eu deveria contar pra minha mãe.

Pra festa acontecer, preciso pedir pra Annalee a quinta-feira de folga, uma coisa que eu pretendia fazer hoje à noite, mas as circunstâncias pra isso não estão ideais.

Ela volta com a saia chiando até a frente com um café numa mão, vem pra trás do balcão, e joga uma revista sobre ele. Ela vira as páginas com violência. *Créc. Créc. Créc.*

— Esse lugar está morto — ela diz, como se me devesse uma explicação. — Até compro duas dessas revistas se tivermos uma fila hoje.

Naquele momento, meu telefone toca dentro do bolso do meu avental. É o tema do filme *Missão: Impossível*, que eu coloquei para o número do Ravi quando o registrei no meu celular. Finjo não ouvi-lo e começo a tirar pó do display de livros indicados pra presente atrás do balcão.

— Vá em frente e atenda — Annalee diz. — Não me importo.

Acho que se importaria se soubesse quem é.

— Tudo bem.

— Atenda, Jill.

Não é uma noite pra desafiar Annalee. Eu obedeço.

— Alô?

— Ei. Sou eu.

— Sim?

— Eu, Ravi.

— Sim. — Me distancio de Annalee, com medo de ela ouvir a voz do Ravi. Fico travada ao dizer a ele um frio "e aí".

Ele pausa.

— Você está no trabalho?

— Sim. — Dou uma olhada em Annalee, que ainda está olhando a revista, mas claramente me ouvindo.

— Podemos conversar mais tarde? — Ravi pergunta.

Meu coração se enche. Então se esvazia de novo com a ideia de que poderia ser um *Podemos conversar?* ruim e não um *Podemos conversar?* bom.

Ainda assim, eu digo que sim, e não importa o quê, o sim parece um avanço.

*

Quando estaciono o carro em casa ao chegar do trabalho, ligo pra ele de dentro do carro, coração pulando. Talvez eu esteja prestes a levar um pé na bunda. Talvez não. Por mais assustada que eu esteja, a expectativa de nunca saber se ele e eu realmente poderíamos ser o tipo de amigos que acho que podemos ser é mais assustadora. Pela primeira vez em um longo tempo, a expectativa vence o medo.

Ele atende com um oi. Depois pergunta se eu recebi as mensagens.

Eu bufo. — Depende do que você quer dizer por "receber".

— Receber.

— Eu as apaguei sem ouvir.

— Ah. Isso é... — Ele parece aliviado. — Por quê?

Me inclino pra colocar minha cabeça no volante, que está frio como gelo. "Confie na amizade", penso. "Confie no próximo momento mesmo que ele seja desconhecido".

Eu estava com medo, pensei...

— Desculpe pelo que eu disse na cafeteria. Não sei por que eu disse aquelas coisas.

Não consigo me mover enquanto espero pela resposta. Acho que minha testa está congelando.

— Não sabe? — Ele pausa. Não digo nada, esperando levar uma bronca. Quando ele continua, sua voz parece um pouco trêmula. — Eu meio que deixei você falando sozinha. Desculpe-me por isso.

Ufa. Me endireito no assento.

— Não, você estava certo. Deveria ter ido embora mesmo.

— Ok, é, provavelmente.

— É.

E depois tivemos toda uma conversa. Por quase uma hora. Começamos num território familiar: Mandy. Conto pra ele tudo sobre o relógio, e ele me pergunta por que eu acho que posso lidar com essa informação melhor do que minha mãe, por que eu esconderia dela. Milagrosamente, não fico na defensiva.

— Eu prometi pra Mandy. Ela se importa tanto com o que minha mãe pensa e, não sei, entendo isso. Foi esperto da parte dela pegar o relógio, na verdade. Faz com que eu a veja de outro modo. Mais esperta.

— Você foi da suspeita à simpatia muito rápido.

Pareceu devagar pra mim, de certo modo, mas talvez ele esteja certo. Talvez eu tenha um pouco do coração do meu pai, afinal.

— Acho que estou cansada de esperar pelo pior o tempo todo. Vamos devolver o relógio, e tudo vai ficar bem, voltar aos trilhos.

Então ele se voltou pra coisas mais pessoais: memórias do meu pai, a viagem de Ravi à Índia quando ele tinha 15 anos, meus planos ou ausência deles pra faculdade.

— Uau, achei que você fosse estudar — Ravi disse.

— Eu vou, acho. Depois de um ano ou dois.

— Graduação em inglês?

— Errado.

— Escrita criativa?

— Sério? Não.

— Só achei isso porque você trabalha numa livraria e tal.

— Você também — digo.

— Tem razão. Hmm, assistência social?

— Ha! — Quem é essa Jill que trabalharia em assistência social? O que Ravi vê em mim que eu não vejo? Inclino o banco do meu carro pra trás e coloco os pés pra cima. — Novo tópico: no anuário, você agradeceu a um monte de gente.

— Minha família. Minha mãe, meu pai, meus irmãos e minha irmã.

— Como é ter irmãos?

— Mitali, ela tem a idade mais próxima da minha, e me trata como um amigo. Meus irmãos são mandões e muito diferentes de mim. Sempre foi assim.

Me viro para o lado direito, pra que eu possa ver a minha casa, a luz da varanda está acesa, a luz do quarto da Mandy está apagada.

— Mas como *é*?

— Acho que nunca pensei muito sobre isso. Eles só estão sempre lá. Como amigos que você nunca perde, mesmo quando briga.

— Mesmo vocês sendo diferentes, como você e seus irmãos?

Ravi começa a responder, então para.

— Você está preocupada com isso? Com a adoção e tudo o mais?

Ele é bom.

— Talvez um pouquinho de preocupação tenha passado pela minha cabeça.

— Não se preocupe. Vou falar pra você como é: experiência compartilhada. É isso o que torna um irmão um irmão. Passar pelas coisas juntos, boas ou ruins.

Falamos mais sobre isso e, perto da meia-noite, combinamos de nos encontrar pra um café amanhã à tarde porque... Não sei por quê. Nenhuma boa razão a não ser que nossa conversa não parece ter acabado. Ele tem que ir pra uma das lojas às três, então vou sair da escola mais cedo pra encontrá-lo no Dazbog.

❋

Na quarta-feira de manhã, Dylan está esperando por mim ao lado do meu armário com um enorme sorriso no rosto. Estou me sentindo bastante bem.

— O que foi? — pergunto.

— Tenho a ideia perfeita pra coisa do chá de bebê/aniversário da Mandy — ele diz.

— Ah é? Manda.

— Duas palavras — ele diz. — Casa. Bonita.

Bato com a mão na porta do meu armário.

— Sim! Você é um gênio. Ela vai adorar. — Casa Bonita é esse restaurante mexicano maravilhosamente brega nos arredores de Denver, com pessoas que fazem saltos ornamentais em despenhadeiros e tem também cavernas falsas e *enchiladas* feitas com queijo processado. Se Mandy gosta do Pancake Universe, ela vai ficar louca com o Casa Bonita. Só de pensar nela lá, provavelmente dizendo alguma coisa como "Essa é a comida mexicana mais gostosa que eu já comi na minha vida", aumenta minha alegria. Dou um beijo no rosto do Dylan. — Melhor ideia que já teve.

— Espera — quem vamos convidar? Precisamos contar para as pessoas hoje se isso vai ser amanhã.

— Provavelmente só a gente. Eu, você e minha mãe. — Não sei se Cinders e Laurel conseguiriam ir e não falar pra Mandy o tipo de coisa que tenho falado sobre ela antes de começar a superar. — Talvez esse cara que eu conheço do trabalho, que Mandy e eu encontramos outra noite.

— Quem?

— Você pode convidar a banda, se quiser — digo rápido, me perguntando por que raios eu tinha que mencionar Ravi. Bem, sei por quê. Porque quero convidar Ravi, mas não posso convidar Ravi, porque Dylan sabe que Ravi é a pessoa pra quem eu ia pedir ajuda pra espionar a Mandy. E também, detalhe: Mandy acha que o nome dele é Clark. "Oh, Clark." Movo a minha mão como se ele não fosse ninguém, só poeira.

— Ele trabalhou por uns cinco segundos na Margins no ano passado. Mandy parece realmente gostar dele. Pode animá-la um pouco.

Me sinto totalmente transparente, mas Dylan está cego com sua alegria por eu finalmente ser gentil com a Mandy.

— Você está uma pessoa totalmente diferente — ele diz.

Espero que sim.

Mandy

Só porque você tem um relógio que vale 8 mil dólares não significa que vai conseguir esse valor todo por ele, foi o que descobri. Robin foi pra reuniões metade do dia e, enquanto ela estava fora, liguei pra joalheiros e lojas de penhores e até mesmo pra um par de lojas de antiguidades. Todas elas disseram que tinham de vê-lo antes de poder dizer quanto me dariam. A única pessoa que me deu um valor disse 2 mil e quinhentos. Alguma coisa sobre valor nas ruas. Não é o suficiente, mas provavelmente existem pessoas que começaram uma vida nova com menos que isso.

Tenho que decidir logo. Jill me pergunta toda noite se eu já terminei a carta pra minha mãe. E digo pra ela não se preocupar, que minha mãe parece ruim, mas não vai até o fim das coisas. Só que ela vai, especialmente com coisas que são pra proteger a si mesma.

A noite passada inteira fiquei pensando na bebê. No parto. Passando pela dor, e pelo medo, e depois entregando a bebê pra outra pessoa, outra pessoa que vai ser mãe dela. É como disse a mulher que encontrei no shopping: depois de passar por tudo isso pra ter a bebê, não vou querer dá-la. Quando ela disse isso, eu tinha tanta certeza de que ela estava errada, e tanta certeza do que eu estava fazendo. Agora não sei o que aconteceu.

Robin finalmente falou comigo hoje no café da manhã. Ela disse de novo que talvez devêssemos ter uma assistente social afinal, ou mesmo contratar um mediador, e escrever alguma coisa formalmente. Assinar um acordo. "Só pra não haver problemas mais tarde", ela disse.

— Não. Eu disse pra você desde o começo.

— Mas, Mandy — ela insistiu —, tudo vai continuar o mesmo. O acordo pode dizer o que você quiser.

Me levantei, limpei meu prato de café da manhã e o coloquei na lavadora, minha cabeça tão cheia de coisas que eu queria dizer pra Robin, explicar pra ela. A história sobre meu pai ter pagado minha mãe pra não ter que me ver nunca. Sobre irmos atrás dele, e como ele se mudou sem contar pra ninguém. O jeito que eu costumava sonhar com meu pai, quem ele seria e como ele um dia voltaria pra mim. Não sei por que minha mãe não me deixou pensando isso pelos primeiros cinco anos da minha vida. Por que ela tinha que me contar o que aconteceu de verdade, me arrastar por todo lugar procurando por ele em vez de fazer isso sozinha?

Não quero que minha filha ouça uma história, veja uma folha de papel, ou saiba que existe uma na qual assinei sua adoção. Não quero que ela pense que eu não a queria. Não importa, não quero deixar qualquer evidência que ela possa encontrar um dia que a faça pensar ser prova das piores coisas que ela pensa de si mesma num dia ruim. Não quando ela tiver dez anos, nem quando tiver 15, nem quando tiver quarenta. Talvez eu esteja lá pra explicar pra ela, mas não posso saber nada com certeza suficiente pra planejar isso agora. Quero pensar que é o destino como ela acabou ficando com Robin. Quero estar na vida dela como um sonho bom, como alguém que não possa estar sempre lá, mas que nunca foi embora de verdade. O mundo dela deverá ser cheio de possibilidades e portas abertas, não cheio de coisas que são fechadas e finais.

Robin não entenderia isso, porque nunca foi abandonada. A morte do Mac não é a mesma coisa.

Ela dobrou seu guardanapo, desdobrou e dobrou de novo.

— Ok. — Saiu como se ela estivesse se esforçando pra ser paciente. — Mas ainda precisamos conversar. Não só sobre o que vai acontecer quando o bebê nascer, mas sobre tudo o que vem depois. Seus planos de vida, com que frequência você quer ver a bebê, o que você quer que eu diga a ela sobre você conforme ela crescer... Mandy, tem tanta coisa que precisamos *conversar*! — Pela primeira vez ela estava ficando brava comigo, e talvez prestes a chorar também. — Só quero *conversar*. Não tem nada do que sentir medo.

— É confuso saber o que é melhor — eu disse. Conversar às vezes me deixa mais confusa ainda. Como quando Kent costumava conversar comigo tarde da noite sobre como o que estávamos fazendo não era errado, porque eu não era uma criança e não era parente dele, e eu gostava. "Certo?", ele perguntava. Ele perguntava isso sem parar até que eu respondia que sim. E não quero ser convencida a fazer algo de novo só pra fazer a outra pessoa se sentir melhor.

Robin torcia o guardanapo na mão.

— É confuso, eu sei. Pensei que poderíamos ajeitar tudo enquanto ficávamos juntas. Mas vejo que isso não foi necessariamente de muita ajuda pra nenhuma de nós.

Desejei que pudéssemos voltar àqueles e-mails, cada uma no seu computador, sabendo exatamente o que queria e como queria, e tendo tanta certeza uma da outra.

— Vou me deitar — eu disse pra Robin.

Ela se levantou.

— Mandy, não. Vamos conversar.

— Minhas costas doem.

— Eu subo com você. Ou ajeito você no sofá.

— Quero ficar sozinha.

Tentei montar o quebra-cabeça enquanto descansava. Pra Começar, tentei lembrar a mim mesma por que pensei que esse era o plano perfeito. Dar o bebê sem realmente dá-lo. Estar no comando, fazer minhas próprias regras e minhas próprias escolhas. Não é que eu, de repente, ache que poderia fazer melhor que a Robin; sei que não posso. Mas são as emoções em relação a isso. Não esperava me sentir assim, com vontade de fugir. Isso é muito difícil, talvez impossível. E também tem essa parte sobre quem é o pai desse bebê. Se eu tivesse certeza disso, talvez eu soubesse o que fazer.

Se não for do Christopher, acho que eu a odiaria. Não quero arrastar uma criança desamparada, fazendo com que ela sinta toda a minha raiva, do jeito que minha mãe fez comigo.

Se eu pudesse esperar e tomar minhas decisões depois de saber, sair um pouco e depois voltar, dependendo, Robin me perdoaria. Acho. Ela perdoa Jill por tudo. Ela poderia me dar isso, um pouco de tempo e de espaço.

Só que eu não quero ir embora. A parte de mim que é só Mandy — sem bebê, sem Christopher, sem Kent — quer ficar aqui pra sempre.

Jill

Cinders e Laurel acham hilário me dar um soco no braço em cada chance que elas têm. É dia de St. Patrick, e embora eu seja metade irlandesa, me esqueci completamente do feriado e não estou vestindo nem um pingo de verde. Tem algo na energia de suas pancadas que não pode ser totalmente explicada pelo meu fracasso em aderir a uma tradição sem sentido. Elas estão me punindo pelo ano passado. Tudo bem. Eu mereço, e estou de bom humor suficiente pra aceitar isso. Mas na hora do almoço tem um hematoma aparecendo no meu braço esquerdo, então me sento com Dylan e os meninos da "banda" pra evitar mais abusos.

— Você ligou para o trabalho avisando sobre folgar amanhã? — ele me pergunta.

— Ainda não. — Não liguei para o trabalho, não contei pra minha mãe sobre Casa Bonita, e não pensei sobre como levar Mandy até lá e manter a surpresa em segredo, ou se eu deveria convidar o "Clark".

Um dos caras — Bo, eu acho — pergunta para o Dylan: — Ela vai para o ensaio?

— Não, "ela" não vai — digo. — Nem ele.

— Cara — Bo diz. — Você está na Rebelião das Batatas ou não?

— Achei que tínhamos desistido de "Batatas" — diz um outro cara, cujo nome nunca consigo me lembrar. Kyle, Kenny, Chris, Kevin...? — É só Rebelião, certo?

Bo nega com a cabeça.

— Descobrimos que já tem uma banda com esse nome. De qualquer modo, a parte das batatas é o que nos torna *indie*.

Bato os nós dos meus dedos na mesa.

— Desculpe por interromper, mas o ponto é que Dylan não vai poder ir ao ensaio amanhã. Ele tem que ir a um chá de bebê/aniversário.

Todas as cabeças masculinas se viram para o Dylan, que ri e levanta as mãos.

— Não, não. Não é bem assim. Não é um chá de bebê pra *nós*.

— Bom — Bo diz. — Porque você não vai poder sair em turnê com um bebê amarrado nas costas.

Turnê? A prudência prevalece; seguro todo comentário sarcástico sobre o futuro da Rebelião das Batatas como uma banda que vai fazer turnê. Em vez disso, dou uma olhada nas minhas coisas e falo para o Dylan que tenho que ir a um lugar depois da escola; vou ligar pra ele mais tarde.

❃

Ravi está vestindo terno, e embora o Ravi de Terno ainda me deixe um pouco nervosa, ele fica muito bem nele. Com terno ou sem, essa é a mesma pessoa com quem passei uma hora ao telefone ontem à noite sem insultar, humilhar, menosprezar, e sem ele esfregar o meu mau comportamento na minha cara. De novo ele chegou primeiro e ficou em pé, e de novo fico na dúvida se devemos nos abraçar. Não o abraço. E isso está começando a significar alguma coisa. Se ele fosse um amigo *amigo*, eu o abraçaria. Em vez disso, levo meu café até o balcão com guardanapos, mexedores, desnatadeiras e tudo o mais e despejo canela no meu copo. Quando volto, ele já está sentado.

— Se falarmos sobre trabalho, posso dizer que foi um encontro de negócios e ficar mais tempo — ele diz. Não importa quanto tempo vamos passar juntos, ele quer que seja mais longo. O que implica o fato de que ele gosta da minha companhia.

— Oh. Tipo... e quanto ao trabalho?

— Você acha que estaria interessada em continuar a trabalhar para a empresa? — Ravi gira seu café gentilmente em suas mãos graciosas.

— Talvez. Se isso me tirar de Denver.

Seu copo para.

— Por que você sairia de Denver? Especialmente agora, com Mandy e o bebê?

— Eu sei. Mas sinto como se devesse. Meu pai saiu. Ele viu o mundo na minha idade. Se eu fizer como ele fez, posso... — Ser como ele? Estar *com* ele? — Tenho planejado isso.

— Mas pode mudar de ideia. Se quiser.

— Posso? — Ajo como se estivesse chocada, derrubo meu queixo, o que o faz rir sua amável risada.

— Ei — ele diz, sentando mais reto, você quer ir numa tocaia comigo?

— Desculpe. Você disse "tocaia"?

— Disse.

— Ok — digo, sem ter ideia do que ele está falando. O que quer que seja, se é com ele, parece algo que eu adoraria. Estou tão feliz, tão inacreditavelmente grata que as circunstâncias levaram meu cotovelo a golpear seu rosto. Quase penso... não. Não acredito nesse tipo de coisa.

No caminho pra seu carro, ele explica que suspeita de que um assistente de gerente em uma das lojas na nossa área está facilitando e encorajando roubo.

— A esposa dele entra pra dizer oi, e, de repente um monte de livros de receita some, coisas do tipo.

— Sorrateiro.

É um dia bonito — frio, mas você diria definitivamente que é mais primavera do que inverno. Quando entramos no carro dele, um sedan velho, Ravi diz: — Comprei uma coisa pra você — enquanto tenta alcançar o banco de trás, e quando alcança, seu ombro fica bem no meu rosto. É química. Aquela coisa que eu não sabia como classificar um mês atrás quando ele entrou na loja, se aproximou e caminhamos conversando sobre ladrões, senti aquela coisa que pareceu nostalgia, saudade de casa. E a primeira noite chegou, quando ele se desculpou por me surpreender fechando mais cedo, aquela coisa que fez parecer que Dylan estava me observando. Química. Devo ter tido isso com Dylan quando nos conhecemos, pois antes de se tornar amor é algo mais básico. Mas não me lembro de ficar assim. Com essa intensidade. E uma coisa que nunca entendi sobre química é se a outra pessoa sente também. Deve sentir, certo? Se for química de verdade, não pode ser só de um lado. Se Ravi está sentindo isso, ele está conseguindo fingir muito bem.

Ele se senta e tem seu anuário no colo.

— Achei que você ia querer ver o que você escreveu pra mim.

Enquanto ele folheia o livro, fico torcendo que eu tenha escrito alguma coisa pelo menos gentil e no máximo alguma coisa como o que ele escreveu no meu livro, algo que mostrasse que eu talvez pensasse que poderíamos ser amigos também, mesmo que eu não me lembrasse dele naquela época.

— Aqui. — Ele me passa o anuário.

Eu assinei a primeira página da seção dos segundanistas. *Raji — tenha um bom verão.* E assinei meu nome. Meu coração afunda. Não poderia pelo menos ter acertado o nome dele?

— Oh. *Raji*? Desculpe. — Olho para minha letra de mão, com mais volteios do que é agora, mais habilidosa, mas também mais infantil. Escrita pela mão da Jill que eu costumava ser. Então, me pergunto: "O dia em que eu escrevi nesse anuário teria sido um bom dia entre meu pai e eu?". — Será que eu disse a ele que o amava? Há muito mais chances de ele ter me dito que me amava.

Ravi ri. — Já superei isso. — Então ele se inclina e folheia mais algumas páginas, e seu ombro ainda é magnético, e minha respiração é baixa, e não sei se é química ou se posso estar prestes a chorar por causa do meu pai de novo, mas tem um zumbido na minha cabeça, na ponta dos meus dedos. — Essa é minha foto preferida de você.

— Você tem uma foto preferida de mim? — Ele está apontando pra uma das páginas de favoritos. Mas lá estou eu, inclinada na Cinders e sorrindo tanto, como no meio de uma risada. Meu cabelo está mais claro. Bem mais claro. Tinha me esquecido do quão claro era. Quando escureci o cabelo, eu mesma fiquei *escura*.

— Não me lembro disso — digo, passando meu dedo pela Jill que teria um sorriso tão grande. — Então, você tem uma foto favorita de mim e a tem olhado por dois anos?

Ele fecha o anuário e o pega de volta. — Não, não. Não é bem assim. Só me lembrei que conhecia você quando disse seu nome em voz alta naquela noite na loja. E fui pra casa e procurei sua foto, então me lembrei de tudo.

— Do que você se lembrou? — Quero entender. Quero saber.

— De você. — Ele dá partida no carro e sai. — Eu era tímido. Você tinha muita personalidade na aula. Acredite, eu não era o único cara tímido que sentava lá pensando que queria ser seu amigo.

Rodamos por um tempo. Não tenho ideia de onde estamos indo, em qual loja, quão distante. — Que tipo de personalidade você quer dizer?

— Inteligente. Divertida. Como escrevi no seu livro.

— Eu era *legal*? — pergunto, com pavor da resposta.

— Sim — Ravi diz. — Quero dizer, você parecia legal. E parece legal agora, então tenho certeza de que era.

— Pareço? Como pode dizer isso depois... — Então, viramos a esquina, e vemos o cemitério da cidade aparecendo à nossa esquerda. É muito estranho. Como é que estamos passando por ele agora, quando eu consegui evitá-lo por quase um ano? — Podemos entrar ali? — aponto para os portões.

— Ah. Claro. — Esperamos pra virar à esquerda, e fomos pelo caminho principal, passando por colinas pontilhadas com lápides de ambos os lados. — Aonde estou indo?

É difícil de lembrar. Você acharia que seu corpo tem algum tipo de bússola que faz você se lembrar de coisas como onde seu pai está enterrado. Se pombos com cérebros do tamanho de uma ervilha podem encontrar seu caminho pra casa, humanos deveriam ser capazes de cumprir a mesma e simples tarefa.

— Acho que até o final, talvez.

Ravi dirige. Tento me lembrar do lugar. Na época, havia neve no chão. Também tem agora, mas é irregular, e deve haver árvores ou arbustos novos ou coisa assim, e, honestamente, meu foco não estava em marcos terrestres naquele dia.

— Pare o carro — digo. — Talvez devêssemos ir a pé.

— Certo. E... o que estamos procurando?

Viro pra ele e digo, o mais firme que consigo: — Meu pai está enterrado aqui. Em algum lugar. Não voltei aqui desde o enterro. Ainda não vi a lápide.

Ravi mantém seus olhos nos meus, e se ele está paralisado e horrorizado ao ouvir sobre a pessoa horrível que eu sou a ponto de passar quase um ano sem prestar as honras ao meu pai morto, ele não demonstra.

— Ah. Qual... era o nome dele?

— Gavin MacSweeney.

Algumas lápides têm trevos ao redor, enfeites de papel laminado verde, até *leprechauns* de papel. FELIZ DIA DE ST. PATRICK, dizem alguns.

Está mais frio do que eu pensava, e conforme andamos pelo cemitério, o que parece uma eternidade, enfio as mãos bem fundo nos bolsos do meu *jeans* e começo a bater os dentes de um jeito que não consigo parar. A pressão aumenta no meu peito; nunca vamos encontrar. Por que não *sei* onde é? Que tipo de filha eu sou? Minha mãe vem a cada duas semanas, e sei que ela vem, mesmo que ela tenha parado de me convidar há meses, quando gritei que não precisava ver o túmulo dele pra lembrar de que estava morto. Uma lágrima escapa. Eu a limpo. Ravi está andando do outro lado da trilha para que possamos cobrir uma área maior, e ele não consegue me ver. Outra lágrima rola pela minha bochecha, logo seguida por outra do outro lado. Eu consigo me lembrar exatamente de como minha voz soava, dizendo pra minha mãe — uma voz completamente aos berros, totalmente desprovida de qualquer coisa perto de ternura enquanto falava do desaparecimento eterno do meu querido, querido, querido pai, meu espelho, a única pessoa que entenderia os meus berros mesmo naquele momento. Limpo as lágrimas a cada segundo agora, enxugando as costas das minhas mãos no meu *jeans*, as colocando de volta no meu bolso, as tirando de novo, limpando, repetindo, repetindo.

— Acho que encontrei — Ravi me chama do topo de um pequeno monte de grama. Sim, era naquela colina. Com uma vista das casas daquele bairro lá embaixo.

Na hora em que alcanço Ravi, meus dentes estão soando como uma metralhadora; não consigo parar de tremer de frio. Meus olhos pingam feito torneiras; as lágrimas simplesmente caem sem parar.

GAVIN MACSWEENEY
1957-2010
AMADO PAI E MARIDO

— Não muito original, né? — digo, com minha voz espremida de frio.

— Acho que é bom. "Amado pai e marido" é subestimado. Quero dizer, isso é muita coisa. É realmente muita coisa.

Concordo, acenando com a cabeça. É tudo.

Ravi tira o casaco do terno. Coloca em volta dos meus ombros, espalha seu calor em torno de mim com um abraço lateral apertado. Me deixo inclinar sobre ele, e ele me envolve com seu outro braço, ainda ao meu lado, virando um pouco. Olho pra lápide, pensando se foi meu pai quem me mandou Ravi. Será que isso é uma coisa que mesmo remotamente acredito ser possível? Porque, seja como for que ele tenha chegado até aqui, Ravi é exatamente do que eu preciso, e ele está firme nisso como se estivesse em uma missão divina.

é tudo o que eu tenho. Ele e a bebê. Mas sem o relógio, não tenho a bebê, porque sem dinheiro não posso fazer nada, e não vou voltar pra Council Bluffs, não importa o que aconteça. Não importa o que aconteça.

— Não — eu disse pra Jill. E me senti mal ao mentir pra ela, mas disse — Vamos colocar no correio na sexta. Prometo.

Ontem à noite, jantamos mais cedo; Robin tinha que ir pra uma reunião de novo, depois do jantar. — Só mais uns dias — Robin disse — depois acaba. Assim que eu apresentar o estudo de factibilidade, minha parte acaba e podemos nos focar em... outras coisas. — Querendo dizer eu, a bebê, as decisões que não tomamos, as conversas que não tivemos. Já que jantamos mais cedo, Jill comeu com a gente em vez de sair correndo para o trabalho. Ela parecia um pouco como se tivesse andado chorando — até agora já a vi chorar o suficiente pra reconhecer seu rosto —, mas ela parecia e agia de forma feliz.

— Sopa ainda? — ela perguntou. Estamos comendo essa sopa desde domingo.

— A não ser que você queira assar um cordeiro — Robin disse, colocando as tigelas na mesa.

— É gostosa — Jill disse. — Simplesmente eterna. — Ela olhou pra mim, então, e fez uma cara. Como se fôssemos amigas, ou irmãs. *Sem segredos, sem preocupação* pode ser verdade, mas também ter um segredo em comum nos deixou mais próximas.

Ela pegou o jornal de cima da lata de recicláveis no canto da cozinha. — Acho que é o de ontem — Robin disse, colocando as colheres e os guardanapos.

— É o que eu quero. Estou testando o conhecimento do universo.

— O que quer dizer? — perguntei.

— Ah, uma discussão que tive com uma pessoa do trabalho que acredita totalmente em astrologia. Quero ver se o horóscopo de ontem se tornou realidade. — Ela folheou as páginas e leu em voz alta: "Você não é tão esperto quanto pensa que é, Áries". — Essa é pra bebê. — Ela se curvou e disse pra minha barriga: — Não é tão esperta quanto pensa que é! Sabemos tudo sobre de mim, alguém pra dar seu amor que seja novo e não estragada como eu sou. A bebê vai nascer, Robin vai carregá-la, e ela e a Dra. Yee vão cochichar e levar minha filha embora.

E desaparecer.

Então, sou só eu. Sozinha.

A enfermeira vai dizer: – A sra. MacSweeney fez as malas pra você; aqui estão elas. Pra você não ter que voltar à casa pra buscar.

Vai ser como na estação de trem em Omaha quando o taxista me deixou e eu andei pela neve e no escuro, só que dessa vez não vou ter nem minha bebê, ou qualquer lugar pra ir.

É isso o que vai acontecer, eu sei. É como sempre foi na minha vida É assim que vai ser, a não ser que eu faça alguma coisa diferente.

Então, tudo isso significa que é meu último dia aqui.

No café da manhã, eu me concentro em cada detalhe pra me lembrar daqui a uma semana, a um ano, a vinte anos: como Jill se parece antes de passar o delineador, o jeito que ela fica no meio da cozinha comendo sua torrada com pasta de amendoim em vez de se sentar porque ela está sempre com pressa. O som dos passos da Robin na escada e como eles são diferentes dos da Jill – mais leves e mais alegres.

Robin teve que sair correndo também.

– Este é o último dia – ela me disse, tocando minha cabeça, como ela faz às vezes. Fechei meus olhos e senti cada ponta dos seus dedos. – Depois de hoje à noite, acabou. Se eles precisarem de qualquer coisa de mim, vão ter que resolver por telefone. Ok? Prometo.

– Tá legal – eu disse. – Vamos conversar sobre tudo amanhã. – Dei a ela o meu sorriso mais convincente e estiquei os braços de onde eu estava na cadeira da cozinha e os coloquei em volta do pescoço dela. Pó, café.

Lembre-se disso – eu penso.

Jill

Durante o dia inteiro, na quinta-feira, não consegui me livrar de uma sensação específica. A sra. Espinoza deixou a janela um pouquinho aberta, e tem uma brisa de primavera quase morna, cheirando ao mesmo tempo a gás carbônico e a grama, neve velha e plantas novas, crescimento, vida nova. Tudo está mais distante de algum modo, incerto. Parece quase como se o futuro já tivesse acontecido. Formatura, Dylan na faculdade, Mandy com a bebê, e posso ver minha mãe a carregando, olhando pra ela. A única coisa que não consigo ver claramente sobre o futuro é o que *eu* estou fazendo nele. Meio que me vejo em Denver. O que é totalmente errado.

Febre de primavera. "Formandite", talvez. Confusão sobre Ravi, certamente.

Enquanto isso, tenho que planejar uma festa surpresa, ligar pra Annalee no trabalho e mandar o maldito relógio de volta pra Iowa sem passar de amanhã. E, também tenho que ficar na escola e executar minhas tarefas de macaco-treinado do ensino médio: aparecer na hora, prestar atenção ou fingir estar prestando atenção, e de algum modo não sair antes de acabar a aula. Só porque não vou direto pra faculdade não significa que quero notas ruins no meu último semestre no ensino médio.

Mas algumas aulas vão ter que ficar sem mim, e temo que serão Política e Química, também conhecidas como a última metade do meu dia na escola.

Na aula de inglês enquanto eu deveria estar escrevendo, faço minha lista de tarefas, tento separar em uma coisa de cada vez. Dylan, que senta duas cadeiras à minha frente e a uma fila de mim, dá uma olhada pra trás de vez em quando, e percebo que *ele* é capaz dizer o que estou escrevendo no meu caderno, e não é um ensaio sobre William Faulkner.

Ligar pra Annalee.
Ligar pra minha mãe.
Comprar presentes.
Pensar numa maneira de levar a Mandy até C.B. sem
contar pra ela o que está acontecendo.
Convidar Ravi pra C.B.

Bato de leve na sentença sobre Ravi. *Tapititap*. Risco a sentença. Escrevo de novo. Bato. Dylan olha pra mim, e a sra. Espinoza também me dá uma olhada.

Quero que o Ravi vá. Por Mandy. Ela gosta dele, e vai equiparar o número de homens e mulheres e fazê-la se sentir bem. Não me diga que mesmo com oito meses de gravidez, você não ia curtir um pouquinho de interação social com um garoto. Mas ao mesmo tempo, não quero ele lá. A situação é cheia de todos os tipos de potenciais bizarrices. Mas... cara. Eu só quero *vê-lo*. Não posso passar um dia inteiro sem vê-lo. É ruim.

Quando toca o sinal, falo para o Dylan me encontrar no estacionamento da escola na hora do almoço — temos que fazer compras.

— Tá tudo bem pra mim — ele diz. — Não tenho nenhuma falta não justificada neste semestre. Mas você meio que está por um fio, certo?

— Ah não, agora não vou entrar em Yale.

Ele começa a dizer alguma coisa, então fica quieto. Vou ao banheiro pra fazer as ligações. Annalee atende o celular. O som da voz dela ao tempo real em vez da caixa-postal me estremece. Depois de um monte de desculpas e um tanto de negociação difícil, que resultam em eu ter que trabalhar as próximas cinco noites de sexta, hoje eu consigo me livrar do trabalho.

Minha mãe não atende ao telefone nas primeiras ligações, mas me liga de volta enquanto estou deixando uma mensagem.

— Que foi, docinho? Tudo certo?

Ela está com bastante pressa, isso é claro, talvez até mesmo numa reunião. Ela com pressa e eu sentada no banheiro não parece a hora certa pra contar pra ela sobre a festa surpresa da Mandy, que, com tudo o que aconteceu ontem, fugiu da minha cabeça. Mas conto pra ela, e ela diz:
— Hoje à noite?

— É, hoje à noite. É aniversário dela.

— É? Como você sabe disso? Uma festa, Jill, é... atencioso. Mas tenho uma reunião com uma associação de bairro hoje à noite pra apresentar o estudo de factibilidade. Aquele em que fiquei trabalhando nos últimos seis meses. Eu devo ter mencionado isso *uma ou duas vezes*.

Merda. — Ah é.

— E a propósito, me explique por que você quer ir à *Casa Bonita*, afinal?

Minha mãe não aprecia a maravilhosa breguice da Casa Bonita.

— Acho que Mandy vai adorar lá. Então me desculpe se me esqueci de contar pra você, ok? E não fala pra ela... É uma surpresa.

— Está bem, está bem. Tire fotos. Quero ver depois.

O intervalo acabou e estou sozinha no banheiro. Se eu vou convidar Ravi, é agora ou nunca. Mexo no meu celular simplesmente pra reler uma de suas mensagens de texto e acidentalmente toco a tela onde diz LIGAR PRA RAVI DESAI. O universo tomou a decisão por mim.

— Ei, Jill. — Ele parece incomodado.

— Você está bem?

— Sim. E aí?

— Queria saber se... Quero dizer, eu queria dizer obrigada por ontem.

Ele fica em silêncio.

— Foi bom pra mim — digo. — Ter ido lá.

— Bom.

Espero por ele dizer mais. Olho pra porta da cabine do banheiro, com rabiscos de grafite frescos. — E também, nós... Estou fazendo essa pequena festa surpresa de aniversário/chá de bebê pra Mandy hoje à noite. Achei que você talvez pudesse ir. Como Clark.

— Um chá de bebê? Não é coisa de garotas?

— É mais aniversário dela, mas os presentes vão ser coisas de bebê. Na Casa Bonita.

Ele pausa.

— Quem mais vai estar lá?

Alguém entra no banheiro. Pelo espaço lateral da porta da cabine, consigo ver quem está se olhando no espelho. — Eu. Mandy. Dylan. Talvez outras pessoas.

— Não sei.

— Você pode levar alguém — digo na pressa, com entusiasmo demais. — Você pode levar Annalee! — Enfio o punho na minha coxa pra evitar que eu me soque diante do absurdo que é dizer isso. Como se eu não soubesse que Annalee não pode deixar o trabalho hoje porque eu não vou trabalhar. Como se eu não soubesse que ela está brava com ele ou que eles terminaram ou o que seja.

— Dificilmente.

A pessoa no banheiro está esperando que eu saia, consigo perceber.

— Sério, só achei que Mandy ia gostar.

— Acho que não vejo por que, Jill.

"Não, não" — eu penso. Estávamos indo bem. Estávamos conversando abertamente. Estávamos dando certo.

Por outro lado, ele está certo. É uma ideia ruim, e não tem mesmo por que, exceto o meu desejo egoísta de vê-lo, o que não é justo com ele nem com Dylan nem comigo, sério, já que sou bem confusa, afinal. O que me deixa com raiva de mim mesma. Geralmente quando fico com raiva de mim mesma, desconto nas pessoas que significam alguma coisa pra mim. Dessa vez, tento agir diferente.

— Ravi, significaria muito pra mim se você estivesse lá, mas entendo totalmente se não puder ou não quiser. Casa Bonita. Seis e meia.

Depois de uns segundos, ele diz: — Vou pensar.

— Ok.

✻

Meu humor, dominado pela raiva contra mim mesma além da confusão, ainda é evidente quando Dylan me encontra no estacionamento da escola, esperando no meu carro, com o que eu acho — baseado no que sinto no meu rosto — é uma expressão de puta da vida.

— Eu ia perguntar qual é o problema — ele diz, entrando no meu carro —, mas estou com medo, no caso de ter alguma coisa a ver comigo.

— Nem tudo é sobre você.

Ele ri.

— Eu *sei*. Ultimamente nada é sobre mim.

Resisto ao impulso de voar por cima das lombadas o mais rápido possível.

— O que você quis dizer com isso?

— Nada, Jill.

Não foi só *nada*. Foi *Nada, Jill.* E nesse contexto, nesse tom, é bem possível substituir *Jill* por *vaca*.

Numa tentativa de me redimir, pergunto com toda a sinceridade se a Rebelião das Batatas vai pra festa.

— Não.

— Você poderia ir mais cedo pra Casa Bonita e pegar uma mesa boa. Perto dos mergulhadores. Então eu levaria Mandy, e só falaria pra ela que estamos saindo pra um passeio, um *drive-thru*, ou alguma coisa assim. Depois...

— Jill — Dylan diz. — Me esqueci que eu prometi para o meu pai que eu o ajudaria a trocar as pastilhas de freio do carro dele quando chegasse do trabalho. Não vai demorar muito, mas não acho que eu consiga chegar lá mais cedo pra pegar a mesa.

Estamos parados no sinal vermelho. Lanço minha cabeça pra trás e deixo sair uma enorme bufada/resmungo.

— Sério?

Ele fala devagar, como se estivesse falando com um bebê num acesso de raiva.

— *Você* vai mais cedo e pega a mesa. *Eu* vou pegar a Mandy. *Tudo* vai dar certo. Ok?

É uma abordagem eficiente.

— Na verdade, é uma boa ideia. Vocês dois meio que se deram bem; ela vai a qualquer lugar com você. Você consegue inventar alguma coisa.

Conversamos sobre alguns detalhes do plano no caminho para o shopping Cherry Creek, onde, tão logo vemos as minúsculas e adoráveis roupas de bebê, fomos dominados pela fofura delas todas e é como se nunca tivéssemos brigado. Pegamos umas coisas práticas, como cobertores e mamadeiras, mas minha mãe pode se preocupar com a maioria dessas coisas. Ficamos loucos pelas roupas.

— Eu quero um bebê — Dylan diz, segurando uma touquinha em miniatura com uma tartaruga.

— Não olhe pra mim.

Acabamos gastando quase duzentos dólares, exigindo que fôssemos mais de uma vez ao caixa eletrônico. Depois paramos para tomar limonadas e olhar de novo todas as coisas que compramos.

— Você acha que um dia vai ser mãe? — ele pergunta, segurando uma ovelhinha de pelúcia e tocando suas orelhinhas.

— Não consigo imaginar.

— Sério? Consigo me imaginar totalmente sendo pai. E quero ser um pai jovem, sabe? Pra quando as crianças estiverem no colégio, eu ainda possa ser um pouquinho maravilhoso.

— Crianças? — pergunto. — Em quantas você está pensando?

— Três?

Nossos olhos se encontram. Amo Dylan. Ele me ama. Somos o primeiro um do outro. Mas não vamos ficar juntos pra sempre. Nós dois sabemos, tenho certeza. Ele vai pra faculdade depois da formatura; eu não. Ele quer um monte de filhos, aparentemente; eu não. Não que nunca tivéssemos conversado sobre o que é ou não pra sempre. Mas também não é um hábito sentar e conversar sobre nossos eus adultos de um jeito que faz parecer óbvio que estaremos seguindo caminhos diferentes. E me desligar do Dylan significa me desligar de uma parte da minha vida de quando eu ainda tinha meu pai.

Sou a primeira a desviar o olhar, batendo no meu gelo com um canudinho.

— Me deixa triste — digo para o meu copo — pensar nisso.

— Em mim sendo pai?

— Ha-ha. Não. Você vai ser ótimo. Não foi o que eu quis dizer.

Ele coloca a ovelhinha na mesa entre nós, suas pernas recheadas de feijõezinhos se abrem.

— É, eu sei. Você sabe o que mais é triste?

— O quê?

— Acabou de me ocorrer que estamos dando todas essas coisas pra Mandy no seu aniversário, mas ela não vai estar por aqui pra ver a bebê vestindo ou usando essas coisas.

Pego a ovelhinha, a coloco no rosto, sinto como se eu fosse chorar. Porque... Mas que inferno. Isso *é* triste.

Mandy

À tarde, enquanto Robin tinha saído pra fazer cópias das coisas da sua apresentação para os clientes e cortar as pontas dos cabelos, eu passei algum tempo em cada cômodo da casa: deitada um pouco na cama da Robin, depois na da Jill. Sentada à mesa da cozinha, onde tomei meu café da manhã com Robin quase todas as manhãs no último mês. Tocando os anéis de metal dos guardanapos que têm formato de alce ou cervo ou algum animal assim. Em pé no escritório com minha mão nas costas da cadeira dela. Olhando as fotos do ultrassom naquele primeiro dia no consultório da Dra. Yee. Estudando o rosto da bebê. Como ela vai ser? De quem ela vai ser?

Em cada cômodo espero por uma sensação de certeza que vai me dizer o que fazer. Talvez seja pânico. Talvez toda mulher que esteja planejando dar seu bebê se sinta exatamente assim, mas não sei sobre toda mulher, só sei sobre mim, e o que sinto é sobre aquilo que preciso pensar. Passo um tempo maior sentada na poltrona do pai da Jill. Às vezes quando penso no Mac e nas histórias que ouvi sobre ele, fico com inveja da Jill. Por que algumas pessoas têm um pai assim e outras têm o que eu tive? É melhor ter um pai morto como Mac do que um vivo que não queira conhecer você. Quanto ao pai da minha bebê, não sei. O fantasma, a sombra de Mac que ficou por aqui seria um pai melhor do que Kent. Mas se for do Christopher...

O telefone toca. Deixo a secretária eletrônica atender, com medo de que eu possa ouvir a voz da minha mãe.

— Mandy? Ei, Mandy, atenda se estiver ouvindo. É o Dylan.

Dylan. Tem outra pessoa que a Jill tem e não dá o valor que deveria.

— Talvez você esteja tirando um cochilo ou algo assim. Droga. Espero que você pegue a mensagem a tempo! Por que você não tem um celular? Todo mundo tem celular. Desabrigados têm celular. Ok, o negócio é que vou pegar você às seis horas, e não posso te contar mais nada. Prometo que vai ser a maior diversão desde que você chegou aqui. Talvez a maior diversão que você... — A secretária faz um bipe, interrompendo a ligação.

Alguns segundos mais tarde o telefone toca de novo, e de novo não atendo. Não acho que sou forte o suficiente pra conversar com alguém tão legal quanto o Dylan agora.

— Como eu disse, às seis horas. Vista algo confortável.

A voz de robô da secretária diz a hora. Quatro e quarenta e oito; mais tarde do que eu achava. Não sei se consigo fazer o que preciso antes das seis. Não que eu tenha tanta coisa, mas estou lenta agora, e não pensei em como chegar à loja de penhores e depois à estação de trem, ou mesmo se tomo o trem ou o ônibus, ou aonde estou indo. Leste. Oeste.

Me levanto pra preparar e embalar alguns sanduíches de pasta de amendoim e levá-los para o quarto pra colocar na mala. Coloco minhas vitaminas numa sacola também, e encho uma garrafa de plástico com água. Tudo precisa caber na minha mala, e não pode ser muito pesada. Eu me lembro da minha viagem pra cá, arrastando minha mala na neve, ninguém me oferecendo ajuda. E aqui vou eu de novo, sozinha. Eu rearranjo tudo pra ficar mais compacto e tenho que deixar alguns dos suéteres mais pesados que a Robin comprou pra mim. De todas as coisas que poderiam me fazer chorar, isso é o que consegue.

Sento na beirada da cama. Meu corpo todo dói: meus pés, minhas costas, meu traseiro, até meus dedos, que estão inchados e apertados. Tudo o que quero fazer é descansar um pouco. Vai ser uma boa oportunidade pra repassar o plano na minha cabeça, afinal; então me deito de costas e me alongo. Esta vai ser a última vez que eu durmo numa cama confortável assim. A última vez que essas esperançosas paredes cor de laranja são a última coisa que eu vejo antes de fechar os olhos.

❃

— Mandy? — Tem uma mão no meu ombro. Abro os olhos. Dylan.

— Oi — digo, meio grogue.

— Ei.

Me sento, Dylan olha pra mim e finalmente acordo, percebendo o que ele está vendo: eu e todas as minhas coisas espalhadas na cama ao meu lado — a mala com minhas roupas dentro, os sanduíches e a água, meu casaco e um cachecol que eu peguei do quarto da Jill. Minha Bíblia.

— Hmm — Dylan diz, ele parece preocupado. — Você está indo pra algum lugar?

Ele é meu amigo. Ele me abraçou. Ele entende sobre minha mãe.

— Tenho que ir embora — conto pra ele.

— Não, não, não! — Ele levanta as mãos, sua voz ficando mais alta a cada "não". — Você não tem que ir embora. Não vai embora. Sei que a Jill pode ser uma vaca, mas se ela tem agido estranho nos últimos dois dias, é só porque...

— Não é a Jill. — Pra ajudar Dylan a entender, transformo isso sobre o pai da bebê. Dylan é quem disse que se fosse sua bebê, não deixaria ir embora tão fácil. — Preciso conversar com o pai da bebê.

— Não dá pra simplesmente ligar pra ele? — Ele começa a tirar as roupas da minha mala e colocar nas gavetas da cômoda.

Eu me levanto e vou até as gavetas.

— Imagine que é sua bebê. Tenho que tentar encontrar o pai, mais uma vez. — Movo as roupas de volta pra mala. Ele me observa, e percebo, por parecer tão contrariado, que ele acredita em mim.

— Você pode... contar pra Robin. Ela vai entender; sabe que ela vai. Ela até iria com você. — Ele olha para o relógio em cima da cômoda. São seis e dez. — Você não pode ir embora, Mandy. Não pode.

— Você é meu amigo, Dylan. Pode me ajudar.

Ele aperta as laterais da cabeça. Quanto mais agitado ele fica, mais calma me sinto. — Não, não posso. Quero dizer, posso ajudar você a *ficar*. Converse com a Robin. Estou te falando. Quer que eu faça isso por você?

Como posso explicar para o Dylan o que eu não entendo? É a maternidade, os pais, é o medo, o conhecido e o desconhecido. É a biologia, um instinto que me diz pra ir, ir.

— Vou voltar — é tudo o que consigo dizer só pra que ele não se preocupe tanto.

— Se vai voltar, então por que está levando tudo?

— Não estou. — Abro a gaveta e mostro pra ele os suéteres que são muito volumosos pra levar comigo.

Ele olha pelo quarto, preocupado, como se alguém pudesse sair do armário e nos pegar.

— Mandy, concordo totalmente que você tem que encontrar o pai da bebê e conversar com ele. Como um homem, entendo isso. É simplesmente o certo. Mas não fuja.

Encaramos um ao outro. Dylan é uma boa pessoa; está tentando decidir o que é mais certo de duas coisas que não parecem certas. Eu me viro e fecho o zíper da mala.

— Vamos fazer um acordo — ele diz, puxando a mala na sua direção. — Vem comigo agora. Traga suas coisas. Era pra ser uma surpresa... Jill está fazendo uma pequena festa surpresa pra você nesse restaurante maluco que ela acha — nós achamos — que você vai amar. Não conta pra ela que eu contei pra você. Vem comigo, por favor. — Ele respira fundo e segura. — Depois, levo você aonde quiser ir.

Uma festa de aniversário? — Foi ideia da Jill?

— Foi. Você vai ter que comer de qualquer jeito, certo?

O trem para o leste sai umas oito. O trem para o oeste não sai até de manhã. Os ônibus, eu não sei. Dylan está segurando meu casaco agora. Coloco meus braços dentro das mangas.

— A Robin vai estar lá? — Não seria capaz de encará-la.

— Não. Ela está na reunião. — Ele puxa o casaco em volta de mim o máximo que dá e fica segurando as lapelas. Estamos tão próximos, sinto o cheiro de chiclete de canela em seu hálito.

— Vou te ajudar, Mandy. Prometo.

É difícil pensar com clareza logo depois de um cochilo. As mãos do Dylan no meu casaco me fazem sentir segura.

— Bem, estou com fome.

Jill

Qualquer ida à Casa Bonita é em si esquisita, mas é extrabizarro ficar sentada a uma mesa na Casa Bonita à meia luz com Ravi. Estamos esperando por Dylan e Mandy o suficiente para essa bizarrice crescer em escopo e intensidade. Nossa comida, que pegamos enquanto entrávamos, porque é como funciona num bom estabelecimento como esse, está esfriando. Mas temos uma boa mesa, graças a termos chegado aqui exageradamente cedo e termos implorado ao *host*. Nem fui pra casa à tarde por medo de que eu começaria a agir estranho perto da Mandy e soltaria a língua. Quando Ravi apareceu, tão bonito em seus óculos e suéter, tive que resistir pra não pular, literalmente.

Ele toma sua *marguerita* sem álcool e olha pra todo lado, menos pra mim. — Uau, este lugar é...

— Não acredito que você morou em Denver sua vida inteira e nunca veio aqui.

— Enorme negligência dos meus pais. Claramente.

Checo meu celular de novo pra ver se tem uma resposta a uma das três mensagens de texto que enviei para o Dylan perguntando por que está demorando tanto. Mergulhadores seminus passam perto de nós pra escalar as rochas falsas que foram construídas pra simular um penhasco no restaurante em forma de caverna. Músicas de *mariachi* tocam bem alto. É tudo muito festivo — ou *seria*, em circunstâncias diferentes.

— Devíamos comer — digo. — A comida já é ruim o suficiente quando quente. Ao cortar minha *enchilada*, um queijo laranja claro vaza pra fora. — Obrigada por ter vindo.

Ele acena com um sorriso, mas não diz nada e pega um bocado cuidadoso de seu arroz.

— Lembre-se de que você é Clark.

— Eu sei.

O Ravi do cemitério já não existe; tento resgatá-lo do fundo do mar onde eu o deixei afundar por ser estúpida. Quando nos vimos pela primeira vez, não tinha razão pra contar sobre o Dylan. Dylan nem estava falando comigo naquela época. Isso tudo se voltou contra mim.

O nervoso me deixa toda tagarela, na esperança de que eu possa deixar Ravi mais confortável.

— Lembra-se daquela conversa que tivemos sobre faculdade e tal? — pergunto. — Fiquei me perguntando se você está planejando ficar em Denver por mais tempo, ficar trabalhando na Margins, ou o quê?

— Não sei. É um bom emprego. Parte de mim ainda queria poder fazer meus pais felizes, alcançar o sonho americano, fazer todo o trabalho duro e sacrifício valerem a pena.

— Tá vendo, esse é o problema de querer fazer coisas pra deixar outras pessoas felizes. Se eles realmente amam você, e você acabar infeliz, como eles podem ser felizes? Eu ir pra faculdade deixaria minha mãe feliz, mas minha vida não pode ser desse jeito. — Subo nossa pequena bandeira mexicana em seu mastro pra conseguir alguns chips. — O sonho americano é meio estúpido, afinal. Sacrifique 90% da sua vida, então você pode gastar os últimos dez por certo fazendo nada.

— Não diria que é estúpido, mas...

— E não tem garantia de que você chegue sequer longe o suficiente pra usufruir dos frutos do seu trabalho.

— Verdade. Só acho que *tem* algum valor em...

— Olhe para o estado do mundo. Desse jeito, tudo isso vai implodir a qualquer segundo de qualquer modo, e você pode... *morrer* de repente. Então você deveria fazer o que te deixa feliz.

Ele pega um bocado de comida.

— Certo? — pergunto. Então vejo o cabelo loiro da Mandy, armado mais uma vez, vindo na nossa direção. — Finalmente. — E eis que minha *enchilada* ameaça voltar, e não porque está meio fria e nojenta, mas porque Ravi e Dylan estão prestes a se conhecer. Por que eu pensei que essa podia ser, mesmo que remotamente, uma boa ideia? Aceno pra Mandy. Se eu ficar focada nela e no bebê, vou conseguir passar por isso.

Dylan, caminhando atrás dela, não parece muito feliz, considerando quão animado ele estava com essa ideia inicialmente. Escolho não fazer uma cena por eles estarem atrasados. Não abraço nem beijo Dylan. O apresento a "Clark". Explico pra Mandy como funcionam as bandeiras. Aponto pra pequena pilha de presentes ao lado da mesa e digo: — Surpresa! Feliz... aniversário!

Ela sorri, só um pouco, não parecendo nada surpresa.

— Obrigada— ela diz. — Você não precisava... — Talvez seja a mais triste e sincera maneira que já a vi agir. Ela parece triste e distante, e mantém a mão sobre a barriga como um cobertor que a faz se sentir segura. Tenho esse impulso de abraçá-la e falar pra ela que tudo vai ficar bem, que a essa hora amanhã o relógio estará fora de nossas vidas, e que vamos dar um jeito em tudo entre ela, minha mãe e eu.

Não é o momento.

O jantar é bom o suficiente, considerando o que é. Temos uma boa vista dos mergulhadores e do *show*, que envolve um cara numa fantasia de gorila. O que isso tem que ver com México, não sei dizer. Dylan come o equivalente ao próprio peso em *sopaipillas*, mas não parece totalmente aqui. Ele está distraído e parece ansioso, e me preocupo que Ravi vá achá-lo rude, ou que Dylan ache que Ravi é rude. Ravi está agindo estranho também, e não o culpo. Considerando quanto Mandy gostou dele quando se viram pela primeira vez, ela mal está falando com ele ou com qualquer um de nós. Ele tenta começar algumas conversas com Mandy; a música está muito alta, e Mandy está fora de alcance, então ele desiste.

E então, quando Mandy abre os presentes... Bem, não sei o que eu esperava. Alguma empolgação? Ou emoção? Quando ela segura o pequeno macacão com um patinho, seu rosto fica branco como neve. Dylan se mexe na cadeira.

— Eu escolhi esse — ele diz, soando incrivelmente desconfortável.

— Ah.

Sou uma idiota. Eu deveria ter comprado alguma coisa só pra ela — camisetas que não fossem pra grávidas, uma chapinha só pra ela — e embalado rapidinho pra misturar com as outras coisas. Ou no lugar das outras coisas. Eu deveria ter feito um chá de bebê pra minha *mãe*, não pra Mandy. É tão óbvio agora, mas é tarde demais.

Ravi pede licença e pergunta onde é o banheiro.

— Vou te mostrar — digo. — Tenho que ir também. — O que é mentira.

Costuramos pelas mesas, desviando de um par de mergulhadores, nos movendo pra deixar uma criança fugitiva passar, e evitando colisão com uma garçonete servindo *sopaipilla*. Quando saímos da área das mesas, admito para o Ravi que estou perdida e acho que os banheiros estão do outro lado do lago.

Ele vira e diz abruptamente: — Acho que vou pra casa.

Eu sabia que isso não estava indo bem, mas não quero que ele vá.

— Eu queria...

— Eu só... — Ravi se vira, olhando para a queda d'água. — Jill, você realmente...

Eu sei o que é. Eu sei. Estive fingindo que não, mas eu sei. Sei por que eu disse aquelas coisas pra ele na cafeteria quando ele falou da Annalee. Sei por que não tenho me sentido bem por ter voltado com Dylan. Sei.

Ravi olha pra mim agora, com seus olhos meio castanhos atrás dos óculos, e balança a cabeça de leve, depois começa a sair. Eu o sigo.

— Essa não é a saída. — Ele não está me ouvindo. — Você está indo para as cavernas. — O sigo para as cavernas, criancinhas correm por nós, está tocando salsa. É escuro. Ele está andando rápido em direção a uma área que está parcialmente bloqueada com uma placa: POR FAVOR, ACEITEM NOSSAS DESCULPAS. ESTA ÁREA ESTÁ FECHADA.

— Ravi... espera. — Me sinto boba, ridícula, indo atrás dele por esse mundo artificial e escuro, quando ele claramente quer sair de perto de mim. — Que merda, Ravi, por que você não...

Ele se vira e com um movimento me puxa pelo braço pra perto de si. Não muito forte, mas preciso. Nos esprememos contra a parede pra nos esconder das autoridades da Casa Bonita.

— Ravi, o que...

— Talvez você devesse parar de falar por um segundo.

Eu paro. Ele está olhando pra mim desse jeito que me faz respirar rápido e curto. Sua mão ainda está segurando meu braço, firme o suficiente pra ser difícil de me desvencilhar. Em uma situação diferente, eu lançaria outro golpe de autodefesa. Eu torceria meu pulso e o lançaria contra mim mesma na parte mais fraca de sua pegada, onde seu dedão e seus dedos se encontram. Então eu colocaria minha mão em seu rosto e torceria seu pescoço, usando o impulso pra desequilibrá-lo e lançá-lo ao chão, deixando-o pra ser pisoteado por crianças chapadas de refrigerante e sorvete.

Não faço nada disso.

— Não estou com a Annalee. Nunca estive — ele diz, e espera.

"Oh" — eu penso.

— É difícil pra mim ver você com seu namorado — ele diz, e espera mais um pouco.

Minha vista fica embaçada; meu coração acelera.

— Você não vai dizer nada? — ele pergunta.

— Você pediu pra eu não falar.

Ele puxa meu braço contra seu peito. Coloca seu outro braço em volta da minha cintura. Dobra os joelhos pra ficar mais perto da minha altura. Fico na ponta dos pés pra ficar mais perto da dele. Acontece.

Lábios, línguas, mãos.

Alegria. Renascimento.

Oh.

Tento tirar seus óculos sem parar o que estamos fazendo.

Umas risadinhas. Duas garotas do primeiro ano trombaram com nossa pequena cena.

— O que vocês estão olhando? — pergunto por cima dos ombros.

Ravi se afasta. As garotas saem.

— Acho que vou pra casa.

Não. Não.

— É, você já disse isso.

— Agora você sabe por quê.

— Por que é que você veio hoje?

— Curiosidade mórbida? Pra ver com quem estou competindo? Por que você pediu? Definitivamente *não* foi porque pensei que seria o lugar perfeito pra dar em cima de você.

Mesmo que a minha vontade fosse de gritar "fogo!" para que todo mundo saísse do restaurante e Ravi e eu pudéssemos ficar nessa caverna por horas, a razão prevalece.

— Vem dizer tchau pra Mandy. Do contrário, vai parecer estranho. Por favor?

— Jill — ele diz, não acreditando. — As coisas que eu faço por você...

— Obrigada.

— Aja normalmente.

Voltamos pela caverna — a memória da mão do Ravi ainda no meu braço — passamos pelo lago, pelos clientes, e encontramos nossa mesa... vazia. Um garoto está tirando os pratos. Os presentes se foram.

— Um cara e uma garota estavam aqui — digo para o menino. — Um cara com delineador e uma garota bem grávida. Você os viu ?

Ele não olha pra cima.

— Eles saíram.

Mandy

Dylan está mantendo sua promessa. Não tinha certeza se ele iria. Quando fomos até o restaurante, passamos por várias lojas de penhores e eu queria parar, não esperar. Essa é uma época de momentos decisivos, porque não se sabe se vai ter outra chance. Mas ele estava tão preocupado com a Jill esperando a gente e não queria chegar mais atrasado do que já estávamos. Pensei que talvez fosse um truque. Que quando eu chegasse lá, ele ia me dedurar pra Jill e que ela ligaria pra Robin e eles me trancariam até a hora da bebê nascer. Depois me abandonariam no hospital.

Mas ele não fez isso. Quando Jill e Clark foram ao banheiro, ele olhou pra mim e disse: — É melhor irmos agora.

Ele colocou todos os presentes numa sacola, e pegamos nossos casacos. Dylan disse que guardaria os presentes pra mim até eu voltar e poder pegá-los. Peguei o macacãozinho com o patinho e a touquinha com a tartaruga e os fiz caber na minha mala, para o caso de eu acabar não voltando.

Agora estamos passando pela parte da cidade onde está a maioria das lojas de penhores; Dylan não para. Ele desacelera na frente de uma, ou mesmo para por alguns segundos, e depois alguma coisa o faz mudar de ideia e continuar dirigindo.

— Precisamos escolher uma e parar — digo. — Ainda preciso de tempo pra comprar minha passagem e tomar o trem.— Ou o ônibus, ou o que seja.

Dylan não deveria saber tantos detalhes. Embora ele esteja mantendo sua promessa agora, é melhor deixá-lo parcialmente no escuro.

Na próxima loja, tem um carro de polícia parado na frente com as luzes piscando.

— Não — Dylan diz.

— Aqui — digo, apontando pra outra à nossa direita.

Ele estaciona numa das quatro vagas no pequeno estacionamento na frente, e olhamos pra dentro da loja.

— Você sabe como isso funciona? — ele pergunta, o motor ainda funcionando. Seu celular toca; ele ignora.

— Não.

— Eu também não. — Ele dá uma olhada pra mim e ri uma risada baixinha. — Desculpe. Acho que estou com medo.

— Só temos que entrar. Eles vão nos dizer o que fazer. — Começo a tirar meu sinto de segurança, e um homem sai da loja e acende um cigarro, o tempo todo lançando um olhar duro para o carro. Ele dá um passo em nossa direção, gesticulando para o Dylan baixar o vidro da janela.

— Não — Dylan diz de novo, e dá ré em direção à rua mais rápido do que é seguro, e os pneus cantam um pouquinho. — Desculpe-me — ele repete.

Eu deveria ter feito isso sozinha. Pessoas como Dylan, Jill e Robin... sei que pode até ter acontecido coisas ruins pra eles, podem ter sobrancelhas e lábios com *piercing*, e Jill pode agir como se fosse durona, mas quando se veem em situações como essa, eles não sabem como ser fortes de verdade. Você tem que ir fundo e encontrar alguma parte de você que não se importa com o que as pessoas pensam, não se importa se é difícil, não se importa se machuca, não se importa se você tem que passar por uma momentânea experiência de humilhação, incerteza, medo. Eu sei.

— Vamos fazer o seguinte — Dylan diz. — Vou parar num caixa eletrônico e te dar o que precisa pra comprar a passagem e tanto quanto eu puder sacar. Seu celular toca de novo. Sabemos que é Jill.

— Não vai ser o suficiente. — Todas as minhas chances de vender o relógio se vão como um lampejo.

— Vai ser alguma coisa.

Paramos num banco *drive-thru*. Ele saca dinheiro e me dá com uma expressão em seu rosto que me diz que ele gostaria de ter conseguido mais.

— Obrigada.

Quando chegamos à estação, já passa das oito. O trem que vai para o leste, aquele que me levaria de volta pra Omaha, já partiu se não estava atrasado. Ainda assim, não apresso Dylan ou digo qualquer coisa quando ele leva muito tempo pra achar um lugar pra estacionar. Permanecer calma é uma parte importante da sobrevivência e de conseguir sair de um momento e chegar a outro. Ele me ajuda com as malas, as vigia enquanto vou ao banheiro. Depois que faço xixi e lavo minhas mãos, olho no espelho e respiro fundo. Eu poderia voltar pra estação e pedir para o Dylan me levar de volta pra casa da Robin. Nada mudaria. Nada estaria arruinado. Ainda há uma janela de esperança pra mim aqui se eu quiser voltar. Resolver com a Robin o que vamos fazer depois do nascimento. Confiança.

Confiança. Essa é a parte que faz minha vontade tropeçar. Tudo em mim diz que posso confiar na Robin. Mas às vezes confiança não é algo que você pode simplesmente escolher ter mesmo que faça sentido. Em toda a minha vida, a única pessoa confiável, a única com quem pude contar, a única que não me abandonou, fui eu. O que não consigo resolver é o que ficar significa e o que ir embora significa.

Se eu ficar, significa que estou disposta a abandonar minha filha. Se eu for embora, acho que talvez esteja abandonando a mim mesma. E isso é uma coisa que, mesmo depois de tudo, eu nunca cheguei a fazer.

Quando saio do banheiro, vou até o guichê e converso com a mulher lá. O trem que vai para o leste está atrasado.

— Em quanto tempo?

Numa voz amigável, ela me explica que o trem de passageiros compartilha os trilhos com trens de carga, e se os trens de carga sofrem algum problema, tudo o mais atrasa.

— Não perguntei por quê. Perguntei quanto tempo.

Ela fecha a cara. — Até agora, em uma hora. Mas tudo o que posso fazer é dar uma estimativa. Às vezes, eles demoram mais.

— E quanto ao trem pra Califórnia?

— O trem que vai para o oeste está dentro do horário por enquanto. Mas depois que o trem para o leste chegar, nós fechamos a estação até amanhã. Você vai ter que ir pra casa e depois voltar. Um ônibus...

Eu me afasto enquanto ela ainda está falando. — Está um pouco atrasado — conto para o Dylan pra que ele continue acreditando que vou para o leste, pra procurar o pai.

— Quer que eu espere com você?

— Não, obrigada. — Vou ter que pensar em algum lugar pra passar a noite.

Ele coloca as mãos nos bolsos. Senta no banco de madeira. Já sinto vontade de fazer xixi de novo, mas só quero que o Dylan vá embora antes que alguma coisa me aconteça. Emocionalmente, quero dizer.

— Boa sorte com tudo — ele diz. — Você tem meu número?

Confirmo com a cabeça.

— Mandy...

— O quê?

— Desculpe por como não consegui seguir o plano exatamente.

— Tudo bem.

Ele se senta do meu lado. Seu braço toca o meu.

— Você vai voltar, certo?

Olho pra ele.

— Quero dizer, depois que você falar com o pai e tudo o mais, você vai voltar e ter a bebê como planejou.

E dar a bebê pra Robin, ele quer dizer. A resposta é que eu não sei.

— Sim — digo a ele.

Ele respira aliviado e me dá um abraço, sentado. — Ok. Ligue para mim se precisar de alguma coisa, seja dinheiro ou qualquer outra coisa.

Balanço positivamente a cabeça por cima do ombro dele. Ele é um amigo, mesmo que tenha parcialmente falhado em sua promessa hoje à noite. Ele é o único amigo que tenho de agora em diante, acho. Eu o aperto mais, tão forte quanto consigo com minha barriga entre nós, pra que ele saiba que não estou brava com ele ter medo de loja de penhores. Nem todo mudo é corajoso.

Jill

Minha mãe está fora de si, um trapo ambulante. Ela fica me pedindo pra explicar como isso aconteceu, como se houvesse uma explicação, como se eu pessoalmente tivesse controle sobre as ações de todas as pessoas do mundo.

— Como você foi se perder da Mandy? — Ela está paralisada no sofá, exatamente onde se sentou quando chegou em casa da reunião e eu contei que Mandy e Dylan tinham meio que sumido. Ela ainda está com a bolsa do laptop meio pendurada no ombro.

— Eu não a perdi. Ela saiu. — Eu mesma não estou muito bem — furiosa com Dylan e comigo mesma porque... E se foram essas coisas estúpidas de bebê que compramos pra ela que a fizeram ter uma crise nervosa? No que eu estava pensando? E a Mandy? Achei que tínhamos um acordo; achei que éramos um time, e ela mentiu pra mim no final. Talvez eu estivesse certa sobre ela no início. A única coisa sobre a qual me sinto calma é Ravi. Bem, relativamente calma.

— Por que o Dylan não atende o telefone? — minha mãe pergunta.

— Não sei, mãe. Não sou o Dylan.

Tentamos ligar pra casa dele, contra minha vontade. Disse pra ela que era cedo demais, que devíamos esperar um pouco mais, que talvez Mandy não tivesse se sentido bem e que eles tenham parado numa farmácia pra comprar um antiácido ou alguma coisa pra ajudar a digerir as *enchiladas*.

Não acho que tenha sido isso, na verdade; eles não teriam saído sem se despedir.

— Ele teria ligado ou atendido — minha mãe disse, e ela estava certa. Agora deixamos os pais dele preocupados, além de todas as outras coisas.

Minha mãe quer que saiamos pra procurar. Digo a ela pra se lembrar do que meu pai sempre dizia: em caso de emergência, fique exatamente onde as pessoas esperariam que você ficasse. *Pai, pai. Esteja aqui agora.* Nunca vi minha mãe desse jeito. Onze meses atrás esta cena era inversa: foi no dia do acidente, eu uma estátua no sofá, ela tomando conta das coisas e fazendo ligações e me dizendo que tudo ficaria bem, e agora lembro que ela trouxe um copo com *bourbon* da reserva escondida do meu pai. Então agora eu dou a ela um pouco de vinho e a faço ver um canal de tevê aberta em vez das notícias, só para o caso de haver qualquer horrível acidente de carro perto da cidade ou algo assim. O canal está mostrando um especial sobre a história dos gatos domésticos. Entre mandar mensagens de texto e ligar para o Dylan, eu encho de novo a taça de vinho, e a faço conversar sobre os gatos. Tiro os sapatos dela e a bolsa do ombro e coloco um cobertor em volta dela.

— Como a Mandy pôde fazer isso? — ela me pergunta, desconsolada.

— Não sabemos se ela está fazendo alguma coisa. Enquanto ela estiver com Dylan, acho que ficará bem.

— Então por que o Dylan não atende?

É uma conversa circular que permanece chegando ao mesmo ponto. Sugiro que seu celular possa estar sem bateria ou perdido; acontece. Então ela repete: — Como a Mandy pôde fazer isso?

Finalmente, frustrada por não ter uma resposta, eu digo: — Ela não é nossa propriedade.

— Mas faz parte de nós. — Minha mãe sobe e desce a mão pelo cobertor. — Você acha que ela faz parte? Que todas nós devemos ficar juntas?

— Não sei.

— Você estava certa. Deveríamos ter contratado um advogado.

Sim, eu estava certa. Mas nesse momento não quero estar certa. — Assinar alguma coisa não garante alguma coisa necessariamente — digo. — As pessoas são livres. As coisas acontecem e você não consegue evitá-las, lembra? E Mandy é... — Mandy é o quê? Louca? Estúpida? Essas são palavras que eu teria usado pra descrevê-la um mês atrás. Mas o que eu faria se estivesse no lugar dela? Como seria carregar um bebê esse tempo todo só pra dá-lo? — Sabe o que o Dylan disse sobre ela uma vez?

— O quê?

— Que é ela quem precisa de uma mãe. — Conforme digo isso, uma ideia, uma memória, reluz por uma fração de um segundo no fundo da minha mente, mas se vai antes que eu consiga compreender o que é.

— Isso foi astuto da parte do Dylan. — Minha mãe tem dificuldades em usar a palavra "astuto", e sei que o vinho está ajudando. — Mesmo que ela tenha 18 anos... 19, agora, ela é uma criança. Tenho medo por ela ficar no mundo lá fora, sozinha.

Os cílios da minha mãe se abaixam. — Se eu não achasse que seria muito confuso para a bebê, e pra Mandy, eu a teria deixado ficar com a gente. Ela não tem ideia de até onde eu iria por ela. Se ela tivesse, não fugiria. Eu devia ter feito melhor. Devia ter contratado um advogado. Você estava certa.

Ela continua assim, repetindo pra si mesma, repetindo pra mim. Tomo o último gole do seu vinho e coloco uma almofada atrás de sua cabeça conforme ela se deita. — Aposto que quando você acordar, ela vai estar bem aqui nesta sala, como sempre.

— Mmm.

Logo ela apaga.

Lá em cima no quarto da Mandy, procuro mais uma vez por pistas de para onde ela possa estar indo. A Bíblia sumiu. Suas roupas novas sumiram, sua mala. Minha chapinha. Fuço no lixo e acho um envelope endereçado a ela. Fico empolgada, pensando que achei alguma resposta. Mas a única folha de papel dentro simplesmente diz:

Por favor, pare de me escrever.
— Alex, do trem.

Volto lá pra baixo e me sento na poltrona do meu pai, observando minha mãe, vigiando a porta. Meu celular, que deixei no modo vibratório, vibra com uma mensagem de texto, e eu a verifico. É Ravi.

Ravi. Quando estávamos saindo de Casa Bonita, ele perguntou se eu queria que ele ficasse comigo, se havia alguma coisa que ele pudesse fazer, mas eu o mandei pra casa pra que eu pudesse me focar nessa situação. Agora ele quer saber se eu tenho alguma informação. *Não*, mando uma mensagem de volta. *Obrigada por perguntar.*

Passo e repasso a noite inteira na minha cabeça. Dylan e Mandy chegando muito atrasados, agindo de modo tão estranho. Será que estava acontecendo alguma coisa entre os dois? Não, isso não faz o menor sentido. Mandy é louquinha e está grávida, e uma coisa da qual nunca duvidei é que Dylan é leal a mim, mesmo quando fui nada leal a ele.

Meu celular vibra de novo. Dessa vez é Dylan.

Ele está do lado de fora da minha casa, dentro do carro, e me pede pra ir até lá. Vou como um relâmpago até a porta, agarrando minhas chaves e meu casaco. Está muito frio lá fora; corro até seu carro parado e pulo no assento do passageiro.

— Onde ela está?

Dylan parece horrorizado.

— Levei ela pra estação de trem.

Nem mesmo pisco antes de falar: — Me leve pra lá. Agora.

— Jill... você não entende. Imagine se...

Seguro minha mão, concentrando em conter a minha fúria. Não há tempo pra dizer tudo o quero dizer.

— Confiei em você. Disse pra minha mãe que se a Mandy estava com você, não tínhamos nada com que nos preocupar.

— Imagine se você fosse um cara que engravidou uma garota. Não teria o direito de saber? — Ele está comovido. — Não iria ter alguma coisa pra *dizer* sobre o futuro do seu bebê?

Abro a porta do carro. Não estou aqui pra discutir direitos parentais. Só tenho que trazer Mandy de volta pra que minha mãe não fique arrasada tudo de novo.

— Se não vai me levar, eu vou sozinha.

— Ela vai voltar — ele diz com menos confiança. — Ela disse que voltaria. Ela...

O resto de suas palavras fica abafado e depois perdido enquanto eu bato a porta do carro com força e ando até meu carro pra começar a tirar o gelo do para-brisa. O ouço sair e me seguir.

— Você está me ouvindo? Não, claro que não, porque nunca ouve ninguém.

— Por que eu ouviria essa besteira, Dylan? — Meus dedos doem agudamente por causa do frio.

— Nem tudo é besteira! — Ele está falando alto o suficiente agora e se minha mãe não estivesse dormindo feito uma pedra, eu ficaria preocupada por ele a ter acordado. Vou até o para-brisa traseiro, Dylan se mantém próximo. Numa voz só um pouco mais baixa, ele diz: — Desde que seu pai morreu, você...

— Não, Dylan. Não vem com esse papo de "desde que seu pai morreu". — O raspador de gelo cai das minhas mãos dormentes. O pego de volta. — Eu não mudei. Sempre fui assim.

— Não, não foi.

— Ok, bem, não me lembro daquela Jill. — Levanto as mãos até meu rosto pra aquecê-las, pra enfiar de volta as lágrimas. — Não me lembro. Desculpe. E não posso *ser* ela agora, e nunca mais vou ser ela de novo — digo com minha voz ficando mais alta. Percebo, finalmente. Essa Jill ilusória que tenho procurado não é alguém que pode ser encontrado. A não ser que meu pai volte dos mortos, e isso não vai acontecer. O que não significa que não posso mudar, só que não posso *voltar* a ser o que eu era.

Reconheço a histeria quando a vejo; não posso permiti-la agora. Minhas mãos caem, e respiro profundamente esse ar que queima os pulmões.

— Se eu pudesse, eu voltaria... e queria isso... Sinto muito.

Dylan está derrotado, olhando para o chão.

— Que merda.

Abro a porta do motorista, jogo o raspador dentro do carro.

— Ela estava tentando vender um relógio? — pergunto.

Ele levanta a cabeça, um pouco surpreso.

— Sim.

— Ela conseguiu?

— Não. Eu... eu amarelei. Achei que fôssemos levar uma facada do lado de fora de uma loja de penhores ou algo assim. Dei um pouco do meu próprio dinheiro pra ela.

Pelo menos isso.

— Vai pra casa — digo. — Seus pais estão surtando.

❀

Mandy está sentada em um dos bancos de madeira com encosto alto, parecendo dez vezes mais perdida e desamparada do que ela parecia no dia em que chegou aqui, mesmo que suas roupas sejam melhores agora, e pelo menos desta vez ela está usando um casaco bem quente. Ao vê-la, lágrimas brotam dos meus olhos. Alguma coisa como pena, mas mais como afeição, mais como compaixão. Porque imagine: ter uma mãe como aquela, estar grávida, ter coragem pra sair de casa e passar por tudo isso. E me pergunto pra onde ela está planejando ir agora, tentando ter um novo começo. Embora eu esteja louca da vida por ela ter chegado tão perto de conseguir fugir, tem algo admirável em como ela consegue cuidar de si, ser forte assim.

Eu meio que quero deixá-la ir. Ainda acho que minha mãe é louca por querer um bebê a essa altura da vida. E se a bebê tiver metade dos genes malucos da Mandy, vai ser interessante. Também sei que minha mãe daria uma ótima vida a essa bebê e a amaria mesmo quando ela for uma adolescente ingrata e insuportável como eu. Vai amá-la mais do que ela merecerá. Não que a Mandy não possa amá-la também, e não estou dizendo que dinheiro necessariamente torna uma vida melhor, mas elas tinham um acordo. Importa se isso pode não vingar num tribunal?

— Mandy — chamo de onde estou, sem fôlego, talvez uns três metros de distância.

Ela vira a cabeça e fica em pé.

— Oi, Jill. — E acena, como se apenas tivéssemos nos trombado na escola ou coisa assim. Nunca vou entender essa garota.

Dou uns passos em direção a ela.

— Aonde está indo?

— Estava tentando decidir.

Alguém no guichê grita pra estação que ela fechará em cinco minutos.

— Você perdeu o trem?

— Um deles.

Minha respiração desacelera.

Suas malas estão do lado dos seus pés. Ela tem alguma coisa na mão.

— É o relógio? — pergunto, me aproximando.

Mandy levanta a mão e a abre.

— Dylan ia me ajudar a penhorar.

— Ele não é durão a esse ponto. Ele nem entra numa loja 24 horas se tiver um desabrigado na frente.

Me aproximo o suficiente pra tocar o relógio em sua mão aberta.

— Vamos enviar de volta pra sua mãe.

— Não — ela diz com mais emoção do que já a ouvi ter sobre qualquer coisa. Ela fecha a mão em torno do relógio, e o coloca no bolso.

— Mandy, não sei de que tipo de família maluca você vem, mas depois de cinco segundos ouvindo sua mãe, sei que é assustador, e sei por que você quis fugir. A última coisa que queremos é esse tal de Kent vindo aqui e causando todos os tipos de problema. — Ao ouvir "Kent", ela se retrai. — Mandamos o relógio de volta, e acabou. E depois, o que quer que você decida, pelo menos vai decidir com a consciência limpa.

— Ele me deve.

Não sei o que responder a isso, o que isso significa exatamente.

— É tudo o que eu tenho. — Tem lágrimas em seus olhos, e medo.

Deus. Não consigo imaginar o que é se sentir assim. Que tudo o que eu tenho na vida é um objeto idiota que pertence a um cara que é obviamente alguém aterrorizante. E penso em tudo o que eu tenho, e tudo o que tenho rejeitado. O apoio, a amizade, o conforto que tenho recusado das pessoas que me amam de verdade.

— Não é verdade — digo.

Ela me encara, esperando que eu diga mais alguma coisa.

— Sei como tratei você quando chegou aqui — continuo. — Eu não estava bem. Não estava conseguindo lidar com essa coisa toda, admito. Achava que era uma péssima ideia; queria proteger minha mãe. Mas acho que entendo agora.

— Entende? — Ela sorri um pouquinho, seus olhos assustados olhando pra dentro dos meus. — Porque eu não. Não sei o que estou fazendo.

Eu engulo em seco.

— Bem, não sei o que você está fazendo. Ou o que estou fazendo. Mas acho que sei o que queremos.

A agente da estação vem até nós.

— Meninas, estamos fechando. Se precisam de alguma informação sobre abrigo...

— Estamos bem, obrigada. — Pego a mala maior da Mandy.

Ela olha e olha. Esperando.

— O que queremos?

O que queremos?

— Alguma coisa diferente do que temos agora. — Quero o que senti quando Ravi me beijou, não por causa do romance nisso, mas por causa do modo como me sinto quando estou com ele. Tenho uma sensação de possibilidade e, mais do que isso, um vislumbre de mim como alguém que estaria *aberta* à possibilidade.

Quero começar de novo. Não necessariamente um relacionamento, mas eu mesma. Quero recomeçar o meu eu, o eu que me tornei sem meu pai aqui. Bom e ruim e tudo isso.

Mandy pega a outra mala.

— Não sei o que fazer.

— Tem essa cafeteria. Minha mãe e eu fomos lá naquela manhã que viemos pegar você. Podíamos...

Antes que eu terminasse de falar, ela disse: — Ok.

Mandy

Acordo cercada pelas esperançosas paredes cor de laranja. Apesar de querer que seja real, novamente, penso que pode ser a última vez, porque ainda não encarei Robin e ela pode estar com ódio de mim. Posso estar empacotando tudo em poucas horas.

Quando Jill e eu voltamos pra casa ontem à noite, Robin estava dormindo no sofá. Jill colocou seu dedo nos lábios e nós subimos as escadas silenciosamente. Ela me ajudou a desfazer as malas. Colocamos a maioria das roupas de volta na cômoda, coloquei minha Bíblia de volta sobre o criado-mudo. Dei o relógio pra Jill porque não confio em mim mesma e posso ficar assustada de novo, e também dei pra ela o endereço pra onde enviá-lo.

— Vou cuidar disso — ela disse.

Estávamos muito cansadas pra conversar muito tempo na cafeteria. Em vez de discutir o que fazer com meu futuro, Jill falou sobre o passado. Ela me contou como foi a manhã em que cheguei. Como ela brigou com a Robin por minha causa. Como ela ficou brava sobre o Pancake Universe. Como ela tinha tanta certeza de eu estava lá só por dinheiro ou coisa assim. Isso me fez sentir mal no começo, mas então pude perceber que o ponto era que ela tinha mudado de ideia.

— Entendo por que fugiu — ela disse.

Ela acha que entende. Não sabe todos os motivos.

— Mas ainda estou brava com o Dylan — ela acrescentou. — Não acredito que ele deu dinheiro pra você. Não acredito que ele não levou você de volta pra casa.

Admito que não ouvi ou me lembro de tudo que ela disse. Estava cansada. O que lembro é que perguntei: — Ainda posso ser amiga dele?

Ela não esperava que eu ia perguntar isso, percebi. Primeiro ela disse: — Mas vocês não são bem amigos... — Então ela parou. Depois começou de novo. — Quero dizer, você só conversou de verdade com ele uma ou duas — vezes.

Eu a encarei.

— E não é como... — Então ela olhou pra mim, e para o chá, e de volta pra mim. — Sim — ela disse. — Pode. Não que precise da minha permissão. — Ela balançou a cabeça positivamente, seus olhos na parede da cafeteria atrás de mim. — Ele é um bom amigo pra se ter.

Ela disse que sentia muito por não poder estar aqui esta manhã pra me ajudar a conversar com a Robin, mas que ela não podia faltar na escola de novo, e que eu deveria deixar Robin conduzir a conversa porque talvez ela tivesse bebido vinho suficiente pra não se lembrar de que eu tinha sumido por algumas horas. Eu disse pra Jill que tinha muita experiência com pessoas que bebem muito e que ela ficaria surpresa com o que elas lembram.

Jill entra no meu quarto agora, toda vestida pra escola com seu cabelo escuro, vestindo cores estranhas e usando muito delineador.

— Ei — ela diz, sentando na cama. — Minha mãe ainda está no sofá. Quando ela acordar, diga pra ela beber bastante água e tomar um bom café da manhã.

— Suco de tomate com pimenta.

Ela sorri. — Certo. Você sabe dessas coisas, me esqueci.

— Não por minha causa — falo pra ela. — Nunca nem experimentei álcool. Mas sei por causa da minha mãe e do Kent.

— Se você souber de qualquer outro remedinho secreto, diga pra ela. Ela vai passar profundamente mal. Raramente bebe. — Jill muda a mochila de ombro. — Bom, boa sorte hoje.

— Espera... — Me estico e me apresso para o outro lado cama pra poder alcançar o criado-mudo. Pego uma folha de papel dobrada de dentro da minha Bíblia. — Coloque isso junto com o relógio. Não leia.

Ela chega mais perto e pega.

— Não vou.

❋

Claro, Robin se lembra de tudo. Um pouco mais de vinho não é a mesma coisa que uma garrafa de uísque.

— Vamos ter uma longa conversa — ela me chama numa voz rouca do sofá quando me ouve na cozinha. — Assim que eu conseguir pensar.

Jill estava certa sobre uma coisa: Robin está passando muito mal. Ela vomita três vezes nas primeiras duas horas depois de acordar. Ofereço pra ela coisas de diferentes tipos pra comer, mas tudo na casa é tão saudável.

— Você precisa é de um *donut* — digo pra ela, em pé na porta do banheiro do térreo. Ela está de joelhos na frente da privada, com os cotovelos no assento, segurando a cabeça com as mãos. — Álcool faz baixar o nível de açúcar no sangue, e você precisa recuperá-lo.

— Posso fazer isso comendo fruta — ela murmura.

— Não é a mesma coisa.

Ela puxa alguns quadradinhos de papel higiênico e limpa os olhos e a boca. — Mandy, me desculpe, mas não estou com vontade de receber conselhos nutricionais de você agora.

— Tudo bem. — Sento em cima da tampa almofadada do cesto de roupas. — Tem uma garrafa de água aqui se você precisar.

— Prefiro que você me deixe totalmente sozinha até terminar de vomitar. Vou tomar um banho e depois, café. — Ela faz esforço pra vomitar de novo; não sai nada. Ela geme um pouco e depois engatinha até a banheira, senta no chão e encosta na banheira. Quando ela vê que não estou saindo dali, me pergunta — Você passou muito mal durante seu primeiro trimestre?

— Não muito. — Me senti bem. Agi normalmente. Minha mãe não tinha ideia. O único motivo pelo qual ela soube foi porque contei pra ela.

— Quando você chegou aqui aquele dia de trem, me senti mal por ter perdido tanto da sua gravidez. Queria ter estado lá em cada momento, pra apoiar e ajudar você a passar por isso. Me senti como uma mãe com uma filha grávida. Estava ligada a *você*. Sempre me senti assim. É... — Ela para e olha pra mim do jeito que uma pessoa olha depois de perceber alguma coisa importante. Talvez esteja percebendo que, na verdade, ela me odeia agora, como a traí profundamente, que ela só quer que eu vá embora. Os dedos dela vão até aquele ponto em seu rosto que ela sempre toca quando está pensando.

— Aqui. — Entrego a água. Ela pega. — Pequenos goles primeiro — lembro a ela. — Como foi sua reunião ontem à noite?

— A reunião? — Ela ri e inclina a cabeça para o box da ducha. — Bom. Brilhante. Tudo foi ótimo até chegar em casa e descobrir que você tinha fugido.

Sei que deveria dizer que sinto muito. Minha mão vai automaticamente pra minha barriga e começa a circulá-la.

— Não fugi. Estou aqui.

— E se a Jill não tivesse ido atrás de você?

E se são sempre difíceis de responder.

— Mandy? — a voz da Robin está trêmula agora. — Você ia mesmo embora?

— Não sei.

Robin fecha os olhos e começa de mansinho, perguntando: — Por quê? e vai ficando mais alto: — Por quê? Por quê — até que no último — Por quê? — ela bate a garrafa de água no chão, que se quebra no piso. Suas mãos se fecham e ela soca as próprias coxas. Seus olhos ainda fechados. — Por quê? — Não sei nem se ela ainda está perguntando isso sobre mim.

Me abaixo até o chão, o que não é fácil, e engatinho pra pegar o vidro antes que ela acidentalmente se corte.

— Fiz *tudo* do seu jeito, mesmo que eu saiba o que é melhor mais do que você. — A voz dela parece superalta aqui no banheiro. Ela abre os olhos.

— Ignorei... deixa isso, Mandy! Ignorei todo mundo que ficou me falando pra ter cuidado, pra não confiar em você. Especialmente Jill, que me avisou e me avisou.

Os pedaços grandes de vidro quebrado estão nas minhas mãos; eu já tinha quase terminado de limpar quando ela disse pra eu parar. Me viro de joelhos até o lixo e os deixo cair com um *clink*. Ainda de joelhos, me estico pra pegar uma toalha de mão, me estico de novo pra molhá-la na pia, depois me viro de volta pra limpar qualquer pedaço pequeno de vidro que possa estar lá. Estamos uma do lado da outra agora, e apoio minhas costas na banheira também.

— Todos os nossos e-mails, Mandy, tudo o que conversamos... Pensei que tínhamos desenvolvido confiança. Uma relação. O que eu poderia ter feito diferente pra você não fugir?

Foi no consultório da médica, quero dizer, *quando vocês ficaram conversando sobre não me deixar segurar a bebê*. Mas não quero culpá-la agora, e talvez isso seja uma desculpa, e na verdade foi só a Dra. Yee que disse essas coisas.

— Nada.

Ela solta um suspiro. Seu hálito está azedo; viro minha cabeça um pouco para outro lado, mas não muito a ponto de ela notar e se sentir mal. — O pai — ela diz — se é sobre isso — vamos encontrá-lo. Vou fazer qualquer coisa que esteja sob meu alcance. Vamos contratar alguém, se ajudar, só prometa que vamos conversar sobre isso, fazer isso juntas.

O pai.

— Mandy? Se o encontrarmos e conseguirmos seu consentimento explícito, isso a faria se sentir melhor? Estou *tentando* aqui — ela suplica. — Estou queimando o meu cérebro, eu...

— Não sei quem é o pai.

Eu disse. Pronto.

Robin pausa. E depois: — Estou confusa. Pensei que você tivesse dito que somente podia ser uma pessoa.

— Pode ser duas pessoas.

Robin envolve sua cardigã em volta do corpo, respira fundo várias vezes. — Mandy, você me disse que não conseguia encontrar o pai. Que você tentou. Se for outra pessoa, alguém que você *possa* encontrar, não percebe que isso muda tudo?

— Eu sei. — Não estou tentando deixá-la mais brava, mas é o que estou fazendo, e entendo. Não a culpo. Não contei a verdade toda sobre uma coisa importante. Uma coisa que eu deveria ter dito desde o começo. Mas não queria que ela me visse desse jeito, visse essa parte de quem eu sou, a parte que se sente feia e estragada.

— Quero dizer, você acha que esse outro homem ia *querer* a bebê?

— Acho que não.

— Ok — ela diz devagar. — Bem, poderíamos fazer um teste de paternidade. Claro, teríamos que colher sangue, e pode levar... de qualquer modo, podemos esclarecer isso de algum jeito. Pode levar algum tempo e enquanto isso você pode ficar aqui. O ponto é que tem uma solução.

— Não.

— Mandy, você diz não pra tudo! — Ela se distancia de mim, ainda encostada na banheira, mas fora do alcance do meu braço, como se quisesse fugir. — Você tem que começar a dizer sim pra alguma coisa. Qualquer coisa. Diga sim. Me diga o que você *quer*.

É mais fácil dizer o que não se quer do que o que se quer, já que não tenho certeza do que eu quero.

— Uma das pessoas... o que eu meio que tentei achar, se conseguirmos encontrá-lo, eu não ia querer que ele pensasse que pudesse ser de outra pessoa. A outra pessoa. Eu não quero que ele chegue perto dela.

— Sim, Mandy — ela diz, ainda frustrada, sem ouvir de verdade. — Tenho certeza de que é complicado. Não vai ser fácil. Mas é a coisa certa a se fazer.

Olho para seu lindo perfil. Para o perfil porque ela não olha pra mim agora. "Confie, Mandy. Se há alguém no mundo em quem pode confiar, qualquer lugar no mundo em que esteja segura, é aqui nesse banheiro, com a Robin."

— Um deles — digo — é o namorado da minha mãe. Era.

Isso interrompe seu momento de frustração. Ela está esperando que eu diga mais.

— Nós... — Isso machuca minha garganta. — Ele...

Sei qual é a palavra. Eu a digo na minha cabeça o tempo todo. E brigo com ela, e parece errada, e parece certa, e me pergunto o que ela significa e o que não significa, sobre ele, sobre mim.

— Ele... — Preciso dizer isso. — Ele abusava de mim. Sexo.

Nunca consegui dizer isso pra minha mãe porque ela não ia acreditar em mim. Ela acharia um modo de fazer ser culpa minha.

— O tempo todo, ele abusava de mim — continuo.

Minha mãe diria — O tempo todo? Amanda, talvez uma vez você possa chamar assim, mas se deixa acontecer de novo, é outra coisa.

— Agora você pode perceber que se for dele, não quero que ele saiba.

Robin finalmente olha pra mim. Olha, olha e olha, seus olhos procurando os meus. Será que estou falando a verdade, ela está se perguntando. Olho nos olhos dela. Sim. Ela se inclina na minha direção, cheirando azedo e suada, coloca a mão na minha perna.

— Mandy.

— Desculpe se você não quiser um bebê que foi feito assim.

— Não me importa como foi feito — ela diz com suavidade.

— Eu me importo. — E foi quando comecei a chorar. Mesmo que todos aqueles livros sobre bebês digam quão emotiva se fica e que vai chorar o tempo todo por nada, essa é a primeira vez desde que saí de Council Bluffs que acontece de verdade. Talvez seja errado ter dito isso, mas eu me *importo*. Não quero que essa bebê venha do medo e da tristeza. Quero que ela venha dos campos de milho, da roda-gigante e das estrelas.

Robin coloca seu outro braço em volta de mim, e é estranho aqui no chão do banheiro, eu tão grande, mas ela tentando me envolver de qualquer modo.

— Claro que se importa. Claro que se importa. — Ela coloca minha cabeça em seu ombro e me deixa chorar.

— Sinto muito — digo pra ela depois de um longo tempo.

Ela não deixa passar.

— De qualquer maneira, essa garotinha é inocente, e vou amá-la com todo o meu coração. — Seu sussurro é firme. — Não tenho dúvida.

Quando não estou mais chorando tanto, digo: — Como pode saber?

Ela toma gentilmente minha cabeça entre suas mãos e a empurra um pouco pra poder me olhar nos olhos. — Porque eu já sei, Mandy. — Ela bate um dedo bem de leve na minha bochecha. — Esta garotinha aqui é inocente também.

Jill

Porque prometi a mim mesma não matar aula de novo pelo resto da minha vida de colegial, e também porque estou evitando Dylan com tanto zelo que coloca minha antiga atitude de evitar tudo no chinelo, uso a hora do almoço pra enviar o relógio. Eu o enviei com seguro, pra entrega no sábado. Claro que eu coloquei a carta da Mandy junto, e embora eu tenha dito que não a leria, eu a leio. Vamos encarar uma coisa: o julgamento da Mandy é um pouco questionável. Só quero ter certeza de que ela não disse nada que vá causar problemas. Então, sentada dentro do carro, do lado de fora do correio, isto é que o que leio:

Aqui está o relógio.
Fiz dezenove anos ontem. Talvez você tenha se lembrado do meu aniversário. Às vezes você se lembra.

O que dezenove anos significa é que alcancei a maioridade. Aposto que você não sabia que eu sei o que é isso. Significa que posso fazer o que eu quiser, ser o que eu quiser.

Então, mesmo que você se importe o bastante pra tentar me encontrar, você não tem autoridade sobre minha vida.

Eu pertenço a mim mesma.

Amanda

P.S.: Tudo o que você pensa de mim está errado.

Tenho que dizer, a carta produz um arrepio na minha nuca e no meu couro cabeludo. Li mais algumas vezes. Essa Mandy. Ela pode não ser a pessoa mais esperta a caminhar na face da Terra, mas tem um tipo de poder que se tem de admirar. Espero que a mãe dela seja mesmo uma pessoa horrível o suficiente pra se importar com esse relógio estúpido mais do que com a própria filha e vá deixá-la em paz pra sempre.

E é isso. O relógio está fora de nossas vidas.

No caminho de volta pra escola, me lembro do que lampejou na minha mente ontem à noite quando contei pra minha mãe o que Dylan disse sobre a Mandy precisar de uma mãe. Pelo menos, me lembro de uma parte; preciso perguntar pra minha mãe sobre o resto, e quero fazer isso agora, mas o celular dela cai direto na caixa-postal e o telefone da casa vai pra secretária eletrônica.

Entre a escola e o trabalho, vou pra casa e encontro minha mãe e Mandy dormindo em seus quartos. Tem uma caixa de pizza na geladeira com dois pedaços faltando — não acredito que minha mãe deixou Mandy comer *pepperoni*, e nem foi o de soja. Acho que está tudo bem. Talvez minha mãe tenha se esquecido dos detalhes de ontem à noite. Talvez elas tenham conversado e resolvido. Estou morrendo de vontade de acordar a Mandy e fazer um milhão de perguntas, e mesmo entrar de fininho no quarto dela pra ver se está só descansando sem dormir, mas ela está totalmente apagada. Ela tem o rosto mais bonito, sério, quase estico a mão e o toco. Em vez disso, deixo o comprovante de envio do relógio enfiado dentro da Bíblia e vou dar uma olhada na minha mãe. Mesma coisa: morta para o mundo. Que pena.

Tento acordá-la a chacoalhando. — Mãe.

— Mmm.

— Abra os olhos.

— Jill. Agora não.

Eu tento abrir o olho direito dela com meus dedos. — Vai ser rápido. Tenho que ir trabalhar.

Ela afasta minha mão e senta, segurando o travesseiro contra o peito.

— Fala, criança.

— Lembra quando você e meu pai foram voluntários como tutores educacionais? Para aqueles adolescentes órfãos?

O que lembro: meu pai chegando em casa do primeiro treinamento, tirando a neve do casaco e dizendo: "Ei, Jilly, descobri hoje que adultos podem adotar outros adultos. Então quando tiver 18 anos e de saco cheio da gente, você pode se colocar pra adoção e conseguir um novo par de pais", e eu disse: "Ótimo. A melhor notícia que eu tive esse ano inteiro". Então fomos pra cozinha e comemos *brownies*.

Agora tenho toda a atenção da minha mãe.

— Continue...

❋

No caminho para o trabalho, tenho tempo pra ponderar sobre a situação do Ravi. Tenho mandado pra ele mensagens de texto bem curtas pelo dia, mas nada sério.

Não foi uma surpresa o que aconteceu na caverna. O que significa, entretanto, não tenho ideia.

Dylan tentou conversar comigo hoje de manhã, antes da primeira aula.

— Ainda estou bem brava com você — disse pra ele.

— Eu sei. Eu estaria chateado comigo também. Então... até depois da escola.

— Não acho que estou pronta pra conversar hoje, Dylan. Provavelmente não esta semana. A Jill brava não é muito boa em se comunicar. — O olhar no rosto dele parte meu coração. Nós dois sabemos. Toco seu braço. — Por favor. Não me dê mais oportunidades pra dizer coisas que vou me arrepender de dizer.

— Me liga quando não estiver mais brava — ele diz, e, felizmente, o sinal toca e encobre suas duas últimas palavras, que foram chorosas e cheias de um tipo de tristeza terminal.

Agora, mando uma mensagem de texto para Ravi pra ver se ele vem pra loja hoje à noite. Ele diz que não tem certeza e pergunta como está o humor da Annalee.

Nada bom é minha resposta, e enfio meu celular no meu avental antes que a Annalee me pegue. Ela tem sido sucinta comigo desde que eu cheguei aqui, toda ríspida porque tirei a noite de folga.

— Ficamos lotados — ela diz. Hoje à noite tivemos uma hora de correria de clientes durante o período pós-jantar, todo mundo perambulando após suas refeições no shopping ou depois dos filmes, procurando acumular mais algumas dívidas de cartão de crédito.

É tudo o que consigo fazer pra manter meus olhos abertos e permanecer ereta no caixa. Durante uma calmaria, Annalee diz: — Você não está falando para as pessoas sobre o cartão de fidelidade.

— Desculpe.

— E não está sorrindo.

— Estou muito cansada. Me desculpe. — Dou um enorme sorriso pra ela, rangendo os dentes. — Ainda conheço a mágica, tá vendo?

Esse é o tipo de coisa que a teria feito rir uma semana atrás. Ela se vira.

— Sabe, Jill, teve um cliente oculto aqui umas duas semanas atrás. Você não recebeu uma nota boa por desempenho.

— Sério? — Sempre recebo ótimas notas de clientes ocultos. Sou solícita, simpática, e sempre tento vender mais alguma coisa além do que ele já está comprando.

— Você disse a ela que Jake Lamonte não escreve os próprios livros.

Merda. Então uma de nossas clientes regulares foi para o lado negro. Geralmente consigo farejar clientes ocultos a quilômetros de distância.

— Bom, ele não escreve. Não é segredo.

— Não é esse o ponto. Você fez um comentário negativo sobre um de nossos produtos.

— Não foi negativo — argumento. — Foi neutro.

Ela cruza pelo balcão e agarra um livro de uma das pilhas da frente e o chacoalha na minha cara.

— Jill, quando você vai a um restaurante, você quer que o garçom diga pra você que o seu frango à parmegiana vem de uma fábrica de frangos à parmegiana, ou do terno e amável preparo de uma cozinha de restaurante?

Dou uma risada.

— Não é como se a gente estivesse escrevendo os livros nos fundos...

— Deixe as pessoas formarem suas próprias opiniões sobre os produtos. Se quiserem saber sobre o "processo de escrita" de Jake Lamonte, elas podem procurar na internet. Se você quiser ficar papeando sobre como os livros são feitos, e fingir que lê o *New York Times*, talvez você devesse ir trabalhar pra uma dessas livrariazinhas sujas com um gato sarnento na janela e nenhum café com internet.

Ela está implicando comigo totalmente. Nós duas fizemos comentários esnobes sobre Jake Lamonte o ano inteiro. Ela bate o livro no balcão e isso rasga a filipeta de plástico com o desconto.

Alguns clientes fazem fila, e somos simpáticas. Consigo fazer com que uma pessoa faça o cartão de fidelidade, e vendo um dos mini *Bhagavad Gita* da prateleira giratória no meu caixa. Quando esses clientes foram embora, Annalee se vira pra mim. Seu rosto está vermelho. Seu olhos estão brilhantes.

— Eu sei que nós só saímos duas vezes, mas eu realmente gostava dele, Jill.

Ah, não.

— Quem?

— Como se não soubesse. — Ela fecha a gaveta da caixa registradora com força e passa por mim com a saia chiando, caminhando para o fundo da loja.

Deslizo o telefone pra fora do meu bolso pra ver a resposta do Ravi para a minha última mensagem: *Ela sabe*.

Escrevo de volta *Hmm, sim.*

Apesar do meu cansaço, apesar da minha dor de cabeça, apesar do fato de que eu só quero fechar meus olhos, sigo Annalee.

— Vou ter mesmo problemas por causa do cliente oculto?

— Não — ela diz bruscamente. — É sua primeira nota negativa. — Ela pega um livro de culinária que um cliente deixou com os de ficção e sai andando.

Meu celular toca. É o toque da minha mãe — a música é *Mandy*, do Barry Manilow, que Dylan colocou pra fazer piada uma semana atrás — superalto e superconstrangedor.

Annalee se vira, com olhos furiosos.

— Não atenda. Você não está no intervalo.

— É minha mãe. Ela nunca me liga no trabalho a menos que seja uma emergência.

— Se você atender, Jill...

You came and you gave without taking... — toca no bolso do meu avental. Não quero perder o emprego, mas considerando o que aconteceu ontem à noite, pego o telefone.

— Temos essa garota grávida que está com a gente.

— Não, Jill.

Me viro de costas pra Annalee, atendo.

— Mãe?

— Me encontre no São Vicente — ela diz. — Mandy entrou em trabalho de parto.

Mandy

Dói.

Muito.

Sei que a Robin está no quarto comigo, que ela está do meu lado, comigo, mas não consigo mais ouvi-la ou vê-la ou senti-la. É como imaginei, só que agora tenho certeza de que ela vai estar aqui depois que minha filha finalmente sair. Logo, espero.

Primeiro a dor só veio em ondas, e até rimos um pouco no caminho para o hospital.

— Sabia que eu não deveria ter deixado você comer aquela pizza — Robin disse.

Eu estava com medo, principalmente.

— É ruim que seja tão cedo? Não fizemos nossa aula de parto ainda.

— Não é o ideal, mas você está dentro da zona segura. Vai ficar tudo bem.

— A Dra. Yee vai estar lá? — Por mais que eu não goste da Dra. Yee, eu queria saber o que ia acontecer e o que eu poderia esperar. Não me importaria em ver um rosto familiar.

— Mandei uma mensagem, então espero que sim. Mas como está adiantado, não temos garantia.

Meu assento está um pouco inclinado pra trás. Eu conseguia ver os semáforos, as linhas de telefone e o topo dos prédios.

— Como é? — perguntei pra Robin. — Como foi quando você teve a Jill?

— É... Bem, dói, Mandy. Não vou mentir. Vai doer — ela disse, atravessando um sinal amarelo em alta velocidade. — Mas é algo totalmente indescritível também. E é seu, totalmente seu. É estranho — uma experiência que as mulheres têm no mundo todo a cada minuto, mas ao mesmo tempo algo tão *seu*. Nada que outra pessoa possa um dia entender ou tomar de você. E vale tanto a pena.

Se isso tivesse acontecido uns dois dias atrás e Robin tivesse dito isso, eu teria pensado "É o que todas as mulheres sempre dizem, mas as que dizem isso são mães, e falam isso pra mulheres que também vão ser mães. E pra pessoas como eu? Ainda vale a pena?". Mas agora tudo é diferente. Decidimos o que fazer. A ideia de valer a pena pra mim é mais real do que nunca. Ainda assim, depois que esperei outra onda de dor passar, perguntei pra ela:
— Você tem certeza?

— Sim. Tenho toda a certeza.

Chegamos lá rápido; mas pra dar a entrada demorou mais. Robin gritou muito com as enfermeiras. Tive que desligá-la da minha mente, ir pra longe dali, porque ela estava me estressando. Finalmente, entramos no quarto e enquanto me ajudava a tirar a roupa, ela disse: — Você vai ser uma boa mãe, Mandy. Prometo a você.

Jill

O hospital parece tão vazio a essa hora da noite. E é triste. A família da Mandy deveria estar aqui. Quero dizer, não sua família biológica, que é uma porcaria, mas deveria haver pessoas pra compartilhar a espera e a empolgação. A pessoa que quero convidar é Ravi. Quero vê-lo, ter sua companhia. Mas ele não é alguém tão importante assim pra Mandy, e penso sobre como ela perguntou se ainda podia ser amiga do Dylan. Significou muito pra ela — isso ficou claro.

Ligo pra ele, embora seja mais de 11 horas. É sexta-feira; ele vai estar acordado.

— Você já deixou de estar brava comigo? — ele pergunta.

— Mandy está em trabalho de parto. Você pode vir?

— Ah, merda. Sim, uau.

Digo pra ele como nos encontrar, e então peço: — Você pode parar no caminho e comprar pra ela umas revistas de fofoca vagabundas?

— Claro.

Totalmente esmagada pelo cansaço e por uma dor de cabeça, acabo cochilando na sala de espera. Quando acordo, minha mãe está lá comigo, seus pés em cima da mesa de centro. Seus olhos estão fechados, mas sei que ela não está dormindo.

— Já aconteceu alguma coisa? — pergunto.

— Não exatamente — ela diz sem abrir os olhos. — Ela está passando por uma hora difícil. Está tentando descansar um pouco, mas é difícil.

Passo para a cadeira do lado dela e coloco minha cabeça em seu ombro.

— É alguma coisa pra se preocupar?

Ela coloca o braço em volta de mim.

— Não. Dar à luz nunca é fácil. Tudo é dificuldade. O corpo fica mandando esses sinais de que é hora de nascer uma nova vida, mas também resiste. Ele quer parar com isso. E combater dói. Não combater também dói. Ajudar dói. Não tem como evitar.

Deslizo minha mão pra dentro da dela. Sempre amei as mãos dela. Fortes, capazes.

— Posso imaginar.

Mandy

Não sei por quanto tempo estou aqui, mas tive tempo pra pensar em tudo. Cada momento na feira com Christopher, todas as refeições que a Robin preparou pra mim no último mês e aquelas que eu mais gostei. Os crepes eram gostosos. As roupinhas que Dylan comprou pra bebê. A música no restaurante ontem à noite e como fiquei feliz ao ver Jill entrar na estação de trem.

Tento me imaginar numa longa viagem de trem. A terra passando. Que estou movendo, movendo, movendo pra frente em direção a uma nova vida e a uma nova família, distante da antiga. Minha mão vai para o meu pescoço, e sinto o colar de miçangas azuis que Christopher me deu. Eu o coloquei depois que Robin e eu finalmente saímos do banheiro hoje de manhã, antes de a gente descer a escada pra...

— Empurra!

Não sei quem está gritando isso. Talvez a Dra. Yee, talvez Robin, talvez outra pessoa, não sei. Tudo o que sei é que quando uma coisa é gritada pra mim, eu a faço, mesmo que eu possa morrer.

— Não morra, Mandy. Você finalmente tem vida.

Mas é difícil. Dói, como Robin disse que ia doer, e continua um longo tempo e quase nem tem um descanso entre uma e outra dor.

Alguém coloca gelo na minha boca. Alguém aperta minha mão. Alguém me dá uma injeção de alguma coisa. Não consigo evitar: junto com tudo, penso na minha mãe.

Dezenove anos atrás ela estava assim, num hospital em Fort Dodge, Iowa. Ela era jovem. Não tão jovem quanto eu, mas ainda jovem, e meu pai, o homem casado — bem, acho que ele não estava lá. Então é o mesmo pra nós duas. Por alguns segundos consigo entender como foi difícil pra ela, e nesses segundos a desejo coisas boas. Que ela encontre o que está procurando. Que conheça o amor que eu tenho. E não quero dizer aquele com Christopher.

Também sei que o que a Robin disse é verdade: essa é uma experiência toda sua, e qualquer tipo de relação que você tenha depois com o bebê, ela prende você a ele pra sempre. Minha mãe está presa a mim, e eu a ela, mesmo se nunca mais nos virmos de novo. Me sinto triste e deixo algumas dessas lágrimas serem por ela.

Pela centésima vez alguém grita pra eu empurrar, penso *Não*. Eu ia dizer isso em voz alta se achasse que tinha força. Olharia pra Robin e diria isso, mas sei o que ela ia dizer em resposta. Que eu tenho que começar a dizer sim.

Tenho que começar a dizer sim.

Entrego meu corpo inteiro para o sim.

Sim pra confiança, sim pra uma nova família. Sim pra esperança. Sim pra ficar.

Sim pra minha filha.

Sim pra mim.

Sim.

Jill

Quando Dylan chega aqui, sentamos com um assento entre a gente e mantivemos nossos olhos no balcão das enfermeiras. Conto pra ele tudo o que sei. Olhamos as revistas que comprou pra Mandy. Ele fez um bom trabalho; são bem porcaria, cheias de fofoca e fotos de celebridades com celulite. Não dizemos nada até Dylan dizer: — Eu deveria ter atendido o telefone aquela noite.

— Por que não atendeu?

Ele ri.

— Hello, porque (A) Eu tenho medo de você. Você é brutalmente assustadora às vezes, Jill. E (B) — e essa é a maior de todas — Eu realmente achei que estava fazendo a coisa certa. Alguma coisa na Mandy, tipo, me comove. Aquele dia que ela me contou sobre a mãe dela. Quero dizer, eu e você... — Ele se mexe na cadeira, toca meu braço e eu me preocupo se ele vai dizer alguma coisa sobre a gente, nosso relacionamento e como ele vai lidar com isso e continuar. — Eu e você não temos como *começar* a imaginar o que é crescer com um pai ou mãe que nos trate daquele jeito. Meus pais são legais e os seus...

Ele congela. Está com medo de mencionar meu pai, por causa do jeito que eu reajo quando ele menciona, o jeito que reagi todas as vezes. Lágrimas já estão abrindo caminho quando digo pra ele: — Vá em frente.

— Seu pai. Amava você. Como um louco. *Louco*.

Eu dissolvo. Derreto. E deixo Dylan mudar pra cadeira mais próxima e me abraçar e me confortar exatamente do jeito que ele quis por 11 meses, sem que eu resistisse ou ficasse brava ou fingisse que estou bem.

— Eu sei.

— Vocês dois eram como gêmeos — ele diz dentro do meu cabelo.

— Dói tanto. — E dói dizer que dói. As palavras em si mais dizê-las trazem uma outra onda de dor. — Só me sinto... perdida.

— Eu sei. Sinto muito mesmo, Jill.

Depois de uns minutos, quando tenho certeza que consigo dizer isso coerentemente, respondo: — Sinto muito, também.

— Eu sei.

Encosto de novo na minha cadeira e uso a caixa de lenços que está num dos lados da mesa.

— Por que você voltou comigo? — pergunto.

Dylan se debruça sobre os cotovelos.

— Porque eu amo você. Quero dizer, sei que é meio isso pra nós dois. É a hora.

Aceno com a cabeça, concordando.

— Mas vou continuar amando você, sempre. E nas pedras-papéis--e-tesouras da vida, o amor é pedra. Medo, raiva, todo o resto... não têm chance de competir.

O amor é pedra.

— Isso é profundo — digo. — Você devia escrever uma música sobre isso pra Rebelião das Batatas.

— Talvez eu escreva.

Depois de um tempo, me levanto e compro um pacote de *pretzels* da máquina na área de espera. Quando me viro, Dylan está com a cabeça entre as mãos. Vou até ele e coloco minha mão nas suas costas.

— Sempre vou amar você também.

— Eu sei.

Mandy

Eles fazem como Robin prometeu. Colocam a bebê no meu peito imediatamente, e dizem: — Aqui está ela, Mandy. Aqui está sua filha.

Ela está coberta de gosma, e não consigo ver seu rosto muito bem, ou a sua pele que está vermelha e viscosa, mas agora entendo por que Robin diz que não importa como o bebê foi feito.

Ela é um milagre e é inocente.

Toda possibilidade.

Amor.

Depois, quando ela está limpa e seca, a Dra. Yee a carrega na minha frente; até ela está sorrindo e diria que talvez até um pouco emocionada.

— Quanto cabelo tem essa pequena — ela diz, sorrindo, acariciando o cabelo negro da minha filha.

Concordo, acenando com a cabeça, e toco as miçangas em volta do meu pescoço. — Exatamente como o pai.

Jill

Tem um alvoroço acontecendo no final do corredor — nós damos uma olhada. Minha mãe corre pra dentro da sala de espera, parecendo uma porcaria, mas gigantemente feliz. Ela coloca as mãos sobre a boca e balança a cabeça afirmativamente. A médica vem atrás dela e estende a mão pra mim.

— Parabéns pelo nascimento da sua sobrinha.

Eu me levanto e aperto a mão da médica.

— Obrigada. Obrigada.

Dylan também fica em pé.

— Sobrinha?

Abraço minha mãe, e a abraço muito, bem apetado.

— Explicamos depois — minha mãe diz para o Dylan por cima do meu ombro.

A médica coloca a mão nas minhas costas.

— Não gostaria de vê-la?

Mandy Madison MacSweeney

Em sessenta a noventa dias, esse vai ser meu nome legalmente. Depois vamos conseguir uma certidão de nascimento corrigida pra Lola, e ela vai ser uma MacSweeney também. Jill vai ser minha irmã. E Robin vai ser minha mãe.

Vou me sentar nessa mesa toda manhã para o café, toda noite para o jantar e acordar com alegres paredes laranja. Não haverá mais segredos e não vou mais me preocupar se vou estragar tudo, pensando sobre quando tiver que ir embora.

Foi ideia da Jill, mesmo.

Ela se lembrou de alguma coisa de três anos atrás. Robin e Mac foram voluntários pra ajudar a fazer alguma coisa com crianças órfãs. Não me lembro o quê. Mas quando fizeram isso, eles ficaram sabendo sobre como alguns pais adotivos queriam mesmo adotar as crianças, mas não podiam, porque seus pais biológicos não abririam mão dos direitos sobre a criança ou outras complicações. Mas quando as crianças completavam dezoito anos e podiam fazer suas próprias escolhas, os pais adotivos os adotavam.

Se era possível adotar adultos, será que a Robin podia *me* adotar? Em vez de adotar a bebê? Jill perguntou. Justo a Jill. Foi no dia seguinte em que eu pensei que queria ir embora.

Quando Robin finalmente não estava mais vomitando, descemos até o computador e procuramos na internet. Ela ligou pra amigos no governo.

— Podemos fazer isso, Mandy — ela disse, ficando mais empolgada com cada ligação e nova informação.

E eu disse: — Mas você queria um bebê. Não uma pessoa de 19 anos.

Não acreditei que pudesse ser tão fácil. Nada na minha vida é assim tão fácil. Nada nunca tem uma solução que deixa todo mundo feliz. Não se consegue algo se não desistir de alguma coisa. Eu sabia que a Robin teria que desistir de alguma coisa, e eu queria ter certeza que ela estava consciente daquilo e não só com medo de perder a bebê completamente.

Ela virou na cadeira giratória do escritório e se voltou pra mim em outra cadeira, depois da escrivaninha: — Eis o que a morte do Mac me ensinou sobre a vida, Mandy: esteja preparada pra reviravoltas. Tínhamos planos pra tudo. Para o nosso casamento, pra Jill, pra aposentadoria, pra velhice e enterro.

— A morte muda tudo — eu disse. — Acontece e não dá pra impedir. Não tem escolha. É diferente.

— A vida muda as coisas também.

E então, como se a Lola tivesse ouvido a gente e não pudesse esperar mais três semanas pra mudar nossas vidas com a dela, minha bolsa estourou. Robin começou a papelada pra minha adoção assim que cheguei em casa do hospital.

E é assim que eu passei a pertencer a ela e ela a mim. Nós agora pertencemos uma à outra, e estou em casa.

Jill

Ele já está lá, na nossa mesa no Dazbog, vestindo jeans velho e roto, um suéter desleixado e usando óculos, devastadoramente maravilhoso. Posso admitir pra mim mesma agora sem toda a ansiedade: Ravi Desai é um dos caras mais lindos que já conheci.

Mesmo que ele esteja vestido tão casualmente, queria que eu tivesse parecendo melhor. Mas não quero que pareça que eu estava me esforçando. Sim, ainda estamos naquela fase complicada.

— Oi — digo e me sento.

— Peguei um com leite pra você. — Ele desliza a caneca na minha direção. — É o que você gosta, certo?

— Correto.

O dossiê sobre a Mandy está na mesa entre nós. — Por que você quis que eu trouxesse isso? — ele pergunta, dando um tapinha no dossiê. — Assumi que o caso estava encerrado.

Puxo o dossiê na minha direção e o folheio, passando o dedo sobre as notas escritas a mão por Ravi, os impressos sobre malandragens em adoções.

— Ei, olha. — Levanto meu celular pra mostrar a ele a última foto da Lola, por quem estou ficando de quatro rapidinho.

Ravi o pega.

— Uau.

— Você deveria ir vê-la. Ela é totalmente séria. Sobrancelha franzida, olhar firme. Como se estivéssemos em perigo perto dela. Considerando que ela não tem os genes do meu pai, ela é terrivelmente parecida com ele.

Fecho a pasta sobre a Mandy e a empurro de volta pra ele. — Eu estava pensando que você podia nos ajudar a encontrar o pai do bebê. Mandy não sabe o sobrenome dele. Ele mora numa reserva em South Dakota. Ela acha. Ela conhece a região.

Ele coloca a palma sobre a mesa.

— Neste ponto... devo provavelmente confessar: não sei realmente como achar as pessoas. Quero dizer, tenho as mesmas habilidades de busca na internet que você, mas é só isso.

— Mas quando perguntei sobre a Mandy, você fez soar como se...

— É. Porque queria impressionar você.

— Funcionou.

— Eu sei.

Eu rio, e passamos um bom número de segundos sorrindo feito os bobos que somos.

— Você pensou — digo — na noite que eu dei uma cotovelada no seu rosto, que nós acabaríamos aqui?

— Eu desejei.

— Não desejou! Desejou?

— Se você está perguntando quando foi que o horror se tornou desejo, é difícil de apontar o momento exato.

— Desejo? Isso é tudo? — Estou brincando, ajudando a manter as coisas leves enquanto ele se esforça. Nós dois sabemos que tem um monte de coisa acontecendo pra mim agora, demais da conta pra ficarmos tão sérios quanto nos sentimos às vezes.

— Não é o que sempre é no começo?

— Não. Primeiro é amizade. — Tomo um gole do meu café com leite e digo, como se eu estivesse indiferente. — Estou me mudando da cidade, você sabe. Ou vou viajar. Depois da formatura.

— Assim você tem dito repetidamente.

— Você não acredita em mim?

— Você é tia agora. E irmã. Laços de família.

Enquanto eu ainda me esforço às vezes pra me sentir ligada à Lola, que é um alien na sua bebezice, fica cada vez mais fácil pensar na Mandy como minha irmã. Brigamos feito irmãs. Sou mandona, como os irmãos do Ravi. Somos diferentes. Mas temos a mesma vida agora, juntas.

— Você acha que, talvez, aceitaria ir jantar lá em casa na próxima semana? — pergunto.

— Como Clark?

— Não. Como você. — Levanto meu café com leite para um brinde. — E eu serei eu.

Mandy

A vista do trem de volta pra Omaha é diferente da viagem pra Denver. A hora do dia é diferente, a luz é diferente, e, desde então, a primavera passou e o verão está chegando. Flores silvestres estão vivas, as árvores estão cheias de folhas.

Jill, no assento ao lado do meu, tira um dos fones de ouvido.

— Quantas horas você disse? Nove?

Confirmo. Jill resmunga.

— Sei que tomar o trem é algo cheio de significado pra você, mas ainda acho que devíamos ter ido de carro. Vou pegar um café. Quer alguma coisa?

— Alguma coisa doce.

— Claro. — Então ela se inclina sobre a Lola nos meus braços e fala na voz que ela sempre usa com a Lola, baixa e boba e com seus lábios espremidos, tentando fazer Lola rir.

— E você? Chá, café? Amanteigado de framboesa? Não? Tudo o que você quer é leite. Tão previsível.

Ela olha pra mim de novo e franze a testa, esticando o braço pra ajeitar meu cabelo.

— Você devia mantê-lo fora do seu rosto. O objetivo desse corte é mostrar os seus olhos.

— Ok.

Depois que a Lola nasceu e eu consegui andar por aí de novo, eu disse pra Jill que queria um cabelo mais curto, e ela me levou no lugar aonde ela vai. O homem que cortou meu cabelo tinha uma cabeça raspada e três *piercings* no nariz. Fiquei com medo e disse pra ele não me deixar parecida com a Jill.

Jill esticou as mãos fingindo que estava me estrangulando e eles riram. Não sei por que isso foi tão engraçado. Mas o corte ficou bom. Ainda sou eu, só que me sentindo mais livre.

— Mãe? — Jill pergunta pra Robin, do outro lado do corredor. — Quer alguma coisa?

— Adoraria um chá, docinho, obrigada.

Elas têm se dado melhor. Geralmente tomamos café da manhã juntas. Desde que Jill terminou a escola, ela nem sempre está com pressa, desce e come na mesa e não fica no meio da cozinha como se tivesse algum outro lugar que quisesse estar. Às vezes, se ela fica acordada até tarde, até senta comigo no meu quarto enquanto amamento no meio da noite. Uma noite eu disse pra ela que não precisava, que ela podia ir pra cama.

— Lembra de quando você me disse que gostar das pessoas leva um tempo? — ela sussurrou.

Eu acenei com a cabeça.

— Estou começando mais cedo com a Lola.

Jill

Mandy acha que quando vir o terreno da feira, vai saber como encontrar a reserva. Tudo isso soa um pouco otimista demais pra mim, mas minhas ideias sobre otimismo podem estar mudando. Mandy tem usado o colar que Christopher deu a ela, e às vezes Lola o agarra com seus dedos, e Mandy está convencida de que isso é sinal de alguma coisa.

Foi uma transa de uma noite de verão. Mandy diz que foi amor. Ela diz que amor é amor, não importa se acontece em cinco minutos ou cinco anos. Geralmente eu só tento não rir. Mas de vez em quando, decido que nem sempre tenho que estar certa.

Conforme dirigimos um carro alugado pra fora de Omaha e entramos no interior, onde são só acres e acres de verde, coloco minha mão pra fora da janela. A vida está sempre se movendo pra frente, pra frente, pra frente. Sem descanso. Se alguém me oferecesse uma máquina do tempo neste momento e eu pudesse voltar pra antes de o meu pai ter morrido, eu voltaria, com certeza, nem que fosse só pra ver se eu conseguiria salvá-lo. Mas depois, eu ia querer voltar pra cá, pra encarar o próximo momento desconhecido e o próximo e o próximo.

Lola adota sua personalidade mais quieta, mais séria. Mandy diz que ela consegue sentir que Christopher está ficando cada vez mais perto.

— Posso sentir a energia dele — ela diz.

Meu pai riria. Ele chamaria isso de besteira mística. Diria: — Pegue seu filtro dos sonhos e vá vender em outro lugar, sua *hippie*.

Mas ele era um romântico. Coração cheio de ternura e sentimental.

Secretamente, ele acreditaria.

E assim, tão secretamente, conforme os campos de milho passam, eu acredito também.

AGRADECIMENTOS

Muita gratidão aos seguintes amigos da assistência à pesquisa: em Denver — Susan Bettger e Scott Kingry pela hospitalidade, pelo *happy hour*, pelas histórias sobre valentões, pelas caronas, e pelos três passeios memoráveis à Casa Bonita. A Steve Inman pelos *insights* adicionais, pelos contos e pelo serviço de bar. Em Omaha — a Mark Peach, a Jaafar Talha do Happy Cab, à Bookworm, ao pessoal do Magnolia Hotel Omaha, à Sarah Sproul, Lois, Kaylie, ao cara que me levou à estação de trem para que eu não precisasse arrastar minha bagagem pela neve como Mandy, e ao cara que se sentou ao meu lado no avião e respondeu a todas as minhas perguntas sobre milho. Também a — Mitali Perkins, Sherman Alexie, Melissa Marr, Dra. Bernadette Kiraly, e àquela pessoa no Twitter que me passou o nome da livraria onde Jill trabalha.

Devo ao livro *Naming the World*, de Bret Anthony Johnston, que me inspirou a escrever essa história.

Tara Altebrando é uma generosa e inteligente leitora e amiga. Agradecimento secreto ao Bob.

Amor e gratidão a Mike Martin, meu segundo eu, cuja amizade salva a minha vida um pouquinho todos os dias.

Obrigada a Pam Garfinkel, Victoria Stapleton, Zoe Luderitz, Barbara Bakowski, Ames O'Neill, Andrew Smith, Megan Tingley, ao gênio Alison Impey, e a todo o incrível pessoal da LBYR por tudo o que fazem para manter essa carreira em movimento.

Eu não seria a escritora que sou sem a orientação da minha editora, Jennifer Bailey Hunt, que também me deu o tempo, o espaço e o encorajamento necessários para tornar o processo agradável novamente. Obrigada, Jen, por seu conhecimento particular em relação a essa história.

Amor e gratidão ao meu agente, Michael Bourret, que, junto com Deus, torna todas as coisas possíveis.

E, sempre, o meu coração a Gordon, por ser meu lar.